## Лучшее лекарство от скуки – авантюрные детективы Татьяны Поляковой:

■

Закон семи
Сжигая за собой мосты
Последняя любовь Самурая
Невеста Калиостро
Испанская легенда
4 любовника и подруга
Welcome в прошлое
С чистого листа
Мое второе я
Уходи красиво
Неутолимая жажда
Огонь, мерцающий в сосуде
Она в моем сердце

### Сериал «Фенька - Femme Fatale»

И буду век ему верна?
Единственная женщина на свете
Трижды до восхода солнца
Вся правда, вся ложь
Я смотрю на тебя издали

### Сериал «Анфиса и Женька – сыщицы поневоле»

Капкан на спонсора
На дело со своим ментом
Охотницы за привидениями
Неопознанный ходячий объект
«Коламбия пикчерз» представляет
Предчувствия ее не обманули

### Сериал «Ольга Рязанцева – дама для особых поручений»

Все в шоколаде
Вкус ледяного поцелуя
Эксклюзивный мачо
Большой секс в маленьком городе
Караоке для дамы с собачкой
Аста Ла Виста, беби!
Леди Феникс
Держи меня крепче
Новая жизнь не дается даром

### Сериал «Одна против всех»

Ночь последнего дня
Та, что правит балом
Все точки над i
Один неверный шаг

Найти, влюбиться и отомстить

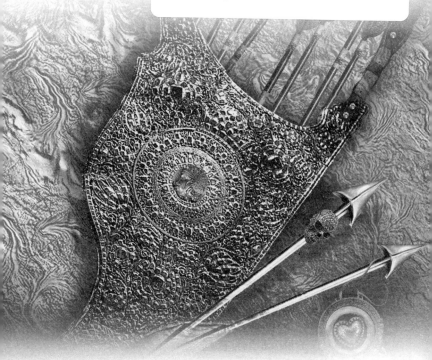

# Татьяна
# Полякова

## Найти, влюбиться и отомстить

ЭКСМО

Москва

2013

УДК 82-3
ББК 84(2Рос-Рус)6-4
П 54

Оформление серии *С. Груздева*

**Полякова Т. В.**

П 54 Найти, влюбиться и отомстить : роман / Татьяна Полякова. — М. : Эксмо, 2013. — 320 с. — (Авантюрный детектив Т. Поляковой).

ISBN 978-5-699-68060-3

Найти, влюбиться и отомстить... Всего за месяц жизнь моя сделала крутой поворот, и мне предстояло все это испытать и пережить. А началась история страшно и странно... Рука в черной кожаной перчатке легла на шею подруге, глаза Веры удивленно расширились, и... связь по скайпу прервалась. Вера была обыкновенной девушкой с обычной жизнью. Ни у кого не имелось, как мне казалось, ни малейшего повода желать ей смерти. Но ее убили. Следствие зашло в тупик. Я и Владан Марич, «специалист по трудноразрешимым проблемам», начали вести собственное расследование. Вскоре выяснилось: не так уж хорошо я знала единственную подругу. А тот факт, что Вера встречалась с моим мужем, хоть мы и расстались с ним, причинял боль. Лучшие подруги, у которых свои секреты. Я ведь тоже не рассказала Вере, почему на самом деле год назад ушла от мужа...

УДК 82-3
ББК 84(2Рос-Рус)6-4

ISBN 978-5-699-68060-3

Когда мне было десять лет, я однажды ночью отправилась в одиночестве бродить по городу. Девочкой я росла домашней, под неусыпным маминым контролем, папа, впрочем, тоже вниманием меня не обделял. На свет я появилась на двенадцатый год их совместной жизни, после многочисленных и, увы, безрезультатных попыток завести ребенка. Мама ездила по монастырям, разуверившись в медицине, а папа утешал ее, как мог, ни на что уже не надеясь. В медицине он тоже разуверился, а, будучи атеистом, на милость Господа особенно не рассчитывал. Однако по настоянию мамы неоднократно к святым местам ездил вместе с ней. После одной такой поездки я и появилась на свет. Не только мама, даже отец решил, что это чудо. Огромная радость родителей быстро сменилась тревогой: ребенком я росла болезненным, точно магнит, притягивая всевозможные инфекции. Мама ушла из жизни очень рано, и в этом, наверное, была моя вина, по крайней мере, я не раз думала об этом. Вечное беспокойство, бессонные ночи и не проходящее тревожное состояние, точно она каждую минуту ждала от судьбы подвоха, свою роль, безусловно, сыграли. В сорок восемь лет у нее обнаружили рак, а через полгода она умерла.

Но когда мне было десять, мама еще была рядом, и представить свою жизнь без нее я попросту не могла, хотя, как большинство детей в этом возрасте, чрезмерной опекой начала тяготиться. Родителей я очень любила, что не мешало мне иногда завидовать подруге Вере, у которой мама то и дело уезжала в командировки. Она оставляла ее на попечение соседки, которая особо в ее жизнь не вмешивалась, лишь бы Верка в восемь вечера была дома и не забыла поужинать. Я завидовала подруге, а та завидовала мне, потому что никого, кроме мамы, у нее не было, оставаться по ночам одна она боялась, а сказать об этом матери не решалась, чего доброго та начнет переживать и откажется от командировок. Мать Веры вечно тряслась из-за страха лишиться работы, постоянно повторяя с отчаянием в голосе: «На что мы будем жить?»

Верину проблему мы решили довольно просто: я предложила ей жить у нас, когда ее мама уезжает. Мои родители охотно согласились.

Те времена можно смело считать самыми счастливыми в моей жизни. Учились мы в одной школе, хотя и в разных классах, Вера была на три года старше. После уроков шли ко мне, быстро делали домашние задания и могли вволю предаваться своим незатейливым играм.

Наша дружба с годами только крепла, что неудивительно. Моя подруга, добрая и веселая, была еще и невероятной фантазеркой. На месте ей не сиделось. Мы мечтали о путешествиях, необыкновенных приключениях, но меня даже в летний лагерь никогда не отпускали, а вот Верку отправляли туда на все лето. По этой причине лето я ненавидела.

Мне исполнилось десять лет, когда мы переехали из трехкомнатной квартиры в просторный дом, что ни малейшей радости у меня не вызвало. Находился он в пяти троллейбусных остановках от нашего прежнего жилища, в другую школу меня переводить все-таки не стали (я заливалась слезами, стоило маме лишь упомянуть об этом), но Верку ко мне теперь отпускали неохотно, за исключением тех случаев, когда ее мать отбывала в командировку. Как на грех, ее повысили в должности, и командировки становились все реже. Вечерами мы с Веркой подолгу болтали по телефону, лелея глупую мечту, что, когда вырастем, непременно будем жить вместе, и никто не сможет этому помешать.

Мама с такой любовью выбирала для меня мебель, шторы и прочее, а я хмурилась за ее спиной. Мне не нужна была эта комната принцессы, не нужен сад и этот дом. Очень хотелось в прежнюю квартиру, чтоб в соседнем доме жила Верка. Когда подругу в очередной раз ко мне не пустили (уроки надо учить, а не по подругам болтаться), я устроилась на подоконнике, таращилась в окно и с неприязнью думала о взрослых: где им понять, что такое дружба.

Вот тогда и возникла идея сбежать из дома. Хотя бы на пару часов, даже на несколько минут почувствовать себя свободной... идиотизм, но для десятилетней девчонки почти что норма. Осуществить это чисто физически было легче легкого: комната на первом этаже, родители спят на втором. В саду калитка, выходящая в переулок. Ключ от калитки у меня есть. Вылез в окно, и ты на свободе. Родители вряд ли догадаются о моем отсутствии. Правда, мама могла заглянуть ко мне в комнату, но не ночью же? Хотя могла и ночью, но это там, в квартире, отправляясь в туалет или на кухню выпить воды. Теперь мы спали на разных этажах, и это вселяло определенные надежды. Надо сказать, ребенком я была не только домашним, но и на редкость послушным, вот бы мама удивилась, узнав о моих фантазиях. В общем, идея в голове засела крепко. Я в деталях представляла, как открываю окно, выбираюсь в сад, иду к калитке...

Веркиным воображением я похвастать не могла, и последующие фантазии были довольно расплывчаты. Но фраза «я одна ночью на улице» вызывала трепет. Для меня это было покруче любого приключения.

В тот вечер у нас были гости, засиделись допоздна, меня, как обычно, в половине одиннадцатого отправили спать. Лежа в темноте, я прислушивалась к голосам из гостиной. К полуночи гости разъехались, я слышала, как родители переговариваются, убирая посуду, потом все стихло. Дверь в мою комнату чуть приоткрылась, я гадала, кто это, отец или мать, и тут же поняла, что они стоят в темноте рядом и смотрят на меня.

— Ленечка, я так счастлива, — сказала мама. — Спасибо тебе.

— Что ты, милая, это я тебе благодарен... я люблю тебя...

Дверь закрылась, шаги на лестнице и тишина.

Чувствуя себя героиней всех когда-либо виденных мною приключенческих фильмов, я поднялась, быстро натянула джинсы и футболку и осторожно открыла окно. Выбраться в прихожую я не рискнула, значит, путешествовать придется в тапочках. Держа их в руках, я взгромоздилась на подоконник и немного подождала, прислушиваясь к тишине ночи, пытаясь справиться с волнением. А потом скользнула вниз, ноги коснулись земли, и я вздохнула с облегчением. Окно располагалось не очень высоко, но все-таки пришлось постараться, чтобы спуститься, не наделав шума. Прикрыв окно, я направилась к калитке. Полминуты, и я в переулке. Дома вокруг тонули в темноте. Что делать дальше, я, само собой, не знала, к тому же отчаянно трусила. Возникла мысль вернуться. Однако признаться себе в собственной глупости не хотелось. Вот она, свобода... Я прошла с сотню метров и немного приободрилась. Ничего страшного. Дойду до конца переулка... Переулок совсем маленький, очень скоро я оказалась на проспекте. Здесь горели фонари, и время от времени проезжали машины, что беспокойства лишь прибавило: на меня могли обратить внимание.

Держась в тени домов, я дошла до здания цирка, так и не встретив ни души, и вновь свернула на ближайшую улицу. Неподалеку жила мамина подруга, и я неплохо здесь ориентировалась. Миновав троллейбусную остановку, надо опять свернуть, и тогда я выйду к своему дому, только с другой стороны. Этим маршрутом мы обычно возвращались с мамой. Я просто пройду его одна, и ничего со мной не случится.

Успокоив себя этими мыслями, я зашагала куда веселее, и тут услышала грохот, что-то вспыхнуло, а я закричала от неожиданности и бросилась бежать, но не назад, как следовало бы, а вперед. Через минуту я замерла как вкопанная. Горела машина, столб огня поднимался к беззвездному небу, и в этом зареве навстречу мне шел мужчина. С белыми, точно снег, волосами, одетый в темный короткий плащ нараспашку. Боевиков я насмотрелась достаточно, и увиденное показалось сценой из голливудского фильма. Взорванная машина, человек с автоматом на плече, который он не спеша убрал под плащ, уверенно печатая шаг. И всполохи пламени за его спиной.

Я стояла, открыв рот, не в силах поверить в реальность происходящего, а между тем расстояние между нами стремительно сокращалось, но о том, чтобы бежать или прятаться в ближайших кустах, и речи быть не могло, я была просто не в состоянии это сделать.

Конечно, он меня увидел. И нахмурился. Мужчина как раз поравнялся с фонарем, и теперь я хорошо видела его лицо.

— Ты здесь откуда? — сердито спросил он. Я отчаянно замотала головой. — Что ты делаешь одна на улице?

— Я... я... — Так и не произнеся ничего вразумительного, я в страхе зажмурилась.

Он оказался всего в шаге от меня.

— Где ты живешь? — спросил нетерпеливо.

На этот раз я смогла ответить:

— На улице Куйбышева.

— Вот черт, — покачал он головой и взял меня за руку. — Идем.

И мы зашагали в сторону проспекта, он застегнул плащ, в тщетной надежде, что оружие я не увижу, смотрел на меня и хмурился. Его рука сжимала мою ладонь, а все мои страхи фантастическим образом куда-то исчезли.

— С какой стати ты по ночам одна болтаешься? — буркнул он. — Из дома сбежала?

— Да, то есть нет, то есть я просто хотела... Хотела проверить, испугаюсь или нет.

— И родители, конечно, о твоих экспериментах не подозревают? — Я кивнула, чувствуя, что краснею. — Обещай мне, что больше глупостями заниматься не будешь. Ночью надо спать, а не болтаться по городу. Поняла?

Я вновь кивнула и ухватилась за его ладонь покрепче.

Мы вышли к калитке, я окинула взглядом дом за забором и с облегчением вздохнула: все окна были темными.

— Ты как из дома сбежала? — оглядываясь, спросил он.

— Через окно.

— Да? А назад как думаешь?

Тут я сообразила, что вернуться в дом тем же путем будет куда труднее. Мужчина покачал головой, взял у меня ключ, открыл калитку и вернул ключ мне. Очень осторожно мы прошли к окну, мой провожатый толкнул раму, потом легко подхватил меня на руки и посадил на подоконник.

— Спасибо, — прошептала я, сидя на подоконнике, свесив ноги.

Он прижал палец к губам:

— Тихо. Помни, что ты мне обещала. И еще. Ты меня не видела. Ничего не видела. Поняла?

Я кивнула и зашептала горячо:

— Я никому не скажу, даже Вере. Это моя лучшая подруга.

— Быстро спать, — шикнул он и бесшумно вернулся к калитке.

А я сползла с подоконника, молниеносно разделась и легла в постель, но так и не уснула до самого рассвета.

Родители не подозревали о моей ночной вылазке, и Верке я о ней не рассказала. Хотя очень хотелось. Но я помнила о данном слове, а еще очень сомневалась, что подруга мне поверит. Вскоре я и сама начала сомневаться, а было ли это на самом деле? Может, все мне попросту приснилось? Как бы то ни было, но еще долгое время я видела в своих снах мужчину в плаще, с белыми, точно снег, волосами.

Лет в четырнадцать отправилась в библиотеку и потратила несколько часов, просматривая старые газеты. Мои усилия не были напрасными. На глаза попалась заметка, совсем небольшая. В ней шла речь об убийстве криминального авторитета и двух его охранников. Обгоревшие трупы, взорванная машина. Суббота, два часа ночи. Никаких свидетелей. Пролистав газеты, вышедшие позднее, упоминаний об этом я больше не нашла. Но и того, что узнала, оказалось достаточно. Нет, это не было сном. Оставалось лишь гадать, с кем той ночью меня свела судьба. Размышляя об этом, я испытывала странную тоску, а еще томление. Бродя по городу, заглядывала в лица прохожих в тщетной надежде увидеть знакомое лицо. Я помнила его так хорошо, так отчетливо, что, будь у меня талант художника, смогла бы написать портрет.

И вот через много лет я вновь увидела его во сне. Темный переулок, огненные всполохи, мужчина идет мне навстречу уверенной походкой... Проснувшись, я еще долго не могла избавиться от вдруг навалившейся тоски, лежала, отбросив одеяло, разглядывая потолок. Откуда эта печаль? Просто хочется вновь оказаться в детстве, легком, беззаботном, где еще жива мама, где мир ясен и прост? А все мечты непременно когда-нибудь осуществятся?

— Хватит заниматься глупостями, — проворчала я, с трудом заставив себя подняться с постели.

Прошла в кухню, заварила кофе. Постояла у окна с чашкой в руках. Потом включила скайп, прикидывая, сколько сейчас времени в Улан-Удэ. С этими часовыми поясами вечная путаница. И отправилась в ванную. Я чистила зубы, когда услышала вызов. Наскоро умылась и бросилась к компьютеру.

— Привет, — сказала Руфина, и на экране возникло ее лицо. Раскосые глаза, широкие скулы и мальчишеская стрижка.

— Привет, — ответила я, опускаясь в кресло. — Не могу запомнить, у тебя еще ночь или уже день?

— Бестолочь, сколько раз повторять одно и то же? Запиши на листе бумаги и прицепи к монитору. К тому же ты можешь звонить мне в любое время. Я тебе всегда рада, а спать много вредно. Как дела?

— Нормально.

— Полинка, мне видение было, — вздохнула она. — Ты встретишь человека... мужчину. И эта встреча изменит твою жизнь.

— Давно пора. Он красавец, или с восторгами следует повременить?

— Я ведь не сказала, что это будет влюбленный мужчина, — вновь вздохнула Руфина. — Я вижу вас рядом, но не вижу, что вы вместе. Понимаешь?

— Не очень. На любовное приключение рассчитывать не приходится?

— Тебе не нужно любовное приключение, — поправила она. — Тебе нужен надежный человек рядом.

— А кому не нужен? — хмыкнула я.

— Это может быть опасным, — продолжила подруга. — Не знаю, как и почему, но чувствую. Возможно, какое-то событие, которое произойдет, когда вы встретитесь. Хотя... может быть, опасен он сам.

— Разобьет мое сердце?

— Дура. Все серьезно. Вижу тебя, вижу человека без лица и темное пятно вокруг вас. Будь осторожна, слышишь?

— Слышу. У меня сегодня тоже было видение. Точнее, сон, который я уже видела в детстве. Мужчина в нем присутствовал.

— Твой сон можно назвать предупреждением? — нахмурилась Руфина.

— Вот уж не знаю... сон как сон.

— Расскажи.

— Переулок, темнота, человек идет навстречу... и я совершенно точно видела тот же сон в детстве. Не один раз. После этого ничего скверного не случалось, может, и сейчас обойдется?

— Обещай, что будешь осторожна с новыми знакомыми.

— Обещаю. Только вот откуда им взяться?

— Не нравится мне твой настрой, — посетовала Руфина. — Я в ближайшие дни уеду на недельку. Может, махнешь со мной? Помедитируем вместе.

— В ближайшие дни вряд ли получится. Ладно, пока. Созвонимся позднее.

Разговор с Руфиной желанного спокойствия не принес. Даже наоборот.

Познакомились мы с ней год назад, в далеко не лучший, скажем прямо, период моей жизни, впрочем, и сейчас в этом смысле мало что изменилось, а если и были изменения, то только в худшую сторону. Так вот, год назад, знать не зная, что делать с самой собой и своей жизнью, я занялась йогой, в тщетной надежде обрести гармонию. Тренер по йоге, женщина лет тридцати пяти с абсолютно неустроенной судьбой (три неудачных брака, двое детей, любовник на десять лет моложе, к тому же женатый), но при этом несокрушимая оптимистка, обратила внимание на мою унылую физиономию и попыталась внушить мне уверенность, что мы сами творцы собственной судьбы и прочее в том же духе. Это показалось бы смешным, учитывая ее собственные обстоятельства, но мне тогда было не до смеха. Часто люди не в силах справиться со своими проблемами, но охотно взваливают на себя чужие. В нашем случае так и вышло. Она вела со мной долгие беседы за чашкой чая, а я, чтобы не тратить ее время попусту, записалась к ней на индивидуальные занятия. В деньгах она нуждалась, а у меня, благодаря папе, их было даже больше, чем нужно. В йоге я заметно продвинулась, с легкостью выполняла упражнения, но гармонии в душе по-прежнему не наблюдалось. Вот тогда и возникла идея отправиться на строительство буддийского монастыря. Ольга, так звали тренера, водила с буддистами дружбу и подобное событие оставить без внимания не могла. Папа возражать не стал, более того, поездку щедро финансировал. И мы отправились с Ольгой в компании еще двоих добровольцев, в надежде, что перемена мест пойдет мне на пользу.

На стройке я и познакомилась с Руфиной. Она была на шестнадцать лет старше, незамужняя, бездетная и с большим сдвигом. В нашей разношерстной компании ее считали попросту чокнутой. Несмотря на это, мы очень быстро подружились. Взаимная симпатия возникла сразу и за месяц, что мы прожили в монастыре, только окрепла. Причину назвать затрудняюсь. По сути, очень мало что могло нас связывать. Ее интересы оказались далеки от моих, точнее, у меня их вовсе не было. Диплом валялся где-то в шкафу, ни одного дня в своей жизни я не работала, а деньги могла не считать.

Руфина росла в многодетной семье, вкалывала с семнадцати лет маляром на стройке, училась, конечно, заочно и теперь работала прорабом. В свободное время занималась поисками смысла жизни. А я очень сомневалась в его наличии. Телевизор она не смотрела, романов не читала, к тому же ее посещали видения. Я считала это ерундой, слушала, кивала и относила к разряду недостатков, с которыми проще всего смириться. Пока однажды, полгода назад, она не позвонила мне утром и не сказала, совсем как сегодня:

— Полинка, я видела тебя, а вокруг кровь. Много крови.

— Авария, что ли? — мысленно чертыхнувшись, предположила я.

— Не знаю. Может, и авария. Не с тобой. Кто-то близкий. Ты вся в слезах, а рядом кровь. Потом увидела электрические часы с датой. Все произойдет сегодня вечером.

— Можно это как-то изменить? — спросила я, чувствуя маету в душе. — Предотвратить?

— Нет. Что будет, то будет.

— На хрена тогда ты мне это говоришь? — разозлилась я, обозвала ее «дурой» и отключилась, а потом поспешила выбросить дурацкое предсказание из головы. Руфина и вправду чокнутая, выдумать такое... правы ее друзья-буддисты.

А вечером в одиннадцать тридцать погибла Вера. На моих глазах. Может, поэтому я до сих пор так и не смогла прийти в себя. В тот вечер, несмотря на все старания поскорее забыть предсказание Руфины, я все-таки отправилась к отцу. Я уже некоторое время жила отдельно, в однокомнатной квартире, которую купил мне папа. Не только желание избавиться от родительской опеки послужило причиной моего переезда. Я рассчитывала, что, оставшись один, папа наконец устроит собственную личную жизнь. Хотя к переменам он, как выяснилось, не особенно стремится. Но я все-таки надеялась. В общем, мы жили врозь, а слова Руфины впечатление произвели, и я поехала к отцу, с намерением остаться у него ночевать. Мы коротали вечер возле камина, папа смотрел телевизор, а я устроилась в кресле по соседству с планшетом на коленях. Кочевала с одного сайта на другой, потом позвонила Верке. Окончив институт, подруга стала работать на телевидении. Свободного времени у нее было мало, и мы виделись теперь нечасто, но перезванивались регулярно. Наша дружба не стала менее крепкой, но было кое-что в моей жизни, о чем я не хотела рассказывать ни отцу, ни ближайшим подругам, впрочем, к тому моменту, за исключением Верки и Руфины, подруг у меня практически не осталось. Я не могла или не хотела рассказать Вере всю правду, оттого моя затяжная депрессия казалась ей если и не глупостью, то явным нежеланием что-то изменить в своей жизни. Деятельную Верку это очень злило, и при случае она неутомимо принималась читать мне нотации. Поэтому ее занятость и наши редкие встречи меня, по большому счету, вполне устраивали. Я довольствовалась болтовней по телефону, и от ее предложений «выйти в свет» неизменно отказывалась под благовидным предлогом. Верку это злило еще больше, однако друг без друга существовать мы не могли, и вечерний звонок подруге уже давно стал ритуалом. Общались мы, как правило, по скайпу, хотя ничто не мешало набрать ее домашний номер. Верка ворчливо замечала, что это единственная возможность увидеть мою физиономию, дабы окончательно не забыть, как я выгляжу.

— Ты где есть-то? — ответив на мой звонок, спросила подруга.

— У папы.

— Дяде Лене большой привет. Ко мне заглянуть не хочешь?

— Не сегодня.

— Ага, ага. Слышали не раз. Завтра сама к тебе приеду. Вечером, часов в семь. Ок? Надеюсь, никаких срочных дел?

— Да вроде ничего не намечается. Приезжай, куплю пирожных...

— Лучше не надо. Я на диете.

За последние два года Верка перепробовала все диеты, которые смогла найти в Интернете, хотя, с моей точки зрения, выглядела прекрасно. Но, как известно, нет предела совершенству. Мы немного поболтали на эту тему, потом Верка рассказала о новостях на работе. Ничего примечательного. Папа выключил телевизор, подошел ко мне:

— Не возражаешь, если я пойду спать? Завтра придется встать пораньше...

— Конечно, — кивнула я, сказав Вере: — Подожди минуту... — поцеловала отца, он отправился на второй этаж в свою спальню, а мы продолжили разговор.

— Как у него на личном фронте? — спросила Вера.

— Без перемен.

— Такой мужчина — и один. Не понимаю я этого. И ты, должно быть, в родителя удалась, — нахмурилась она, возвращаясь к излюбленной теме. — Хочешь, познакомлю тебя с одним парнем?

— Не хочу.

— Почему? Ты же его даже не видела, вдруг он тебе понравится?

— Не начинай, а? — поморщилась я.

— Господи, ты красивая молодая женщина...

В этом месте я убавила звук и с улыбкой наблюдала за Верой, точнее, за ее безуспешными стараниями в очередной раз вправить мне мозги. Я видела ее лицо почти во весь экран, Вера сидела в наушниках, сдвинутых с одного уха. Она умудрялась разговаривать со мной и одновременно слушать музыку. Способность заниматься множеством дел одновременно была у нее с детства. И тут я вдруг увидела за спиной подруги силуэт человека. Рядом с ее столом стоял торшер, освещая саму Веру и часть комнаты, а он, надо полагать, появился со стороны двери. «У Веры гость в такое позднее время?» — успела подумать я.

Подружка недавно рассталась со своим парнем, так что появление гостя очень меня заинтересовало. Вряд ли это сослуживец, время неподходящее для деловых встреч. А о новом знакомстве Вера ничего не рассказывала, что на нее совсем не похоже. Только я собралась задать вопрос: «Кто у тебя в гостях?», как увидела руку в кожаной перчатке, она легла на шею подруги, глаза Веры удивленно расширились, и тут связь прервалась.

— Вера! — заорала я, понимая, что слышать меня подруга не может.

Я кликнула по значку «вызов», не в силах поверить, что произошло что-то ужасное, и пыталась убедить себя, что увиденное — дурацкая шутка, но грудь вдруг сдавило от боли, и тут же возникла мысль о предсказании Руфины. В общем, в те несколько минут, безуспешно вызывая подругу, я о многом успела подумать. На вызов она не ответила.

Я бросилась к домашнему телефону, отчаянно крича:

— Папа, папа!..

Он появился на лестнице, на ходу надевая халат, не понимая, что происходит. Номер Веры не отвечал.

— Что случилось? — растерянно спросил папа, оказавшись рядом.

Продолжая набирать номер и вновь слушая гудки, я, как могла, объяснила. На лице отца отчетливо читалось недоумение.

— Ты видела, как кто-то схватил Веру? — пробормотал он, а я бестолково кивала.

— Я звоню в полицию, — наконец смогла произнести я. — Нет, позвоню по дороге... Надо ехать к ней...

— Хорошо, — кивнул отец, и мы бросились в гараж. Он, как был, в пижаме и халате, а я в домашнем платье и тапочках на босу ногу. Папа наверняка сомневался в моем рассказе, хотя возражать не рискнул. Наверное, как и я, надеялся, что это глупая шутка. Вот только кому вздумалось так шутить?

По дороге я дозвонилась в полицию. Женщина, принявшая мой вызов, поначалу решила, что это розыгрыш. Неудивительно, учитывая, что изъяснялась я не особенно толково.

— Дай мне мобильный, — сказал отец, сообразив, что меня сейчас отфутболят. — Моя дочь разговаривала по скайпу с подругой и видела, как кто-то напал на нее...

Слова папы, точнее, его тон, впечатление произвели. Мы въехали во двор дома, где жила Вера, и увидели полицейскую машину, из нее вышли двое мужчин.

— Чего случилось-то? — спросил один из них.

Но, обнаружив нас в мало подходящей одежде для января месяца, нахмурился, справедливо полагая, что если здесь кто-то и валяет дурака, то отнюдь не мы.

Двое полицейских вместе с нами вошли в подъезд, я бегом поднялась на второй этаж, позвонила в дверь Вериной квартиры. Подошедший полицейский подергал дверь, но она оказалась заперта. Я давила на кнопку звонка, дверь не открывали.

— Может, ваша подруга ушла куда-нибудь? — предположил мужчина.

— Двадцать минут назад она разговаривала со мной, сидя в пижаме, и уходить никуда не собиралась, — ответила я.

Руки у меня дрожали, голос срывался, я позвонила сначала на домашний номер Веры, потом на мобильный. Длинные гудки.

— Что будем делать? Дверь ломать? А если ваша подруга жива-здорова и все-таки ушла куда-то...

— Ломайте дверь, — рявкнул папа, к тому моменту, как и я, уже не сомневаясь: ни о каких шутках и речи быть не может.

— Дверь крепкая, — вздохнул полицейский. — Надо спецов вызывать...

Тут я вспомнила, что ключи есть у соседки, и стала звонить ей в дверь. Соседка таращилась на нас спросонья, не понимая, что происходит. Но ключи нашла и сама открыла дверь Вериной квартиры. Позвала громко:

— Вера, ты дома?

Я вошла первой, уже в квартире меня опередил полицейский, заглянул в единственную комнату и выругался сквозь зубы. Торшер рядом со столом освещал склоненную фигуру подруги. В первое мгновение я решила, что она просто уснула, положив голову на сложенные руки. Экран компьютера потух. Полицейский чуть приподнял Веру за плечи, ее голова свесилась на грудь. Папа торопливо обнял меня и прижал к себе.

— Что? — с трудом спросила я, уже зная ответ.

— Вызывай бригаду, — повернувшись к своему напарнику, вздохнул полицейский. — У нас труп.

Ничего об убийце я рассказать не могла. Рука в черной кожаной перчатке и неясный силуэт — вот и все, что я видела. Беседовали со мной не один раз, но вряд ли это помогло следствию. Никаких догадок о том, кто и по какой причине мог желать смерти моей подруге. У нее было очень много знакомых и не было врагов. Да и откуда им взяться? С парнем рассталась два месяца назад, встречались они недолго, я так и не успела с ним познакомиться. Разошлись они по обоюдному согласию, у Веры их разрыв особых эмоций не вызвал. Я знала, что парня звали Сергей, фамилия Беленький, Веру это забавляло, и она часто называла его то «сереньким», то «черненьким». Пару раз он у нее ночевал. Примерно к этому сводились все наши разговоры о возлюбленном Веры. Само собой, Беленький оказался в числе подозреваемых. Может, разрыв с Верой задел его самолюбие и он решил отомстить? Но если бы он в течение двух месяцев как-то проявлял себя: грозил или хотя бы пытался встретиться с моей подругой, я бы об этом знала. Однако она его в последнее время даже не вспоминала. Был да сплыл.

Следователь о ходе расследования помалкивал, но слухами земля полнится, и вскоре я узнала: Беленький за неделю до гибели Веры покинул город, и его местонахождение установить вроде бы не удалось. Он до сих пор оставался подозреваемым номер один.

Второй версией стала профессиональная деятельность подруги. Она тележурналист, могла кому-то перейти дорогу. По моему мнению, глупость чистой воды. Попросив у ее коллег записи последних репортажей, я смогла убедиться: в них не было ничего такого, за что кто-то мог до такой степени разобидеться, что лишил ее жизни. Если уж быть до конца честной, репортажи подруги — обычная рутина: открытие новой спортивной школы, акция «Книги — детям», городские соревнования по легкой атлетике и прочее в том же духе. Иногда звучала критика в адрес отцов города: расширили дорогу на улице Чайковского, в результате дома теперь стоят почти вплотную к проезжей части и пешеходам пройти негде; возле краеведческого музея давно пора поставить светофор: там опасный перекресток и аварии случаются чуть ли не каждый день... Об этом весь город и без Веркиных репортажей знает. И за это убивать?

Вера мечтала о своем ток-шоу на телевидении, а репортерская работа была ей не особенно интересна. По крайней мере, она об этом говорила довольно часто. В общем, эту версию, по моему мнению, можно было смело исключить.

Никаких ценных вещей из квартиры не взяли, да их попросту и не было, значит, речь не идет об ограблении. Вера купила квартиру по ипотеке, и лишних денег у нее не водилось. В кошельке, лежавшем в сумке, восемь тысяч рублей, но на них не позарились. В квартиру подруга переехала год назад. Кухонный гарнитур, письменный стол, два кресла, диван, на котором она спала, и старый шкаф, перевезенный из квартиры матери, — вот и вся обстановка. Телевизор был ей без надобности, она довольствовалась компьютером. Тряпки, мебель и прочее Веру занимали мало, она была на редкость неприхотлива. Если у нее появлялись деньги, она тратила их на развлечения, очень любила путешествовать, но заграничные поездки ее не привлекали. Так что заподозрить, что у подруги вдруг оказалась крупная сумма денег, было невозможно, слишком хорошо я ее знала. Да и неоткуда было взяться большим деньгам, зарплата у Веры скромная, а тут еще ипотека и новая машина в кредит.

Но Веру убили. Оставалось предположить, что убийца — маньяк, но и в это поверить затруднительно. Куда проще выбрать жертву на улице.

Как убийца проник в квартиру, для меня оставалось загадкой, следователь весьма неохотно отвечал на мои вопросы, чаще всего попросту их игнорируя. Оно и понятно... Поначалу об убийстве трубили все местные газеты и телевидение, но время шло, и о нем начали забывать. А у меня появилось подозрение, что убийство так и останется нераскрытым.

Через три месяца вдруг прошел слух, что Вера имела отношение к распространению наркотиков. Услышав об этом от одного из коллег подруги, я решила, что он спятил. Но парень заверил меня, что ему сообщил об этом знакомый из следственного комитета. «Выходит, спятили они, — подумала я. — Вера и наркотики... Скорее я поверю, что она агент под прикрытием. Или посланец иных цивилизаций».

К тому моменту к следователю меня уже не вызывали, что еще больше укрепило меня во мнении: никаких реальных зацепок у них нет. А это значит, дело очень скоро сдадут в архив, или как там у них это называется.

Смириться с этим я не могла. С тоской наблюдала за тем, как мир следует своим путем, точно ничего особенного и не случилось. Теперь даже коллеги Веры пожимали плечами и говорили: «А мы-то что можем?»

В отчаянии я обратилась к услугам частных сыщиков, не очень-то рассчитывая на удачу. Обоих я нашла по объявлению в Интернете. Первый был отставной сотрудник полиции, уволенный, как оказалось впоследствии, за пьянство. Он попросил аванс и исчез на пару недель. Потом позвонил и, немного стыдясь, попросил еще денег. Опухшая физиономия и стойкий запах перегара прозрачно намекали, что деньги я потрачу зря. Но деньги я дала в робкой надежде на чудо. Чуда не произошло. Дядю я больше не видела. Предприняла попытку его разыскать и обнаружила в «дурке», как любила выражаться Верка. Моего Пинкертона там возвращали к жизни посредством капельниц. Деньги не пошли ему на пользу.

Вторым был молодой человек, очень серьезный и, судя по всему, непьющий. Через неделю после нашей первой встречи он принес мне отчет, аккуратно и даже с любовью оформленный. К сожалению, ничего нового из отчета я не узнала. Еще через неделю молодой человек честно признался: убийства — не его профиль, и посоветовал рассчитывать на профессионалов из следственного комитета.

— Если они ничего не могут, что сделаю я? — задал он мне вопрос и удалился.

На этом следовало бы поставить точку, но я уже знала: пока не найду убийцу или хотя бы не буду знать, почему погибла моя подруга, ни о каком душевном спокойствии и речи быть не может. Кто-то должен разобраться в этом. А значит, отступать я не имею права.

Прошло уже полгода, и мои надежды таяли на глазах. Я видела, как друзья стремительно забывают Веру. Когда речь вдруг заходила о ней, они, конечно, вздыхали с серьезными лицам и произносили: «Царство ей небесное!» или что-то еще, приличествующее случаю, и неизменно добавляли: «А убийцу до сих пор не нашли», потом разговор возвращался к более приятным темам. Жизнь продолжается... Я знала, как глупо винить их, и все-таки винила, может, потому, что сама успокоиться не могла.

Единственный, кто меня все это время поддерживал, не считая матери Веры и моего отца, был Юрка Михайлов, оператор из съемочной группы Веры. Виделись мы часто. Он счел своим долгом всячески развлекать меня, справедливо полагая, что мне сейчас нелегко, но даже не догадывался о том, как было в действительности. Кошмаров у меня больше, чем сказок у Шахерезады.

Две недели назад мы отправились в кино. Пока в ожидании начала сеанса пили кофе, я успела рассказать ему о своей очередной неудаче на ниве частного сыска.

— Правильно он тебе сказал, — поморщившись, заметил Юрка. — Поиски убийцы частному сыщику не по зубам. Такое только в кино бывает, да и то в американском. Наши неверных супругов ловят...

Тут он нахмурился, вроде бы о чем-то задумавшись, и вдруг сказал:

— Возможно, я тебе помогу. Есть у меня знакомый... вернее, он знакомый моего приятеля, серьезный парень и берется за серьезные дела.

— Что за парень? — насторожилась я.

— Зовут Владан Марич. Он серб, то есть полукровка. Отец серб, мать русская, родился в нашем городе. Когда ему было лет четырнадцать, они уехали в Боснию, вернее, тогда это еще была Югославия. А буквально через несколько месяцев там началась война. Говорят, он хлебнул по полной. Воевал, был дважды ранен. О нем много чего рассказывают.

— Например?

— Ну... — Юрка пожал плечами. — Например, что он работал на нашу разведку... а у них бывших не бывает. Связи у него будь здоров. Он то появлялся в городе, то опять исчезал, но уже лет пять живет здесь постоянно. Хотя и сейчас застать его непросто.

— Я поняла, он — Джеймс Бонд. И чем он мне поможет?

— Поможет, если захочет. Когда осел тут, открыл что-то вроде частного сыскного агентства. Маленький офис без вывески. Но кому надо, знают, где его найти. За дела берется только по рекомендации хорошо знакомых ему людей. Они, кстати, между собой называют его «специалист по трудноразрешимым проблемам».

— Звучит как-то сомнительно, — заметила я. — Извини, но так киллеров называют.

— А я и не говорил, что он рыцарь без страха и упрека. Болтают разное. Одно знаю точно, неудач в делах у него не бывает. Но есть два «но»...

— Какие? — поторопила я, видя, что он вдруг замолчал и продолжать не торопится.

— Первое: берет дорого.

— Это я переживу. А второе?

— Второе: все вышеизложенное.

— Устрой нам встречу, — подумав, сказала я. — Мне плевать, кто он и сколько запросит. Лишь бы нашел убийцу.

— Хорошо, — кивнул Юрка. — Поговорю со своим приятелем.

Встретиться с Маричем оказалось совсем не просто.

На следующий день Юрка сообщил: в городе его нет, но вроде бы должен появиться через пару недель. Мое ожидание Юрка скрашивал рассказами о сербе. Их набралось с избытком, некоторые совершенно фантастические. И я начала гадать: Юрка их сам выдумывает или по соседству со мной и впрямь обретается легендарная личность. Как только я переходила к уточнениям или легкой критике, Юрка пожимал плечами и твердил: «Так говорят».

С моей точки зрения, в данном случае работала магия мифа: чем меньше о чем-то знают, тем больше начинают фантазировать. Вскоре стало ясно: ничего конкретного о прошлом этого самого Владана Юрка рассказать не может. Тем более значительным оно ему представлялось, как и прочим непосвященным.

Со дня на день я ждала возвращения серба, изнывая от нетерпения. Каюсь, к желанию найти убийцу Веры теперь примешивалось элементарное любопытство, очень хотелось взглянуть на героя. Так как времени у меня было предостаточно, я покопалась в Интернете, до той поры имея смутное представление о войне на Балканах. И очень скоро могла констатировать следующее: моя вера в коллективный разум человечества слабеет на глазах, а истории, рассказанные Юркой, вполне могли произойти в реальности. Не удержавшись, я набрала в поисковой строке имя и фамилию Владана и получила нулевой результат. Но на этом не успокоилась и позвонила своему приятелю Хакеру. Хакер — в данном случае и прозвище, и вид деятельности. Но он тоже не порадовал.

— Что это за тип такой? — перезвонив на следующий день, поинтересовался он с легкой обидой в голосе.

— Ты меня спрашиваешь? — удивилась я.

— Все сведения о нем засекречены. Не сомневаюсь, что смог бы узнать всю его подноготную, но... боюсь, еще раньше у меня появятся дяди в скромных серых костюмах, и в тех местах, где я окажусь, придется обходиться без компьютера.

— Лучше не надо. Без передач я тебя, конечно, не оставлю, но навещать не стану, в тех широтах для девушки вроде меня климат неподходящий.

— Вот именно. И где ты откопала этого Марича? Я бы на твоем месте держался от него подальше.

— Легче легкого. Он не спешит на встречу со мной.

После этого разговора Юркины рассказы вовсе не выглядели безобидной выдумкой. А еще зрело беспокойство, вдруг Владан не захочет иметь со мной дело? К тому моменту я успела убедить себя, что только он сможет помочь, и встречи с ним ожидала с нетерпением.

Выпив еще кофе, я мысленно вернулась к недавнему разговору с Руфиной. Лучше бы она увидела, в каких краях искать убийцу. Само собой, мы об этом не раз говорили. Вся штука была в том, что видения являлись ей спонтанно. Либо были, либо нет. И о Вере она ничего сказать не могла, хотя неустанно медитировала. В общем, на заказ работать у нее не получалось. А жаль. Прогуливаясь по квартире, я размышляла, как скрасить еще один день ожидания. И решила отправиться в торговый центр.

Утро выдалось пасмурным, потом и вовсе пошел дождь, но это меня не остановило. Через полчаса я спустилась к своей машине, припаркованной во дворе, и вскоре направилась в сторону торгового центра в двух троллейбусных остановках от моего дома. По дороге позвонила отцу, потом Юрке. Юрка не ответил. Люди, в отличие от меня, в это время работают. Подумала, кому бы еще позвонить, но, в конце концов, отбросила мобильный на соседнее сиденье.

В торговом центре я пробыла довольно долго, забрела в книжный магазин, купила любовный роман и устроилась с ним в кафетерии. Потом переместилась в соседний ресторанчик. Время обеденное, почти все столики заняты, граждане сидят по двое, а то и вовсе большой компанией, о чем-то увлеченно говорят... я им завидовала. Вера была права, давно пора взять себя в руки и начать новую жизнь... Вот найдут убийцу подруги, тогда и начну.

Не будь у меня богатого папы, процесс возвращения к нормальной жизни пошел бы куда быстрее. Пришлось бы думать о хлебе насущном, а не ковыряться в своих проблемах и горько сетовать на злодейку судьбу... Ну, вот, теперь и папа виноват. Я покачала головой, расплатилась по счету и направилась к выходу из торгового центра, предпочтя тот, что вел на парковку. Дождь кончился, выглянуло солнце, но моего настроения это не улучшило.

Если так пойдет дальше, все закончится врачом-психиатром. Кстати, папа уже несколько раз намекал, что не худо бы к нему обратиться. Я выгляжу студенткой-первокурсницей, а чувствую себя так, точно за плечами целая жизнь, абсолютно безрадостная. Хотя, если вдуматься, примерно так и обстоят мои дела...

До машины оставалось полсотни метров, когда темно-бордовый джип, пролетев мимо, окатил меня водой из ближайшей лужи. Джип занял свободное место на парковке, а я, выругавшись сквозь зубы, разглядывала свое белое платье в черный горох. Девочка-замарашка. Очень хотелось огреть водителя джипа чем-нибудь тяжелым. Тут, кстати, он и появился, вышел из машины и не спеша направился в мою сторону. Взглянув на него, я поморщилась. Высокий красавец в дорогих тряпках, и с таким выражением на физиономии, что становилось ясно: одного тяжелого предмета явно маловато, чтобы привести подобного типа в чувство.

— Извиниться не хотите? — громко спросила я, хотя следовало бы помолчать, связываться с таким себе дороже.

— Извиниться? — поднял он брови в большом удивлении. Тут его взгляд задержался на моем платье, и он спросил: — Это я вас так?

— Это вы, — кивнула я. — Не худо бы иногда по сторонам смотреть.

— Извините, торопился занять свободное место.

— Здесь их предостаточно.

Он кивнул, вроде бы соглашаясь, и на меня уставился, на его физиономии появилась улыбка. Он наверняка считал ее неподражаемой. Злость во мне росла и крепла.

— Давайте я вас кофе угощу, — предложил он, — а потом отвезу домой.

Я ткнула пальцем в свою машину, которая стояла неподалеку от его джипа.

— До дома я доберусь сама и без кофе обойдусь. День и так ни к черту, не стоит все усугублять.

Я сделала шаг в сторону с намерением продолжить путь к машине, но мужчина преградил мне дорогу.

— Какие могут быть проблемы у такой девушки? — спросил он, изо всех сил стараясь выглядеть этаким душкой. Получалось не слишком хорошо.

— У какой? — хмыкнула я.

— Ну... — Он вновь широко улыбнулся. — Вы молоды, очень красивы... дорогая машина... Платье в Милане покупали? — От язвительности он все-таки не сумел удержаться.

— Подозреваю, что мы болтались в одних и тех же магазинах, — съязвила я в ответ. — Тачка у вас тоже ничего.

«Тоже ничего» его, конечно, рассмешило, стоила его красавица миллиона три-четыре.

— Извините, что испортил день, — посерьезнел он. — Подскажите, чем я могу загладить свою вину?

— Извинений вполне достаточно. А теперь дайте мне пройти.

— Может быть, познакомимся? — игриво поинтересовался он. — Меня зовут Алексей.

— Серьезно? Вам бы больше подошло что-нибудь экзотическое. Артур, на худой конец.

— Не угадала мама с именем, — засмеялся он. — Кто ж знал, что я вырасту таким красавцем, — и весело мне подмигнул.

— Представляю, как счастлива мама. Всего доброго.

Он все-таки сместился в сторону, что позволило мне пройти.

— До встречи, — сказал насмешливо. — Надеюсь, в следующий раз с настроением будет порядок.

Я села в машину, а он продолжал стоять до тех пор, пока я не покинула парковку, на прощание помахав мне рукой.

— Ненавижу таких типов, — пробормотала я, качая головой, вздохнула и добавила: — Похоже, себя ты тоже ненавидишь.

Дело и впрямь не в этом нахале, а во мне самой. Красавец с деньгами, преуспевающий бизнесмен... Вряд ли папенькин сынок: манеры не те и выражение лица. Парни, проматывающие родительские деньги, избалованы и капризны, а в этом чувствуется характер... Сколько ему лет? Тридцать, тридцать два? Мне-то что до этого?

Тут я вдруг вспомнила предсказание Руфины и нахмурилась. Что если эта та самая встреча, о которой
она говорила? На роль типа, способного испортить
мне жизнь, этот Алексей очень даже подходит. И без
него есть желающие. Будем считать, что встреча не со-
стоялась. В этот момент у меня зазвонил мобильный.
Я взглянула на дисплей и поспешно ответила. Звонил
Юрка.

— Он приехал, — сказал взволнованно, а я почувствовала нечто похожее на укол в сердце. — Мой
приятель обещал поговорить с ним уже сегодня, будут
новости, позвоню.

— Наконец-то, — выдохнула я, убирая мобильный.

Юркино волнение и мне передалось. Руки, сжи-
мавшие руль, нервно подрагивали, это показалось таким забавным, что я засмеялась.

Остаток дня нервозное состояние меня не покида-
ло. Я несколько раз звонила Юрке, новостей для меня
у него не было, но мои звонки его не раздражали. Он
охотно поддерживал разговор и вместе со мной гадал,
что получится из нашей затеи.

Часов в восемь вечера, как раз после очередного
разговора по телефону, в дверь позвонили. Я пошла
открывать, гадая, кто это может быть. Гости у меня
появлялись нечасто, оттого вместе с недоумением возникло нечто вроде беспокойства. Заглянув в дверной
глазок, я увидела молодого человека, физиономия совершенно незнакомая. Квартирой ошибся, решила я,
накинула дверную цепочку и приоткрыла дверь. Молодой человек улыбнулся и спросил:

— Полина Забелина здесь живет?

— Здесь, — кивнула я, теряясь в догадках, и тут
увидела стоявшую у ног парня корзину с розами.

Он улыбнулся шире, подхватил корзину и протянул мне:

— Это вам.

Я стояла, сурово хмурясь, не спеша снять цепочку.

— Мне? — спросила на всякий случай.

— Вас ведь Полина зовут? — продолжал улыбаться он.

— Но... я... От кого цветы? — наконец-то догадалась спросить я.

— Наверное, от поклонника. Я из службы доставки. От кого конкретно цветы, мне неизвестно. Посмотрите, может быть, здесь есть записка.

Он держал корзину в руках, тяготясь моей нерешительностью. Ясное дело, заказ он выполнил и теперь спешил уйти. С большой неохотой сняв цепочку, я взяла из его рук корзину. Она оказалась тяжелой. Парень кивнул и направился к лестнице, а я поспешно закрыла дверь. Потом прошла в гостиную, поставила корзину на журнальный стол и зачем-то пересчитала розы. Их оказалось почти три десятка. День рождения у меня не скоро, никаких памятных дат в ближайшие дни... К тому же, кроме папы, цветы мне дарить некому. «Юрка? — явилась нелепая мысль. — С какой стати? Да и лишних денег у Юрки нет, не стал бы он тратиться на подобную ерунду». Я таращилась на цветы, теряясь в догадках. А если это...

Мысли о Забелине вызвали привычную боль. Чего он добивается, отправляя мне цветы? Очередное утонченное издевательство?

«Сукин сын», — в досаде пробормотала я сквозь зубы и собралась вынести корзину в мусорный ящик, но цветы вдруг стало жаль. Оглядев комнату в поисках подходящего места, я, в конце концов, оставила розы на журнальном столе. И вдруг заревела. Глупая бабья жалость к себе. Ладно, чего ж не пореветь, если никто не видит.

Вот тут и зазвонил телефон. Я прошла в прихожую, где стоял аппарат, поспешно сняла трубку.

— Полина? — Мужской голос звучал с насмешливой нежностью. — Это Алексей, тот самый, что сегодня испортил ваш день.

— Букет — ваша работа? — догадалась я.

— Надеюсь, вы любите розы.

— Розы — да, нахалов — нет.

— Я просто хотел извиниться еще раз.

— В таком случае, считайте, что ваш грех прощен и забыт.

— Голос у вас ужасно суровый. Вы бы хоть удивились...

— Тому, что вам известен мой адрес и номер телефона? Тоже мне достижение. В век Интернета это легче легкого, учитывая, что вы видели мою машину.

— А что, если нам поужинать вместе? — предложил он.

— Спасибо за цветы, — сказала я и повесила трубку.

Постояла немного возле телефона, уверенная, что он опять позвонит. Так и вышло.

— Я ведь сказала, что нахалов не жалую, — вновь сняв трубку, буркнула я.

— Ты очень красивая девушка. И с характером. Мне такие нравятся. Надеюсь, твое «нет» — это все-таки «да, но в другой раз».

— Не надейся.

— Вдруг повезет? Я вообще-то тоже с характером.

Он засмеялся и повесил трубку, а я немного послушала короткие гудки. «Отчего бы, в самом деле, с ним не поужинать?» — явилась мысль. Неожиданная. Прошел год, пора бы прийти в себя и начать жить как нормальные люди. Легче сказать, чем сделать. Я прошлась по комнате, чувствуя, как снова подступают слезы. А если забыть невозможно? Тогда пора научиться как-то жить с этим.

Юрка позвонил утром, я только-только закончила болтать по скайпу с Руфиной. Само собой, подруге я рассказала о вчерашней встрече, и мы немного погадали: стоит считать ее судьбоносной или повременить? Ничего толкового на сей счет Руфина сказать не могла, ее видения, как на грех, задерживались. Но от ее вопросов это меня не избавило.

— Он тебе понравился? — приставала она.

— Нет.

— Совсем? Почему? Он симпатичный?

— Самовлюбленный и наглый.

— Однако розы прислал. Красивый жест... может, тебе стоит присмотреться к этому Алексею?

— Может, и стоит. Если он еще раз позвонит.

— Позвонит. Я чувствую.

Мы простились, тут и Юрка объявился.

— Он ждет тебя в кафе «Каприз» в два часа дня, — скороговоркой выпалил он, словно удерживать в себе эти слова для него было не под силу.

И вновь, как вчера, я почувствовала волнение, стоило Юрке произнести это самое «он». Должно быть, Юркины рассказы на меня подействовали куда сильнее, чем я предполагала. «Я ожидаю от встречи с Маричем чего-то необыкновенного, вдруг он окажется невзрачным дядей слегка за сорок», — весело фыркнула я. Это в кино героев непременно играют голливудские красавцы, а жизнь — вовсе не кинематограф... ладно, если он на героя не тянет, я уж как-нибудь переживу. Лишь бы помог...

— Эй, — позвал Юрка, — ты что молчишь?

Занятая своими мыслями, я вроде бы о нем забыла.

— Сегодня в два? — повторила поспешно.

— Ага, мой приятель сказал, Владан готов тебя выслушать. Больше ничего не обещает. В общем, возьмется он за дело или нет, зависит от тебя. Так что уж постарайся.

С трудом дождавшись положенного времени, я отправилась на встречу, здорово нервничая. Любопытство перемешалось с опасением, что Марич вдруг откажется мне помочь. Юрка сказал: все зависит от меня. Интересно, что он имел в виду? Мне придется обольщать этого типа? Готова я к этому? В тот момент мне казалось: я готова на все, лишь бы поставить точку в затянувшейся истории.

«С чего ты взяла, что непременно дойдет до этого?» — одернула я себя, придерживая разбушевавшуюся фантазию. Юрка вовсе не обольщение имел в виду. Я просто должна объяснить человеку, как важно для меня найти убийцу. В конце концов, он работает за деньги, а я готова заплатить очень много. Надеюсь, это подействует.

Ровно в два я припарковала машину неподалеку от кафе «Каприз». Оно находилось в самом центре, рядом с Соборной площадью. Пару раз я сюда заходила выпить кофе. Кафе совсем маленькое, столиков пять, не больше. «Сейчас время ланча и там, скорее всего, многолюдно, — забеспокоилась я. — Не слишком удачное место для серьезного разговора». Но выбирать не приходилось.

Я подошла к застекленной двери и с недоумением взглянула на висевшую на ней с той стороны табличку: «Извините, закрыто по техническим причинам».

Вот тебе раз! Я потянулась за мобильным с намерением звонить Юрке, но тут обратила внимание на звонок рядом с дверью и поспешно надавила на кнопку. В маленьком тамбуре незамедлительно появилась девушка в темной юбке и белой кофточке с бейджиком на груди. Открыла дверь, вопросительно глядя на меня.

— Простите... — начала я торопливо.

Но она перебила:

— Проходите, пожалуйста.

Впустив меня, девушка заперла дверь, кивком указав в сторону зала.

За столом в профиль ко мне в одиночестве сидел мужчина и смотрел на планшете футбольный матч, потягивая пиво из высокого бокала.

Загорелое лицо, тяжелый подбородок и волосы белые, точно первый снег. Они блестели в лучах солнца, падающих из окон. Мужчина, увлеченный футболом, вроде бы не заметил моего появления, я подошла ближе, уже сообразив, чему он был обязан столь редкому цвету волос. Густые, довольно длинные волосы, закрывавшие шею, были абсолютно седыми. Почувствовав мое присутствие, он повернул голову, слегка приподнялся с подобием улыбки на губах и спросил:

— Вы Полина?

Теперь я хорошо видела его лицо и оторопело кивнула. Он протянул руку, представился:

— Владан.

Пожав его руку, я поспешно опустилась в кресло, всерьез опасаясь, что на ногах не устою. Передо мной был человек из моих детских снов. Тот, кто однажды проводил меня до дома, встретив ночью в темном переулке. Сомнений быть не могло. Я так хорошо помнила его лицо... вот только сомневалась, что видела его в действительности. А теперь он сидит передо мной...

Он производил странное впечатление. Наверное, из-за седины. Лицо его казалось молодым, на вид лет тридцать, не больше. Только присмотревшись, начинаешь понимать, что он гораздо старше. Морщинки у глаз, тяжелые складки возле губ и еще одна, глубокая складка между бровей из-за привычки хмуриться. Наша первая встреча произошла четырнадцать лет назад. С моей точки зрения, он ничуть не изменился, оттого я его и узнала сразу. Перед мысленным взором вновь возникла картина: всполохи огня, лицо мужчины и серебристые волосы. Уже тогда седые? А может, та встреча мне действительно приснилась? Если верить Руфине, на свете и не такое бывает...

Я таращилась на него, понимая, как глупо выгляжу. Он то ли не замечал моего состояния, то ли не желал замечать. Взглянул на планшет, где все еще шел футбольный матч, и с сожалением его выключил. Глотнул пива и отодвинул стакан.

— Кофе? — спросил вежливо и позвал официантку. А я так и сидела, открыв рот.

Красивым мужчину назвать было трудно, но по-своему он был очень привлекательным. Чеканный профиль, грубоватые черты лица и глаза ярко-синие, они казались прозрачными и бездонными одновременно. В них читались спокойствие и непоколебимая уверенность. В таких мужчин женщины влюбляются сразу и навсегда. Высокий, крепкий, сплошные мышцы, которые подчеркивала голубая футболка в обтяжку. Однако при этом он не походил на человека, который дни напролет проводит в фитнес-клубе. Владан взглянул исподлобья, точно задавая немой вопрос, а я поспешно сказала первое, что пришло в голову:

— На двери табличка «Закрыто»...

— Я решил, так будет лучше, никто не помешает нашему разговору.

— Это ваше кафе?

— Моего приятеля. — Он вновь взглянул на меня и спросил: — Что вас так поразило? — и добавил: — А, волосы? Наследственность. Мой отец тоже рано поседел.

— Извините... просто я... я очень волнуюсь. — Я попыталась взять себя в руки и даже выжала из себя улыбку.

Подошла официантка и поставила передо мной чашку.

— Выпейте кофе, — кивнул Владан. — Успокойтесь и расскажите мне вашу историю.

Я схватила чашку, сделала глоток. Кофе оказался очень горячим, я закашлялась, Владан терпеливо ждал, наблюдая за мной.

— Полгода назад погибла моя подруга. Убийцу до сих пор не нашли. Я... я надеюсь, что вы мне поможете. Если честно, вы моя последняя надежда. Мне сказали, у вас не бывает неудач.

Он криво усмехнулся:

— Бывают. Иногда мне везет, но далеко не всегда. Полгода — большой срок. И если у следствия до сих пор нет зацепок...

— Я вас очень прошу.

Он кивнул, пристально меня разглядывая. «Вдруг он меня узнал? — мелькнула шальная мысль. — Нет, невозможно. Он видел десятилетнюю девчонку с косичками, а теперь я взрослая женщина».

— Сколько вам лет? — спросил он.

— Двадцать четыре.

— Да? Я думал, лет двадцать. Должен предупредить, мои услуги стоят недешево.

— Сколько? — деловито спросила я.

Он взял мобильный, набрал на нем цифры и протянул мобильный мне.

— Хорошо, — кивнула я, едва взглянув.

Он опять усмехнулся:

— И где вы собираетесь взять эту сумму? — спросил насмешливо. — Кольца на пальце нет, значит, папа богатый? Извините, но вы не производите впечатление девушки, способной заработать такие деньги...

— Не беспокойтесь, деньги будут, — я решила, что прозвучало это чересчур вызывающе, и поспешно добавила: — Насчет папы вы правы.

— А он знает о ваших намерениях?

— Знает.

— В таком случае ко мне стоило обратиться вашему отцу.

— Он считает, если полицейские ничего не смогли... Послушайте, отец видит, что происходит со мной... и деньги для него роли не играют. Он сделает все возможное и невозможное, если не ради Веры, то ради меня.

— Значит, вашу подругу звали Вера? — спросил Владан. — Что ж, рассказывайте.

Я с трудом отвела взгляд от его лица, пытаясь сосредоточиться, и теперь смотрела на татуировку на его левой руке. Красно-зеленый дракон. Голову дракона скрывал короткий рукав футболки, а хвост заканчивался ниже локтя. Присмотревшись, я поняла, что татуировка скрывает безобразный шрам с рваными краями. И невольно поежилась, представив, что это была за рана. Владан терпеливо ждал. Собравшись с силами, я начала свой рассказ, он занял совсем немного времени.

— Похоже на заказное убийство, — выслушав меня, заметил Владан.

— То же самое сказал следователь, — кивнула я. — Вот только я, да, скорее всего, и он, понятия не имеем, кто мог желать ее смерти.

— А вы хорошо знали свою подругу? — спросил Владан, и в его голосе мне вновь послышалась насмешка.

— Мы выросли вместе.

— Я не об этом. Насколько хорошо вы ее знали?

— Что вы имеете в виду? — растерялась я.

— Только то, что спросил. Иногда мы считаем, что знаем о человеке все. На деле часто выходит: не знаем ничего. У вашей подруги был парень. Они довольно долго встречались, но вы его ни разу не видели.

— В последнее время мы и с ней виделись нечасто. Так сложилось. Вера много работала...

— То есть о ее жизни вам мало что известно?

Вопрос поставил меня в тупик.

— Если бы что-то произошло, она бы непременно мне рассказала...

— Уверены?

— Да, — резко ответила я.

— Допустим, — кивнул он. — Они встречались, потом расстались. Почему?

— Я уже сказала. Вера много работала... — точно оправдываясь, заговорила я. — Телевидение, где она делала репортажи, еще писала статьи для двух газет... все это требовало времени. К тому же ее мать болела последние годы, проблемы с сердцем... в общем, на личную жизнь времени не оставалось. Как всякая девушка, она мечтала встретить молодого человека... о замужестве речь не шла, ей просто хотелось с кем-то встречаться, хотя бы иногда. Однажды она поехала с подругой на дачу, по дороге у них сломалась машина... собственно, так они с Сергеем и познакомились. Он увидел, что они стоят на дороге, помог... Они обменялись номерами мобильных, на следующий день он позвонил. Симпатичный парень... Она решила, что влюбилась. До этого у нее два года никого не было. Ну, а потом выяснилось, что между ними нет ничего общего. Люди с разных планет. Понимаете? Он сказал ей, что работает в какой-то фирме, но вскоре выяснилось: нигде он не работает. На что живет — неизвестно. Она не раз ловила его на вранье и в какой-то момент просто перестала относиться к нему серьезно. Но они продолжали встречаться от случая к случаю. Ни к чему не обязывающие отношения. Обоих это устраивало. С ним было весело, у Сергея легкий характер... и он приятный парень. Хоть и шалопай. Связывать с таким свою жизнь она не собиралась, но и обижать его не хотела. В конце концов, их встречи прекратились сами собой. Никакого разрыва с выяснением отношений не было. Он не звонил, а она и думать о нем забыла.

— Но за неделю до ее убийства он вдруг исчез? — спросил Владан.

— Об этом я узнала от следователя. В любом случае, я сомневаюсь, что Сергей затаил обиду. Если бы он вдруг появился, Вера наверняка бы не отказалась от встречи с ним. С какой стати ему убивать ее?

— Других подозреваемых, как я понял, нет? — произнес Владан.

Я кивнула.

— Была версия, что убийство связано с ее профессиональной деятельностью. Она ведь работала на телевидении. Но, по-моему, это также бесперспективно.

Достаточно посмотреть ее архив, чтобы понять: вряд ли Вера смогла нажить врагов.

— Обычная девушка с обычной жизнью, — усмехнулся Владан. — Ни у кого ни малейшего повода желать ее смерти. Но ее убили. Остается предположить, на нее напал маньяк, специализирующийся на любительницах болтать по скайпу.

— Я не очень расположена шутить, — твердо сказала я, его слова показались обидными.

— А я и не шучу, — пожал Владан плечами. — Значит, никаких зацепок? Прошло полгода, и есть все шансы, что убийство так и останется нераскрытым.

— Поэтому я и обратилась к вам.

— Что ж. — Он откинулся на спинку стула, глядя на меня с сомнением, и кивнул. — Я подумаю над вашим предложением.

— Почему не ответить прямо сейчас? — задиристо спросила я, чувствуя, что краснею.

— Прежде чем согласиться, я должен взвесить свои шансы. Зачем вам тратить свои деньги впустую, а мне свое время? Обещаю дать ответ в ближайшие дни.

— Но...

— Вы ждали полгода, почему бы не подождать еще немного? — Он говорил спокойно и вежливо, но сразу становилось ясно: возражать бессмысленно.

— Пожалуйста, помогите мне, — пролепетала я.

Он нахмурился, взглянул в упор, и возникло чувство, что он видит меня насквозь, все мои мысли, страхи и сомнения с этой минуты для него уже не тайна. Не очень приятное чувство. Я постаралась выдержать его взгляд, это оказалось непросто. Он вдруг покачал головой, достал мобильный и сказал:

— Диктуйте свой номер. Я позвоню вам завтра.

После встречи с Владаном нервничала я даже больше, чем в тот момент, когда отправилась в кафе. Теперь к робкой надежде, что дело наконец сдвинется с мертвой точки, примешивались совсем другие чувства, ведь он оказался человеком, встретиться с которым я не надеялась и все же мечтала об этом. Невероятное совпадение, в него почти невозможно поверить. Теперь, вспомнив предсказание Руфины, я не сомневалась, какую встречу она имела в виду. Даже если отбросить рассказы, коими потчевал меня Юрка, того, что я сама увидела в детстве, достаточно, чтобы понять: Владан человек опасный.

Я ехала домой, а беспокойство во мне все нарастало, я даже подумала: может, и хорошо, если он вдруг откажется. Но подобная перспектива тут же вызвала страх. Нет, нет и нет. Кем бы он ни был, я не хочу, чтобы он вновь исчез из моей жизни.

Свернув во двор, возле своего подъезда я увидела Юрку, он сидел на скамейке и возился с айфоном, как большинство мужчин, не знающих, чем себя занять. Увидев меня, вскочил и направился к моей машине.

— Ну, как все прошло? — спросил насторожено, стоило мне захлопнуть дверь своей «Ауди».

— Он сказал, что подумает и завтра даст ответ. — Появление Юрки было некстати, мне хотелось остаться одной, вдоволь покопаться в своих ощущениях. Уж очень противоречивыми они были.

— И как впечатление?

— Надеюсь, он согласится.

— Я не об этом. Как он сам?

— В общем-то, ничего выдающегося. Выглядит лет на тридцать, хотя волосы совершенно седые.

— Значит, это правда, — удовлетворенно кивнул Юрка.

— Что правда? — не поняла я.

— Мой приятель рассказывал, этот Владан поседел за одну ночь. Доведись мне пережить такое, я бы попросту свихнулся...

— Еще одна офигительная история? — фыркнула я, направляясь к двери подъезда. — Зайдешь? — спросила я Юрку.

— На пять минут, у меня работа... просто не терпелось узнать, какое он произвел впечатление.

— Сильное, — вздохнула я. — Хотя довольно трудно объяснить, что в нем такого особенного... А что за история?

Мы уже вошли в квартиру, пока я искала тапочки, Юрка прошел в кухню и запустил кофе-машину. Стоя ко мне спиной, покачал головой, словно бы сомневаясь, стоит ли продолжать.

— Совершенно дикая...

— Как и все рассказы о нем. Ты собираешься испытывать мое терпение или наконец ее поведаешь?

— Не уверен, что тебе надо ее знать.

— Тогда тебе следовало бы помалкивать, но если уж на это ума не хватило, будь любезен рассказать.

— У него была девушка, — с воодушевлением начал Юрка, ставя передо мной чашку с кофе. Глаза его горели, на лицо пал отблеск вдохновения. Я решила, что, несмотря на недавние слова, рассказать очередную историю ему попросту не терпится, а еще подумала: мы с ним совсем как дети. Чужая жизнь так нас увлекла, что болтовня о подвигах Владана стала чем-то совершенно необходимым, как доза для наркомана. — Говорят, он так любил ее, что без сожаления отдал бы за нее свою жизнь. Они служили в одном отряде. Подробностей я не знаю, короче, речь шла о каких-то важных сведениях, которые они должны были доставить своему командованию, пройдя через вражеские патрули. Задание оказалось очень опасным. Сначала им везло, но когда их в очередной раз остановили, их рассказ о том, что они брат и сестра, направляющиеся к родственникам, вызвал подозрения. Их тщательно обыскали, но ничего не нашли, потому что девушка успела незаметно проглотить микрочип, который надо было доставить. Их заперли в каком-то сарае, однако им удалось сбежать. Они угнали армейский джип, за ними бросились в погоню. Началась стрельба, и девушка погибла. Владан это не сразу понял, только после того, как выстрелы стихли и стало ясно: им удалось уйти.

— Это все? — спросила я, когда Юрка вдруг замолчал.

— Нет. Ему пришлось бросить машину и дальше добираться пешком. Он не мог взять с собой девушку, понимаешь? А микрочип был в ее теле. Чтобы выполнить задание, его необходимо было извлечь.

— Ты хочешь сказать... — начала я и замолчала, во все глаза глядя на Юрку.

— Да, — медленно кивнул он. — Ему пришлось кромсать тело любимой. Так он поседел в одну ночь.

— О, Господи, — выдохнула я. — Да этого просто быть не может!.. — Тут я поняла, что ору, а Юрка под моим гневным взглядом пожимает плечами. — По-моему, это чушь собачья, — сказала я куда спокойнее. — Надеюсь, не сам Владан такое выдумал. А может, он чокнутый? Спятил на войне, такое случается. Вот и рассказывает небылицы.

Я представила Владана, который в теплой мужской компании ведет разговоры по душам, и вынуждена была признать: это еще менее вероятно, чем Юркина история. Он точно не из тех, кто любит о себе потрепаться. Но откуда тогда все эти жуткие истории?

— Ладно, я побежал, — поднимаясь из-за стола, сказал Юрка и направился к входной двери.

А я пожалела, что он ушел. Теперь стало ясно, мне просто необходимо с кем-то поговорить. С грустью пришлось констатировать: рядом нет друзей, которым я могла бы довериться. Только папа и Руфина. Но ни ей, ни ему я, по неведомой причине, не хотела рассказывать о том, что произошло однажды ночью четырнадцать лет назад. А без этого объяснить, почему наша встреча так меня поразила, не представлялось возможным. «У меня нет друзей, — с горечью подумала я. — Друзья — это те, от кого не нужно что-то скрывать. А вся моя жизнь — сплошные недомолвки. Я всегда боялась сказать правду. Если молчать о ней, можно убедить себя и других, что ничего ужасного не происходит».

Владан позвонил после обеда. Само собой, все это время я места себе не находила. Он говорил, что ему надо подумать. На самом деле он, скорее всего, наводил справки, чтобы знать о предстоящем деле не только с моих слов. Если верить слухам, у него есть связи, а значит, есть возможности. Обо мне он тоже решил навести справки? И теперь знает всю мою подноготную? При этой мысли я так стиснула зубы, что челюсти заломило. А когда услышала звонок мобильного, бросилась к нему со всех ног, умудрилась споткнуться и растянулась на полу. Схватив мобильный, сказала отрывисто:

— Да, — и замерла.

— Здравствуйте. — Его голос звучал сдержанно, и я с ужасом подумала: он откажется. — Я обдумал ваше предложение.

— И... и что?

— Попытаюсь вам помочь.

— Спасибо, — выдохнула я и заговорила деловито: — Куда перевести деньги?

— Заплатите, когда я закончу работу. На возможные расходы достаточно тысяч двадцать, если понадобится больше, я скажу. Вы говорили, у вас есть архив подруги? Захватите его. Жду вас в своем офисе. — Он назвал адрес.

— Когда можно подъехать? — спросила я.

— Прямо сейчас. Советую взять такси. — Он отключился, а я заметалась по комнате. Без особого толка, надо сказать. Однако вскоре смогла успокоиться. Сунула в сумку ноутбук, проверила, есть ли в кошельке деньги, и, схватив ключи от машины, спустилась во двор.

Владан советовал взять такси, я не очень поняла, зачем это делать, и в некотором сомнении потопталась возле своей «Ауди». Может, он не хочет, чтобы нас видели вместе, то есть видели мою машину возле его офиса? Но если он займется расследованием, о нашем знакомстве в любом случае узнают. Мысленно махнув рукой, я села в машину. В конце концов, он сказал «советую», значит, выбор оставил за мной.

Офис Владана находился в районе, прозванном Ямой. Такому названию район был обязан своему месторасположению. Наш город изначально строился возле реки, места здесь холмистые, старинный собор и прочее историческое наследие находятся на вершинах холмов. А между ними узкие улочки и переулки, в хитросплетениях которых немудрено заблудиться. Лет тридцать назад центральные улицы расширили, часть старых, обветшалых домов снесли. Однако новшества совсем не коснулись района старого рынка, расположен он между трех холмов, в низине. Яма, одним словом. В этом названии крылся еще некий смысл. Вокруг рынка лепились ветхие домишки, в основном, частный сектор. Их облюбовали выходцы с Кавказа и Средней Азии. Потихоньку скупали дома, и теперь русскую речь там услышишь нечасто. По крайней мере, если верить тем, кому по душе лозунги «Россия для русских». Так это или нет, одно несомненно: район считался неблагополучным. В темное время суток туда лучше не соваться, и таксисты больше двух минут клиентов там не ждали. Те из жителей, кто мог себе это позволить, давно его покинули. Лет пять назад власти предпринимали очередную попытку придать Яме презентабельный вид, и здесь началось строительство многоквартирных домов. Однако затея провалилась. Цена за квадратный метр была ниже, чем в других районах города, но и это не помогало. Часть квартир так и остались непроданными, а те, что удалось продать, купили все те же выходцы с Кавказа. Недавно тут открыли мечеть. Открытие новой мечети одни считали своей победой, другие безусловным поражением. Сколько здесь живет нелегалов, приходилось лишь гадать, их становилось все больше, а напряжение и взаимное противостояние с годами росло. То, что Владан выбрал подобное место для своего офиса, вызывало недоумение. Хотя, может быть, все просто: его привлекла низкая цена на офисные помещения.

Поплутав немного по переулкам, я оказалась возле трехэтажного здания с номером двадцать девять на фасаде. Обычный жилой дом, на окнах занавески, на подоконниках цветы. Вход со двора, но со стороны фасада тоже была дверь, пластиковая, с большим стеклом. К ней вели три ступени, выложенные плиткой. «Кому взбрело в голову в таком месте поставить стеклянную дверь? — подумала я и сама ответила на этот вопрос: — «Дом двадцать девять, вход с фасада», — сказал Владан. Должно быть, он выкупил одну из квартир и устроил в ней офис».

Рядом с дверью два окна, тоже пластиковые. Прочие окна дома с деревянными рамами, краска на них облупилась, одна из форточек болталась на единственной петле, создавая угрозу для прохожих. Прямо возле двери стоял новенький спортивный автомобиль. «Мазератти», — присвистнула я. Ее присутствие здесь казалось совершенно неуместным.

Припарковавшись рядом, я вышла из машины. Из подворотни напротив появились двое подростков и, привалившись к стене дома, наблюдали за мной. Один что-то сказал другому, кивнув на меня, и оба засмеялись. А я поспешила к застекленной двери, чувствуя на себе их взгляды. Никакой таблички рядом с дверью не было, но это не удивило, Юрка предупреждал, что Владан в рекламе не нуждается. Дверь оказалась приоткрытой. Толкнув ее, я вошла в просторную комнату. Прямо напротив за столом сидел Марич. Обстановка офиса спартанская: стол, два кресла, стеллаж, совершенно пустой, если не считать дюжины пивных кружек, должно быть, хозяин их коллекционировал, шкаф с лакированными створками и диван в углу. У дивана был такой вид, точно не одно поколение алкоголиков отлеживало на нем бока, находясь в прострации. На столе стоял ноутбук, рядом принтер. На окнах жалюзи, сейчас приподнятые. Не знаю, чего я ожидала, но точно не этого. Особенно после лицезрения «Мазератти» под окнами. Мужчин не поймешь. Любят дорогие игрушки, при этом откровенное убожество обстановки их вроде бы совсем не волнует.

— Здравствуйте, — сказала я, продолжая оглядываться.

— Привет, — сказал Владан.

Ожидая меня, он просматривал газету, теперь отложил ее в сторону и кивнул на кресло, что стояло напротив.

— Это ваша машина? — спросила я, ткнув пальцем в сторону окна.

— Моя, — усмехнулся Владан. — У каждого есть слабости.

— Ваши мне нравятся.

— Мне тоже.

Стоило мне увидеть его, как я опять разволновалась, оттого и болтала, хотя, наверное, следовало проявить сдержанность. Я торопливо достала из сумки деньги, протянула Владану.

— Вот двадцать тысяч, как вы сказали... архив в моем ноутбуке.

Он взял деньги, достал из ящика стола лист бумаги, написал расписку и отдал листок мне.

— В этом нет необходимости, — покачала я головой.

— У меня свои правила, — возразил он спокойно. Пришлось убрать расписку в сумку.

— Спасибо, что согласились, — пробормотала я, не зная, что еще сказать.

Он кивнул. Понять это предлагалось как угодно.

— Можно вопрос? — решилась я.

— Валяйте.

— Вы наводили обо мне справки?

Он откинулся на спинку кресла, помолчал немного и спросил:

— А надо было?

— Да или нет?

— Меня не интересуют ваши тайны, если они есть, конечно. При условии, что они никак не связаны с убийством, — усмехнулся он.

— Не связаны.

Я смотрела на него, гадая, знает или нет? Лицо абсолютно непроницаемо. А вот во взгляде читался вопрос, словно он ждал от меня чего-то. Я кивнула на свой ноутбук.

— Здесь черновые записи, не только то, что выходило в эфир. — Он вновь кивнул, продолжая меня разглядывать. — У меня есть условие, — собравшись с духом, сказала я и тут же смешалась. — Не условие, просьба.

— Я слушаю, слушаю, — сказал он, когда я замолчала, силясь подобрать нужные слова.

— Я бы хотела... я бы хотела быть рядом. Участвовать в расследовании.

Он опять надолго замолчал, а я испуганно решила: сейчас он меня выгонит. Молча укажет на дверь...

— Думаете, это очень увлекательно? — наконец спросил он.

— Нет. Боюсь свихнуться, сидя в четырех стенах и ожидая результатов.

— Хорошо, — пожав плечами, неожиданно легко согласился он. — Только имейте в виду, начнете мне надоедать, отправлю домой в два счета.

— Вы можете говорить мне «ты», — выпалила я, еще не веря в удачу.

Он в очередной раз окинул меня внимательным взглядом.

— Как скажешь. Тогда и тебе стоит перейти на «ты».

— Я попробую.

— Трудно «тыкать» взрослому дяде? — засмеялся он.

— Вы выглядите лет на тридцать, — сказала я.

— К сожалению, мне куда больше. Но за комплимент спасибо. Что ж, давай займемся архивом.

Я включила ноутбук, Владан передвинул кресло ближе ко мне, а на экране появилось изображение. Вера стояла с микрофоном в руках, я услышала ее голос:

— Сегодня в областном Дворце культуры проходит открытие фестиваля...

А меня внезапно поразила мысль: передо мной Вера, улыбающаяся, беззаботная, точно от смерти ее отделяли десятилетия, а между тем запись сделана всего за несколько часов до гибели моей подруги. Но Вера не чувствовала на себе ее ледяного дыхания, она даже не подозревала, что стоит к ней почти вплотную, и песчинки в часах, отмеренные ей, уже почти вытекли. Почувствовав дурноту, я прикрыла глаза. Владан, повернув голову, смотрел на меня. Я, ощутив его взгляд, внимательный и серьезный, поспешила взять себя в руки и вновь уставилась на экран.

— Это всегда тяжело, — вдруг сказал Марич.

— Что? — не поняла я.

— Просматривать видеозаписи, на которых они еще живы.

— Они? — задала я вопрос.

— Те, кого скоро не станет. Ты уже знаешь об этом, а они еще нет.

Значит, он чувствует то же самое, что и я. В этом не было ничего удивительного, но я мгновенно прониклась благодарностью к нему, а вслед за этим возникло ощущение узнаваемости и давней привязанности, точно он был рядом все эти годы и мы давно научились понимать друг друга без слов.

— Давай с самого начала, — сказал он, я кивнула, а Вера вновь произнесла:

— Сегодня в областном Дворце культуры...

— Она делала репортажи о фестивалях, выставках кошек... и никогда о политике, — торопливо произнесла я. — У нее не было, не могло быть врагов.

— Да-да, я понял, — кивнул Владан, пристально глядя на экран.

— Сделай крупный план толпы на входе, — услышала я голос Веры. — И афишу возьми в кадр.

— Не учи, — ответил ей Юрка.

— И людей, которые подходят с остановки...

— Любой каприз, хоть всю улицу сниму...

И тут Владан остановил изображение. В кадре люди поднимались по ступеням здания, но не они, как выяснилось, заинтересовали его. Он ткнул пальцем в угол экрана. Возле темного джипа стоял мужчина, привалившись к крылу машины. Лицо точно смазанное. Бритый наголо, в куртке нараспашку. Он смотрел прямо перед собой, туда, где должна была находиться Вера, но в кадр она не попала.

— Когда-нибудь видела его? — спросил Владан.

— Не могу вспомнить никого из знакомых Веры, кто брил бы голову. Почему ты обратил на него внимание?

— Сомневаюсь, что его мог заинтересовать фестиваль джазовой музыки.

— Ты знаешь этого человека? Лицо невозможно разглядеть.

— Я вижу достаточно, чтобы понять, кто передо мной.

— И кто же?

— Кличка у этого типа Флинт. В сфере его деятельности наркота, проституция и прочее в том же духе.

— Какое отношение он может иметь к Вере? — нахмурилась я.

— Вот это как раз интересно.

— Он просто стоит возле машины... ехал мимо, увидел толпу, телевизионщиков и решил взглянуть, что происходит.

— Возможно. Но возможно и другое.

— Он наблюдал за моей подругой?

Владан увеличил изображение, щелкнул ногтем по физиономии бритого на экране и кивнул:

— Точно, Флинт.

— Флинт — это кличка?

— Разумеется. Одно веко у него не открывается полностью, кто-то решил, что он похож на пирата. Давай просмотрим все видеозаписи, вдруг он засветился еще где-то.

На это ушло часа два. Все записи, сделанные за последний год жизни Веры, были нами тщательно изучены, но ни Флинт, ни кто-либо еще, способный вызвать наши подозрения, так и не появился на экране.

— Мне кажется, это случайность, — разочарованно сказала я. — Мы видели его только раз, и я попросту не представляю, что его может связывать с Верой. Следователи просматривали записи и должны были бы обратить внимание на этого типа.

— А кто сказал, что не обратили? — усмехнулся Владан, а я вдруг вспомнила разговоры, что гибель Веры каким-то образом связана с наркотиками. Я считала их глупостью, не заслуживающей внимания. Видимо, что-то отразилось на моей физиономии. — Что? — спросил Владан, приглядываясь ко мне.

— Были разговоры...

— Разговоры о чем? — пришлось ответить. — Что ж, слухи на пустом месте не возникают. Попробуем узнать, что могло связывать Флинта и твою подругу.

— Я не собираюсь учить тебя вести расследование, но в данном случае мы только зря потратим время. Веру бы никогда не заинтересовал подобный мужчина. Он не в ее вкусе, и уж тем более невозможно представить, что она имела хоть какое-то отношение к наркотикам.

— Другой зацепки, как я понял, у нас нет, — спокойно выслушав меня, пожал Владан плечами.

— Что ты собираешься делать? — помолчав, задала я вопрос. — Я имею в виду... встретимся с этим Флинтом? — Я и сама поняла, какую глупость сморозила, и покраснела от досады.

Но Владан, услышав это, не стал усмехаться, делать замечания или каким-то еще способом демонстрировать свое отношение к моим словам. Лицо его оставалось непроницаемым, а голос ровным.

— Для начала узнаем, чем он занят сейчас и чем занимался полгода назад. Если появится что-то интересное... тогда можно и поговорить. Вообще-то такие типы не любят откровенничать, так что прижать его придется основательно.

— Извини, — пробормотала я.

— За что?

— Наверное, мне не следовало лезть с замечаниями.

— Когда я решу, что это действует мне на нервы, непременно сообщу, а пока говори в свое удовольствие. Вечером я собираюсь заглянуть в пару-тройку мест. Те, кто меня интересует, днем обычно отсыпаются и только ближе к ночи выползают на улицу.

— Я могу поехать с тобой?

— Если захочешь, а пока я еще раз просмотрю записи.

Я скопировала видеоматериалы и положила диск на стол. Стало ясно, пора уходить. Я поднялась, Владан первым направился к двери, должно быть, решив меня проводить.

— Тогда я жду звонка, — сказала я неуверенно.

Он кивнул, распахивая дверь и пропуская меня вперед. Мы оказались совсем близко друг к другу. Сегодня он был в белой рубашке навыпуск, длинные рукава закатаны до локтя, верхние пуговицы расстегнуты. На кармане крохотная золотая монограмма, на нее я и смотрела, боясь встретиться с ним взглядом. Мне вдруг показалось, что в комнате нестерпимо душно, я чувствовала, как пылает мое лицо, и даже боялась представить, что может подумать обо мне Владан. Однако уже через минуту у меня появился иной повод для переживаний: оба задних колеса моей машины оказались спущены, не просто спущены, их вспороли ножом или еще каким-то острым предметом. «Чертов район», — со злостью подумала я.

— Потому я и советовал приехать на такси, — разглядывая колеса, заметил Владан.

Стайка мальчишек, посмеиваясь, наблюдала за нами. Самый младший, лет тринадцати, сделав неприличный жест, громко засмеялся. Но стоило Владану взглянуть в их сторону, как мальчишки мгновенно исчезли в подворотне.

— Садись, — кивнул Владан на «Мазератти» и устроился за рулем.

Очень скоро мы оказались в соседнем переулке, мальчишки как раз вывернули из-за угла. Увидев нас, бросились врассыпную, Владан, резко затормозив, выскочил из машины и ухватил за шиворот самого нерасторопного. Он выглядел чуть старше остальных, и в их компании он наверняка был заводилой. Пять минут назад он стоял, вальяжно сунув руки в карманы, привалившись спиной к стене, презрительно вздернув губу, наблюдая за моей растерянной физиономией, когда я таращилась на колеса своей «Ауди», а теперь втянул голову в плечи и боялся поднять глаза. Моя недавняя злость мгновенно прошла, лишь только я поняла, как он напуган. На всякий случай я тоже вышла из машины, готовясь вмешаться, если Владан зайдет слишком далеко в своем желании наказать негодника.

— Кто это сделал? — спросил он, в голосе не было и намека на раздражение. Тем же тоном он мог поинтересоваться, который час. Парнишка молчал, зажмурившись. Владан легонько тряхнул его:

— Кто, я спрашиваю?

— Алик, — пробормотал подросток. Владан разжал руку и вернулся к машине. — Я говорил ему... я говорил, но он не послушал, — сказал парнишка с обидой и побрел по улице, ссутулившись.

— Придется вызывать эвакуатор, — заметила я, садясь в машину.

Владан не ответил. Я-то думала, мы вернемся к офису, но очень скоро мы тормозили возле овощного магазинчика. Дверь распахнута настежь, рядом, прямо на тротуаре, стояли ящики с товаром.

— Подожди здесь, — сказал Владан, но я пошла с ним.

Магазин оказался совсем крохотным, все свободное пространство занимали ящики с овощами и фруктами, у стены прилавок с весами и чековым аппаратом. На стене в рамочке пожелтевший свиток с арабской вязью. Должно быть, изречение из Корана. Подобные я видела в Арабских Эмиратах. За прилавком стоял молодой мужчина и смотрел телевизор, маленький, с черно-белым изображением, тот был прикреплен к стене напротив. За спиной мужчины располагался вход в подсобку, завешенный шторой из бамбука. Когда мы входили в магазин, я успела уловить какое-то движение в той стороне, точно кто-то при нашем появлении поспешил убраться с глаз долой. Бамбуковые палочки все еще плавно покачивались.

— Привет, — сказал Владан.

— Добрый день, — ответил мужчина. Настороженно взглянул и тут же улыбнулся: — Все свежее. Только сегодня привез...

— Где Алик? — спросил Владан, приближаясь к прилавку, я осталась стоять возле открытой двери.

— На улице, — пожал плечами мужчина. — Зачем он тебе?

— Твой брат проколол колеса у машины вот этой девушки.

— Ай-яй-яй, — поцокал тот языком. — Нехорошо. Что поделаешь. Дети всегда шалят.

— Не пора ли растолковать ему, что такие шалости добром не кончатся?

— Он никого не слушает.

— А ты постарайся быть услышанным. Или ему это растолкует кто-то другой.

— Ему всего тринадцать, они в этом возрасте все такие. В следующий раз пусть девушка ставит машину в другом месте.

— В следующий раз твоему брату лучше позаботиться о том, чтоб с ее машиной ничего не случилось.

— Я не отвечаю за брата, — резко возразил торговец и махнул рукой.

— Это ты так думаешь, — ответил Владан, перехватил его руку и молниеносным движением вывернул ему пальцы.

Я отчетливо слышала хруст, мужчина вскрикнул от боли и побледнел. А из подсобки появился мальчишка, тот самый Алик. Лицо его пылало, рот кривился, правую руку он держал за своей спиной, дрожа всем телом.

— Ты все слышал? — спросил его Владан. — Если ты такой герой, чего за брата прячешься?

— Ты... — с трудом произнес мальчишка, — ты... ты просто нас ненавидишь.

— Вот как? — вроде бы удивился Владан.

— Все знают, — зло добавил Алик, а я замерла в страхе, не зная, как прекратить все это. Конечно, мальчишка заслуживал хорошей порки, но ломать пальцы его брату... Да этот Владан просто псих...

— Ты колеса проткнул, потому что у девушки кожа светлее, чем твоя, или просто ее тачке позавидовал? — спросил Владан с усмешкой. Глаза мальчика потемнели от гнева, он дернулся, и я увидела, как сверкнуло лезвие ножа в его руке. — Поразмышляй об этом, — продолжил Владан. — И запомни. Если взялся за оружие, ты уже не ребенок. И отвечать будешь, как мужчина.

Владан развернулся и направился к двери. Оба брата смотрели ему вслед, один придерживал ладонью искалеченную руку, в глазах младшего закипали слезы. Едва держась на ногах, я последовала за Маричем.

— Владелец «Мазератти» может позволить себе офис в другом районе, — сказала я, садясь рядом с ним в машину.

— Это мой район, — ответил он. — Я здесь вырос и уезжать отсюда не собираюсь.

А меня прорвало:

— Вот оно что... «очистим город от инородцев»?

— Звучит довольно забавно, учитывая мое имя и фамилию. Кстати, это у твоей машины колеса проткнули.

— Но это не повод устраивать вендетту.

Он взглянул на меня, а я невольно поежилась. Хмурое, с тяжелыми чертами лицо, резко очерченный подбородок и глаза... Сейчас, глядя в них, я чувствовала себя так, будто попала в мрачный подвал, из которого нет выхода.

— Налицо несовпадение мировоззрений, — усмехнулся Владан. — У тебя еще есть возможность отказаться от моих услуг.

— Не дождешься, — буркнула я, отворачиваясь к окну.

Он засмеялся:

— На самом деле мы здесь неплохо уживаемся, хотя человеку со стороны понять, что к чему, нелегко.

— Здесь — это в Яме?

— Ага. Отличный район, а сердца у нас у всех просто золотые.

Мы вернулись к офису, тут меня ждал очередной сюрприз. Моя машина исчезла. На тротуаре, поставив ноги на проезжую часть улицы, сидел чумазый мальчишка лет восьми с копной иссиня-черных волос и грыз яблоко. «Вот и все, чего этот псих добился, — с тоской подумала я. — Мою машину угнали». Владана ее исчезновение отнюдь не смутило. Он притормозил, открыл окно, а мальчишка поднялся и, сунув голову в кабину, сказал солидно, уж очень по-взрослому:

— Дядя Ашот машину увез, через час все будет готово.

Мальчик трепетно провел ладошкой по рулю и спросил совсем другим тоном:

— Прокатишь?

— Садись. — Владан распахнул дверь, мальчишка с сияющим лицом устроился на его коленях, вцепившись руками в руль. И мы покатили по улице. — Как мать? — спросил Владан, ехал он не спеша, желая продлить удовольствие ребенку.

— Теперь нормально. На следующей неделе обещали выписать. Велела тебе привет передать.

— Скажи ей, пусть ни о чем не беспокоится.

Владан надавил педаль газа, и машина рванула вперед, а мальчишка завизжал от восторга. Вскоре мы тормозили возле авторемонтной мастерской, размещалась она в старом кирпичном гараже. Навстречу нам вышел пожилой мужчина и приветливо помахал рукой.

— Ребята скоро закончат, — сказал он, когда мы втроем вышли из машины. Они с Маричем обменялись рукопожатием и обнялись, похлопывая друг друга по спине. — Выпьем чаю... как девушку зовут?

— Полина.

— Красивая девушка, и имя красивое. Жаль, что так получилось с твоей машиной, — продолжил он, с улыбкой глядя на меня. — Не сердись. У нас хороший район...

— Ага, — не удержалась я. — И сердца у всех золотые.

— Правильно сказала, — засмеялся он, вроде бы не замечая иронии. — В любое время обращайся, красавица. Дядя Ашот все сделает в лучшем виде. Друзья Владана — мои друзья.

Мы прошли в маленькое помещение, пристроенное к гаражу, что-то вроде кабинета. Чистенько, уютно. Старый диван был застелен ковром. Хозяин заварил чай, мы устроились за низким столиком, стоявшим возле дивана. Мальчишка вернулся к машине Владана и устроился в кабине. В открытую дверь я видела, как он, захлебываясь от счастья, изображает работу двигателя и крутит руль. Может, я и вправду чего-то не понимаю?

Минут через сорок мне вернули «Ауди», денег за работу не взяли, что, впрочем, не удивило. Возле автомастерской мы и простились с Владаном, я отправилась домой, договорившись, что часов в девять вечера он за мной заедет.

Оказавшись в квартире, я устроилась за компьютером, очень жалея, что не могу позвонить Руфине. То есть, конечно, позвонить могу, но в это время она, скорее всего, спит. Придется ждать до утра. Мне хотелось поговорить с ней о человеке, с которым меня так странно свела судьба. Все мои мысли были заняты им, а отнюдь не предстоящим расследованием. По этой причине я чувствовала себя виноватой, едва ли не предателем. К тому же после инцидента в Яме я сомневалась, что вообще поступила правильно, обратившись к нему. Владан верно сказал, мы люди из разных миров и сможем ли существовать рядом, большой вопрос. И вместе с тем я не хотела, да и не могла отказаться от совместного расследования. Романтический образ, созданный моей детской фантазией, явно не соответствовал реальному Владану, но из-за этого не стал менее притягательным.

Конечно, его гестаповские методы вызывали у меня протест, и вместе с тем я отдавала себе отчет, что у него куда больше шансов отыскать убийцу именно из-за его решимости добиваться цели любыми средствами. Данное открытие добавило переживаний, я поспешила успокоить себя тем, что, находясь рядом, не позволю ему перейти разумные границы, и мрачно усмехнулась: сегодня я тоже была рядом, и что? «Сегодня я была не готова, — мысленно оправдывалась я. — Только это и не позволило мне вмешаться». И вновь усмехнулась, подловив себя на вранье. Окажись на месте Владана кто-то другой, я бы, ни секунды не раздумывая, отказалась от его услуг и поторопилась вычеркнуть из своей жизни. А сейчас просто придумывала себе оправдания и вновь обманывала себя, считая, что смогу как-то на него повлиять. Если отбросить все лживые доводы, выходило следующее: наша встреча через столько лет произвела впечатление, не просто впечатление... Я не сомневалась, что она действительно изменит мою дальнейшую жизнь. Вот только никто не обещал, что это принесет мне счастье. Один раз я уже обожглась и теперь со страхом думала, что все может повториться вновь... Боль, с которой невозможно справиться, гнетущая тоска — они были моими спутниками весь прошедший год. «Я не ребенок, — утешала я себя. — Не глупая девчонка, которую легко обмануть. Я не позволю этому случиться еще раз... и влюбляться в него тоже не собираюсь».

Сама по себе эта мысль уже настораживала, а ближе к девяти я вдруг задумалась, что следует надеть, и полчаса проторчала в гардеробной, потом нашла косметичку, о существовании которой вроде бы забыла на целый год, и с особой тщательностью подкрасилась, бормоча при этом: «Неизвестно, куда нам сегодня доведется заглянуть, на всякий случай лучше быть во всеоружии». Глупость несусветная, и означала она лишь одно: я хотела выглядеть привлекательной в глазах Владана. «А почему бы, в самом деле, не влюбиться? — не на шутку разошлась я. — Клин клином вышибают». Учитывая то, чему я сегодня стала свидетелем, больше бы подошла другая пословица: «Из огня да в полымя».

Наконец позвонил Владан, прервав мои затянувшиеся душевные мытарства. Спросил адрес и сказал, что подъедет через несколько минут. А я, взглянув на себя в зеркало в прихожей, раздраженно произнесла: «Вырядилась, как на свидание». Желая себе что-то доказать (что, и сама толком не понимала), я сменила платье лососевого цвета, любимое, в котором считала себя настоящей красавицей, на джинсы и футболку. Подумала смыть макияж, но так далеко заходить не стала.

Выйдя из подъезда, я увидела «Рендровер», свернувший в наш двор, и с некоторым удивлением обнаружила за рулем Владана. Он посигналил, останавливаясь рядом, я села в машину и сказала с усмешкой:

— Дорогие у тебя привычки.

— Есть еще мотоцикл, — кивнул он совершенно серьезно. — Вообще-то я мечтаю о «Кадиллаке» образца пятьдесят шестого года. Найду убийцу, получу деньги и, возможно, осуществлю свою мечту. А ты о чем мечтаешь?

Вопрос поставил меня в тупик. Проще всего было ответить какую-нибудь глупость, но я задумалась, вот тут-то и выяснилось, что с мечтами у меня туго. Найти убийцу Веры — это цель. Но мечта... мечта — совсем другое. И у меня нет ни одной. Даже малюсенькой.

— Я мечтаю о том, чтобы люди относились друг к другу с уважением и любовью, — съязвила я, пытаясь скрыть легкую панику от своего внезапного открытия.

— Примерно это я и ожидал услышать, — сказал Владан без тени насмешки. — Девушка вроде тебя должна мыслить масштабно, с пользой для всего человечества.

— А тебе что мешает?

— Жизненный опыт. Ко всем с любовью точно не получится.

— Куда мы едем? — решила я сменить тему.

— Прокатимся по городу.

Мы доехали до Соборной площади и свернули на параллельную улицу. Она славилась тем, что здесь располагались три ночных клуба, несколько ресторанов, две гостиницы, где номера сдавали не на сутки, а на пару часов, с десяток массажных салонов и прочее в том же духе. «Средоточие всех пороков», как однажды заметила Вера. Собственно, от нее я и узнала о гостиницах с почасовой оплатой и других радостях. Один из депутатов выразился куда цветистее: «гнойная язва на теле нашего города». Своего мнения у меня на сей счет не было. Ни в одном ночном клубе я не была ни разу, не говоря уж о массажных салонах. А вот Вера охотно заглядывала в ночной клуб «Дива», когда было время и желание, и отзывалась о нем совсем неплохо. Меня с собой звала, но большое скопление народа всегда меня пугало. В общем, сидя в машине, я с любопытством таращилась в окно, но пока ничего заслуживающего внимания узреть не успела. И на парня, что торчал в подворотне рядом с кабаре «Лолита», тоже внимания не обратила. Зато на него обратил внимание мой спутник. Открыл окно с моей стороны, перегнувшись к нему, свистнул, после чего, проехав чуть вперед, остановился. Парень покинул подворотню, огляделся, точно проверяя, не следует ли кто за ним, и поспешно направился к нам. Устроился на заднем сиденье и сказал:

— Привет.

— Привет, — отозвался Владан.

Я повернулась, чтобы разглядеть парня получше, а он усмехнулся:

— Да ты с девушкой? Решил развлечься? Могу посоветовать одно местечко, сегодня там классное шоу...

Хотя туда лучше завернуть одному. — Он весело фыркнул и мне подмигнул.

Выглядел моим ровесником, лет двадцати с небольшим. Лицо вроде бы симпатичное, и вместе с тем было в нем что-то отталкивающее, взгляд метался туда-сюда, ни на чем подолгу не задерживаясь. Физиономию парня украшал синяк, успевший пожелтеть, он пытался замазать его тональным кремом, но вышло только хуже, кожа на лице шелушилась, из-за чего грим выглядел так, точно парень просто забыл умыться. Зубы, несмотря на молодость, желтые, а он словно нарочно скалил их. Парень был в потасканной рубашке и джинсах, ко всему прочему ему не мешало бы помыться.

Он снял бейсболку и принялся вертеть ее в руках, поглядывая на Владана. Тот, не обращая внимания на болтовню неряхи, достал из бардачка лист бумаги и сунул ему под нос.

— Знаешь, кто это?

Я проявила любопытство и тоже посмотрела. Распечатанный на принтере кадр из видеофильма, где Флинт стоит возле своей машины. Парень взглянул мельком и поспешно вернул бумагу:

— Не-а.

— Посмотри внимательней, — сказал Владан.

— А чего тут увидишь? Дерьмо фотография, морда смазана.

— Внимательнее, Боря, внимательнее.

Чем небрежней и распевнее говорил Владан, тем явственнее угадывалась исходящая от него угроза. Боря погрустнел.

— Ну, вроде на Флинта похож.

— Расскажи мне о нем.

— О Флинте? Что такого я могу рассказать, чего ты сам не знаешь?

Владан повернулся, ухватил парня за волосы и, сунув его голову между сидений, ткнул лицом в панель, из которой торчал рычаг переключения скоростей.

— Отпусти, — взмолился парень.

Владан разжал пальцы, и Борис принял вертикальное положение. Потрогал свой нос и сказал, поморщившись:

— Я маленький человек, а этот чувак — ходячий смертный приговор. Ничего о его делах я знать не хочу, и про твои тоже. Потому что по мне, так ты даже хуже.

— Чего-то ты сегодня храбрый, — удивился Владан.

— Болтают, что Флинт последнее время какой-то дерганый. Вроде Бад им недоволен. То ли у них товар увели, то ли просто черная кошка между ними пробежала. Больше ничего не знаю.

— Точно?

— Да будь я проклят. Если хочешь, поспрашиваю кое у кого...

— Только аккуратней.

— Само собой. Все? — Он уже намылился выскользнуть из машины, но Владан, вновь открыв бардачок, протянул ему фотографию. Эта была куда лучшего качества.

На фотографии мужчина лет двадцати семи со светлыми волосами, широкой улыбкой и ямочкой на подбородке. На этот раз Борька разглядывал фотографию очень внимательно.

— Рожа знакомая, — кивнул он. — Как звать, не знаю, но вроде я видел его пару раз в компании Флинта.

— Вроде?

— Слушай, я когда под кайфом, в голове ничего долго не держится. Говорю, рожа знакомая. Ошивался здесь. Спроси Гошу Кондратьева, он-то уж точно знает, если этот красавчик водит дружбу с Флинтом, — сказал он, возвращая фотографию.

— Где Гошу стоит поискать? — спросил Владан.

— После одиннадцати в «Диве» обязательно появится. Там его точка. Пойду я, ладно?

Владан молча кивнул, и парень поспешил нас покинуть. А мы поехали дальше. Я взяла фотографию и спросила:

— Кто это?

— Приятель твоей подруги.

— Сергей?

— Он самый.

— Откуда у тебя его фотография? — удивилась я.

Владан посмотрел с сожалением, точно я сморозила несусветную глупость, и отвернулся. Потом включил радио, как видно, не желая продолжать беседу, но почти сразу же выключил.

— Оставь, — попросила я, песня мне нравилась. И голос певицы тоже. Само собой, песня была о несчастной любви. Радио он все-таки включил, но перешел на другую волну. — Не любишь песни о любви? — полезла я с вопросами.

— Такие — нет, — ответил он.

— Красивая песня, — не унималась я, хотя и была уверена: тему он сочтет исчерпанной и ничего не ответит.

Но Владан неожиданно продолжил:

— Если человек нуждается в любви, для начала стоит завязать с нытьем и с кем-нибудь трахнуться.

Вдруг это станет первым удачным шагом на пути к
мечте?

— О, Господи, — покачала я головой. Впрочем,
сама напросилась. И вдруг подумала: несмотря на яв-
ный цинизм подобного заявления, в нем таки содержится некая правда. Взять меня, к примеру. Что толку
от моих переживаний? Год прошел, а я чувствую себя
даже хуже, хотя давно надо бы успокоиться... — Ты
прав, лучше послушать что-нибудь оптимистичное.

— Предлагаю поужинать, — кивнул Владан, чем
несказанно удивил.

— А наше расследование?

— До одиннадцати время есть. Кстати, хочу предупредить: поиски злодеев — жуткая рутина. Пристаешь
к людям с вопросами, тратишь время на ожидание...
между тем, ты могла бы провести его с пользой.

— Просто я веду себя как дура, и ты хочешь от
меня избавиться.

— Чересчур самокритично. Почему вдруг дура?

— Потому что лезу с дурацкими вопросами, взять
хоть эту песню...

— Да я совсем не против поболтать, — пожал он
плечами. — И твое присутствие меня не раздражает.
Я думал, тебя раздражает мое.

— Нет, — сказала я с излишней поспешностью и
смутилась.

И вновь подумала о его недавних словах по поводу
песни, а еще вспомнила историю, рассказанную Юркой. Что, если Владан просто прячется под маской
циника, все еще оплакивая свою любовь? Ну, вот,
опять начинаю фантазировать. Такие, как он, вовсе не
способны влюбиться, а Юркина история просто чушь.
Такие, как он? Что я о нем знаю? Он на редкость терпелив со мной, мог бы уже давно поставить меня на

место... Я его клиент, и он считает, что обязан быть вежливым? При этом ему ничто не мешает мысленно обзывать меня дурой.

Мы успели уже довольно далеко удалиться от центра и вскоре тормозили возле здания с вывеской на фасаде «Кафе «Дубровник».

— Кухня здесь отличная, — сказал Владан, выходя из машины.

В кафе было многолюдно, почти все столики заняты. Нас встретила девушка-администратор, по тому, как она разговаривала с Владаном, стало понятно: он здесь частый гость. Не успели мы устроиться за столом, как в зале появился мужчина и направился в нашу сторону, раскинув руки и широко улыбаясь. Лет сорока, среднего роста, с темными волосами, начавшими редеть, и бородкой клинышком. Одет в брюки и голубую рубашку, она с трудом сходилась на довольно внушительном животе. Стоило один раз взглянуть на мужчину, и становилось ясно: он добряк и любитель хорошо поесть. Владан, увидев его, поднялся навстречу. Мужчины обнялись и расцеловались.

— Рад тебя видеть, брат, — сказал мужчина, по-русски он говорил с заметным акцентом.

Я попыталась обнаружить в них сходство, но они во всем являлись полной противоположностью друг другу. Так что обращение «брат», скорее всего, просто демонстрация дружеских чувств.

— Здравствуй, Тарик, — ответил Владан.

Тот кивнул в мою сторону и заговорил по-сербски, то есть я решила, что по-сербски, приняв во внимание название кафе, хозяином которого он наверняка являлся. Владан ответил ему на том же языке. Сколько я ни вслушивалась, но мало что поняла, хотя догадывалась, речь идет обо мне.

— Это невежливо, — заметила я довольно резко.

Тарик выставил вперед ладони и сказал:

— Прости. Хочется иногда поговорить на родном языке. Сейчас принесу наше фирменное блюдо. Уверен, ты такого еще никогда не кушала.

Тарик удалился, а я спросила:

— Он из Хорватии?

— Из Боснии.

— Тогда почему кафе называется «Дубровник»?

— Понятия не имею, спроси у Тарика.

— Тарик — имя какое-то восточное? — вновь полезла я с расспросами.

— Он — босниец. Мусульманин.

— А ты откуда? То есть, я хотела сказать, твой отец?

— Тоже из Боснии.

— Значит, вы земляки?

— Можно сказать и так, — усмехнулся Владан. — Тарик — босниец, а я боснийский серб. Для вас разница небольшая, для нас — существенная.

— Но он назвал тебя братом, — заметила я.

— Это мы там воевали, — сделал он неопределенный жест рукой. — А здесь нам делить нечего. Он лет десять живет в России, на родном языке поговорить приятно, а во всем городе нас только двое.

— Поэтому вы дружите?

— Не только. Он хороший человек. Но это не значит, что, оказавшись там, мы опять не начнем воевать.

— Хороший человек, но со своей правдой?

— Примерно так.

— А твои родители, где они? Здесь или...

— Остались там.

— Живут в Боснии?

— Не живут, — отрезал он.

Я посмотрела с недоумением, и только через минуту смысл произнесенных им слов дошел до меня. На счастье, вернулся Тарик с подносом в руках, расставил тарелки и сел ужинать с нами.

— Попробуй вино, — предложил он. — Из дома прислали.

— Я за рулем. А Полина, надеюсь, тебе компанию составит.

Я увлеченно жевала, не уставая нахваливать вино и таланты повара, наверное, слишком рьяно. При этом избегала смотреть на Владана, чувствуя неловкость и пытаясь отвлечься от нашего недавнего разговора и его последних слов. Тарик кивал и улыбался, когда тарелки опустели и подошедшая официантка забрала их, он разлил остатки вина в бокалы, а Владан сказал:

— У меня к тебе разговор.

— Только говорите по-русски, — предупредила я.

— Серьезная девушка, — засмеялся Тарик. — Что за разговор?

— Меня интересует Флинт. Один человек намекнул, что Бад им не очень-то доволен. Ничего такого не слышал?

Тарик выразительно взглянул на меня, но Владан вроде бы не заметил этого взгляда, спокойно ждал ответа. Тарик осмотрелся, словно хотел убедиться, что никто нас не слышит, и заговорил, понизив голос:

— Не похоже, что они повздорили. Но... прошел слух, что зимой кто-то увел у них товар. На кругленькую сумму. Ты знаешь, Бад такого не прощает, поэтому Флинт носом землю роет, чтобы найти нахала.

— И кто им предположительно может быть?

Тарик пожал плечами:

— Флинт многое бы отдал за один намек на его имя.

— Ты говоришь, это случилось зимой?

— Примерно полгода назад. По крайней мере, тогда возникли эти слухи. Поначалу Бад был уверен, что товар вместе с деньгами, которые он надеялся за него выручить, оказался у ментов. Но... — Тарик развел руками.

— Так, может, менты и забрали, поделили между собой, начальству не докладывая.

— Возможно, и Бад бы так решил, но дружки, которых у него в полиции немало, заверили: никто из их товарищей не разбогател. Мало того, появились менты в нужное время и в нужном месте не просто так...

— То есть кто-то из своих сообщил им о сделке и добро под шумок увел?

— Свои или нет — судить не берусь. Но в том, что Бад хитрецов, в конце концов, найдет, не сомневаюсь. И в назидание другим спустит с них шкуру.

— Вот этого типа случайно не видел? — спросил Владан, положив на стол фотографию Сергея.

Тарик с минуту вертел ее в руках.

— Нет, — покачал головой. — Никогда.

Владан кивнул, убирая фотографию.

— Еще один вопрос, — сказал с улыбкой. — Полина интересуется, почему ты назвал кафе «Дубровник».

Тарик засмеялся:

— Сейчас много русских отдыхает в Хорватии... в общем, это такой хитрый ход... Как видите, мое заведение пользуется популярностью, — оглядывая зал, не без гордости добавил он. — Как вам, нравится?

— Очень уютно, — похвалила я.

— Приходите. Всегда рад вас видеть.

Допив вино, мы вскоре простились с хозяином. Денег с нас опять не взяли.

— Кто такой Бад? — задала я вопрос, когда мы направились к машине.

Владан пожал плечами:

— Владелец трех или четырех ночных клубов. Это официально. Думаю, он много что успел к рукам прибрать.

— Речь шла о наркотиках, я правильно поняла?

— Правильно. На этом он и сделал свое состояние. А теперь вкладывает бабки в легальный бизнес...

— Но если о его деятельности известно, почему...

— Это вопрос не ко мне, — перебил Владан.

— Бад — это, конечно, кличка?

— Начальные буквы фамилии, имени и отчества. Он осторожен, сам руки пачкать не любит, для этого есть такие, как Флинт. Себя предпочитает именовать бизнесменом.

— Тарик с ним знаком?

— Сомневаюсь. К Тарику заходят разные люди, он привык держать рот на замке, а уши открытыми. О том, что происходит в этом городе, он осведомлен лучше меня.

Владан завел машину, и мы опять поехали в центр. Парковка перед клубом «Лолита» оказалась забита до отказа, но для нас место нашлось.

— Клуб принадлежит Баду? — спросила я.

— Да, но вряд ли мы его встретим. Говорят, здесь он появляется нечасто. У него есть офис, где-то на Петровской. Скромный, без вывески...

— Совсем как у тебя... — Я поймала его взгляд и покраснела от досады. — Извини, я не имела в виду ничего такого...

Миновав охрану, мы оказались в большом зале, а я придвинулась ближе к Владану, машинально ухватив его за руку: находясь в толпе, я всегда испытывала беспокойство. Мы прошли к бару и устроились возле стойки, откуда наблюдали за происходящим. Владан заказал мне коктейль, себе взял минералки, взглянув с сомнением на бутылку виски в руках бармена. Едва заметно поморщился, сел к бармену спиной, сделал пару глотков из своего стакана и принялся вертеть его в руках. Прошло минут двадцать, я начала томиться, то и дело поглядывая на часы. С вопросами я лезть поостереглась, да и невозможно было разговаривать в этом месте: громкая музыка, гомон голосов, и над всем этим всполохи нестерпимо яркого света. Очень скоро у меня разболелась голова, потянуло на воздух. Я покосилась на Владана, он сидел со скучающим видом, продолжал вертеть стакан в руке.

— А если он сегодня не появится? — спросила я.

— Тогда придется заглянуть сюда завтра.

Нужный нам человек все-таки появился, ближе к полуночи.

— Ну, вот и он, — произнес Владан, скорее подумал вслух.

Я проследила за его взглядом и увидела молодого мужчину в темной рубашке, он прошел в двух метрах от бара, посмотрел на Владана и кивнул, после чего затерялся в толпе, но вскоре опять появился.

— Иди, погуляй, красавица, — сказал девушке, сидевшей рядом с Владаном, но с другой стороны, та взглянула недовольно, собралась что-то ответить, внезапно передумала и ушла, прихватив с собой недопитый коктейль. — Решил отдохнуть? — спросил мужчина, устраиваясь на ее месте и поворачиваясь к Владану.

— Тебя жду, — ответил тот, продолжая смотреть на танцующих.

— Девушка с тобой? — кивнул он на меня и усмехнулся.

— Это моя клиентка. Давай-ка выйдем.

К моему облегчению, мы отправились на улицу, мужчина, чуть поотстав, следовал за нами. Остановились в нескольких шагах от парковки, ожидая, когда он к нам присоединится.

— Лучше поговорить в машине, — заметил мужчина, подходя ближе.

Через минуту мы сидели в машине Владана, я впереди, а они устроились на сиденье сзади. Владан достал фотографию Вериного приятеля.

— Знаешь его?

— Само собой, — кивнул тот. — Серега Беленький. А тебе он зачем?

Владан вопроса словно не услышал. Мужчина вздохнул и вернул фотографию.

— Девушка его ищет? Зря... такой девушке он не пара.

— Не знаю, как ты, а я в это время предпочитаю спать, — произнес Владан. — Будь добр, не трать мое время...

— Да я просто... у него была девчонка, вроде на телевидении работала. Вот уж загадка, где он ее подцепил.

— Ты ее видел?

— Нет. Оттого и решил, что она и есть твоя клиентка. — Он перегнулся ко мне и сказал: — Меня Игорь зовут. Очень извиняюсь, если вас обидел ненароком.

— Где сейчас Серега, знаешь? — спросил Владан.

— Нет, конечно. Он в бегах уже полгода.

— Расскажи-ка об этом.

Игорь вновь вздохнул, покосившись на Владана.

— Серега — парень мутный. От таких можно ждать что угодно. Работал на Флинта, а тот сам знаешь на кого. А потом сбежал. И болтают, что не с пустыми руками.

— О том, что Бад бабла лишился, я слышал. А с какого бока там этот Серега?

— Так он как раз и... короче, пропали большие деньги, товар тоже пропал. Его должен был получить Савва. Савва Плотников, слышал о таком?

— Нет.

— А зря.

— Да? Назови причину, по которой мне следовало бы его знать?

— Серьезный мужик, — после некоторой паузы ответил Игорь, смешавшись. — Они с Бадом давно дела крутят. Короче, и он, и Бад лишились кровных, потому что вдруг появились менты и парней повязали.

— Но не всех.

— Ага. Дело было на пустыре за старым элеватором, и кое-кому удалось смыться. В том числе Сереге. Мужиков в ментовке промурыжили до утра и отпустили. Потому что товара при них не было. Видно, в суматохе сбросить успели.

— Серьезно? — усмехнулся Владан.

— Ну... всякое бывает. Я говорю только то, о чем люди болтают. А болтают следующее: ни товара, ни денег не было. Мужиков отпустили, и все вроде бы поначалу остались довольны: менты понапрасну в бронниках бегали. Но если ничего не досталось ментам, товар и деньги должны были вернуться к хозяевам. Но не вернулись, а Серега исчез.

— То есть наркоту и деньги свистнул Беленький? — вновь усмехнулся Владан. — Не идиот же он...

— Может, и идиот. Я говорю, парень мутный. Такой вполне мог. Деньги там немалые...

— Допустим. И сколько он надеялся прожить после этого?

— Когда в одной руке сумка денег, а в другой — столько же дури, можно и рискнуть. Он знал людей, которым легко скинет товар. Например, в Яме...

— Бад узнал бы об этом через два часа.

— Правильно. Поэтому Серега и рассудил: оставаться здесь нельзя. И смылся. Его ищут. Флинт уверен, он, в конце концов, даст о себе знать.

— И откуда такая уверенность?

— У Сереги мать живет в этом городе. Он ее очень любит.

— И Флинт до сих пор не навестил мамашу?

— Думаю, не раз и не два. Она, кстати, через три дня после исчезновения Сереги заяву в полицию написала. Сын, мол, пропал и все такое... Тогда еще никто его не подозревал, Савва и Бад считали, что менты все к рукам прибрали. И только через неделю... в общем, похоже, она и правда не знала, где ее сынок.

— Или водила за нос и полицию, и его дружков.

Игорь пожал плечами:

— Сомневаюсь, что у нее ума на это хватит. Она запойная.

— Но в полицию сообразила заявить, — заметил Владан.

— А чего удивляться? Она ж не каждый день в запое. Нет, зная ее, могу сказать, мамаша ни при чем. Да и Серега... свистнуть сумки в горячке, пожалуй, мог, но провернуть все по-умному... башка у него, как решето. Говоря между нами, за всем этим кто-то поумней стоит. — Тут он посмотрел на меня и криво усмехнулся.

— Другими словами, у него был сообщник, — кивнул Владан.

— Вот уж не знаю.

— Полгода назад убили девушку, подругу моей клиентки. Она работала на телевидении и встречалась с Беленьким. Правда, к моменту его исчезновения они уже расстались.

— Черт, — буркнул Игорь. — Я ведь слышал в новостях... имя Серегиной девчонки не помню, но она точно работала на телевидении. Он втюрился в нее по самые уши. Помешался на этой бабе.

— Где живет его мать? — спросил Владан.

Игорь назвал адрес, Владан кивнул и попрощался с ним. Тот с заметным облегчением покинул машину. Владан пересел в водительское кресло, но уезжать не спешил, постукивая ладонями по рулю, смотрел прямо перед собой. Потом ко мне повернулся, в его взгляде читался вопрос.

— Знаю, о чем ты думаешь, — нахмурилась я, разговор с Игорем вызвал кое-какие догадки, и они мне, по понятной причине, совсем не нравились. — Украл Сергей деньги или нет, но Вера не имеет к этому отношения.

— Даже очень близкие люди иногда способны удивить.

— Но не конкретный человек в конкретных обстоятельствах.

— Что ж, жизнь покажет, так ли хорошо ты знала свою подругу, — не стал спорить Владан. — Сейчас вопрос в другом. Если выяснится, что ее гибель напрямую связана с исчезновением денег...

— Нет, — отрезала я.

— Допустим, она о планах любовника не знала, — терпеливо продолжил он. — Но Флинт мог решить иначе или просто хотел наказать таким образом Серегу... Есть ли смысл копаться во всем этом? Совать нос в дела подобной публики...

— Ты боишься? — зло спросила я.

Он вроде бы удивился:

— Я? Нет. Речь о тебе.

— Я думаю, делать выводы еще рано, — куда спокойнее ответила я. — То, что мы увидели Флинта на видеозаписи, еще не повод... как и все эти разговоры. Но даже если ты прав... я не отступлюсь.

— Поясни, чтоб я знал: тебе нужен исполнитель или тот, кто отдал приказ?

— Я хочу, чтобы они оказались в тюрьме, — с мгновенной заминкой ответила я.

— Не могу тебе этого обещать, — пожал Владан плечами. — Посадить такого типа, как Бад, непросто, у него есть и деньги, и связи... много чего есть. А исполнитель... хорошо, попытаемся, — кивнул он, чем удивил. Я-то думала, он продолжит убеждать меня в том, что затея бесперспективная.

Он отвез меня домой. По дороге я размышляла об услышанном в этот вечер. Слова Владана, так ли уж хорошо я знала свою подругу, здорово задели. Я знала Веру всю свою жизнь... но также знала, как легко можно обманываться насчет тех, кого любишь. Некоторые вещи просто не желаешь замечать.

Всю ночь я вспоминала наши последние встречи, разговоры, которые мы вели с Верой. Искала несоответствия. Вскоре они появились, как по заказу. Несколько раз я звонила ей домой и слышала в трубке мужской голос. На мой вопрос она отвечала: в квартире она одна, а голос... кино смотрит. У меня не было причин сомневаться в этом. А теперь они есть? Допустим, она продолжала встречаться с Сергеем. Но какой смысл отрицать это? По ее мнению, Беленький не заслуживал того, чтобы на него тратить время, то есть она знала: он ей не подходит. Но продолжала с ним встречаться, раз уж никого другого не было... Неловко делать подобные признания? Но я бы никогда не стала ее упрекать... я бы не стала, а она сама? Разумная девушка с твердым характером никак не может порвать с парнем, занимающимся темными делами? Могло это быть причиной ее скрытности? «А если есть другая?» — с весьма неприятным чувством подумала я. И погнала эту мысль прочь, что оказалось не так легко. Да, деньги ей были нужны. Она устала от работы, в которой не видела смысла, от того, что все достается с большим трудом, а результат совсем не устраивает... Моя подруга — оптимистка, со смешком идущая по жизни, в реальности вполне могла чувствовать себя неудачницей. Работа не приносила удовлетворения, личная жизнь не складывалась. Плюс — хроническое безденежье. Я не раз предлагала ей помощь, но Вера всегда отказывалась. Она хотела всего добиться сама... Вдруг в какой-то момент пришло утомление? Захотелось всего и сразу? Допустим. Я не верю в это, но допустим. Сергей проболтался о сделке, и они решили похитить деньги. Но почему, в этом случае, она осталась здесь? Ведь как разумный человек должна была понимать, чем рискует? Сергей просто сбежал, посчитав, что делиться ни к чему, или у них был план: он уезжает с деньгами, а потом она присоединится к нему? Если так, тогда понятно, почему она хотела, чтобы близкие, и я в том числе, были уверены: с Беленьким их ничто больше не связывает. Но его дружки решили иначе, и она погибла. Бредовые фантазии.

Вера никогда не оставила бы мать... Она же понимала, что в этот город вернуться уже не сможет. Как ни велика сумма, о которой говорил Игорь, стоила ли она огромного риска? И мук совести из-за брошенной матери? Либо я вовсе не знаю свою подругу, либо все это плод разгулявшегося воображения...

Утром я встала рано, торопясь поговорить с Руфиной. Но здесь меня ждал облом. Коротенькое письмо, в котором она сообщала, что уехала на несколько дней: «Вряд ли там есть Интернет, но если что-то срочное — звони. Целую». Я едва не разревелась с досады, совсем было собралась звонить, но передумала. Пора научиться самой справляться со своими проблемами. Чего я испугалась, в конце концов? Домыслов каких-то темных личностей, которые сами толком ничего не знают?

Я включила телевизор, чтобы немного отвлечься. По городскому телевидению шел повтор вчерашних новостей. Я бродила по комнате, не обращая внимания на слова диктора. Хотела переключить канал, в этот момент на экране возникла искореженная машина. Очередная авария. Водитель не справился с управлением, врезался в фонарный столб и погиб. «Скорая помощь» на обочине, полицейские машины. Девушка с микрофоном в руке что-то торопливо говорила, а я поспешила выключить телевизор.

Часа через два заехал отец. Открыв ему дверь, я сразу поняла: что-то произошло.

— Здравствуй, дочка, — сказал он, целуя меня. — Ехал мимо, решил тебя проведать.

— Проходи, накормлю тебя завтраком, — ответила я, приглядываясь к нему. Неприятности на работе? О своих делах отец не любил рассказывать. На мои вопросы обычно отвечал кратко: «Все нормально» и неизменно улыбался, тем самым желая подтвердить свои слова.

— Я уже завтракал... кофе выпью. — Он устроился за столом, окинув взглядом кухню, потом посмотрел на меня: — Отлично выглядишь.

— У тебя неприятности? — спросила я, поставив перед ним чашку с кофе.

Сделав глоток, он отодвинул чашку.

— Сын Риммы Аркадьевны погиб, — произнес тихо. — Вчера вечером, возле Большого моста.

Я нахмурилась:

— Об аварии говорили в новостях... так это сын Шестаковой?

Отец кивнул.

— Ужасное несчастье... не знаю, как она переживет. Ночью ее увезли в больницу, сердечный приступ. Единственный сын, двадцать три года... в голове не укладывается...

Я молча положила руку на его плечо. В таких случаях сказать нечего, кроме избитых банальностей. Римма была давней подругой мамы. Ее муж умер, когда мне было лет одиннадцать. Мои родители поддерживали ее как могли. Вскоре не стало мамы, первые, самые тяжелые дни Римма была рядом, и до сих пор они продолжали часто видеться с отцом. Одно время я даже думала, может, их дружба перерастет в нечто большее, но они так и остались друзьями. Раз в неделю отец непременно ее навещал. С ее сыном мы были знакомы, но виделись от силы раз пять. Муж Риммы служил в полиции, она сама — судья, но сын по их стопам не пошел. Окончил экономический и уже год работал в фирме отца. И вдруг такое несчастье.

— У нее ведь никого нет? — спросила я, чтобы нарушить молчание.

— Никого, — вновь кивнул отец. — Ты же знаешь, как она его любила. Все разговоры только о сыне...

Папа привлек меня к себе. Я обняла его и поцеловала.

— Со мной-то все в порядке.

— Даже боюсь представить, каково ей сейчас... — вздохнул он. — Ради бога, будь за рулем поаккуратней...

— Ты был у нее в больнице?

— Да. Только что. Врач сказал, все должно быть в порядке... Какой уж там порядок...

— Она сильный человек... у нее есть любимая работа... извини, что говорю эти глупости.

Отец погладил меня по спине. Мы молчали, но теперь тишина не давила. Мне было спокойно рядом с ним, и он понемногу успокаивался. Лицо приобрело свое обычное выражение. А я подумала, что отец у меня очень красивый мужчина. И еще молодой. Седины в волосах совсем немного. Высокий, подтянутый. Женщины на него заглядываются. Если бы захотел, мог бы давно жениться, завести детей... Единственная дочь вряд ли особо радовала. Хотя, скажи я об этом, папа непременно бы возразил. «Ты самая лучшая дочь на свете», — любил повторять он. И в моей бестолковой жизни наверняка винит себя. Вот уж глупость. Он во всем винит себя, а я молчу, точно зная, что будет только хуже.

— Ладно, мне пора, — сказал отец, поднимаясь. — Кто-то должен позаботиться о похоронах. Приезжай вечером, буду ждать.

Я кивнула и проводила его до двери.

Вскоре после этого приехал Владан, и мы отправились к матери Сергея.

— Мать живет в частном доме, — по дороге сообщил Марич. — Серега появлялся у нее часто, но предпочитал жить отдельно, в квартире на Балакирева, которая досталась ему от бабки. Если парень в бегах, вряд ли мать знает, где его искать, но поговорить с ней стоит, хоть я и не уверен, будет ли от этого толк, если она запойная.

Дом больше напоминал сарай, чем человеческое жилье. Плотно зашторенные окна почти касались асфальта. Ржавое железо на крыше, крыльцо с подгнившими ступенями. Такое впечатление, что дом необитаем. Когда-то он был выкрашен синей краской, но она облупилась. Домишко давно бы следовало снести. Те, что по соседству, были хоть и старыми, но выглядели не в пример лучше. С правой стороны их теснили новостройки. Асфальт на улице весь в колдобинах. Припарковаться здесь было негде, дорога узкая, пришлось проехать дальше и пешком возвращаться назад.

Владан первым поднялся на крыльцо и оглядел покосившуюся дверь. Звонок отсутствовал. Он громко постучал, но дверь открыть не пожелали. Владан сил не жалел, и грохот был способен поднять с постели любого соню. Поняв, что только зря тратим время, мы направились к машине. Возле дома напротив заметили двух старушек, сидевших на скамеечке. Они наблюдали за нами с живейшим интересом. Владан перешел дорогу с намерением с ними поговорить.

— Добрый день, — сказал он, поравнявшись с бабулями.

— Добрый, — кивнула та, что была в цветастом платье.

А вторая спросила:

— Кого ищете, молодые люди?

— Ольгу Дмитриевну. Она ваша соседка?

— Ага. Послал Господь... чистое наказание, а не соседи. Почто она вам? На пьющих не похожи, а другие к ним не ходят.

— Нас ее сын интересует. Сергей.

— Серега? — бабка хмыкнула. — Так его, почитай, полгода никто не видел. Ольга уж похоронила парня. Говорит, не иначе как убили. Денег у всех соседей назанимала, чтоб сыночка помянуть. И смех, и горе. Который месяц поминает. К батюшке ходила, он в церкви служит здесь неподалеку. Отец Иннокентий ее отругал, как можно панихиду заказывать, если не ясно, жив сын или нет.

— Она ведь и в полицию обращалась? — спросил Владан.

— А то... мол, пропал сынок. Оттуда приходили, вопросы задавали. И еще какие-то люди были... тоже Серегой интересовались.

— Давно были?

— Нет-нет, да и зайдут...

— Дружки у него все как есть бандиты, — вмешалась вторая бабка. — Они и спрашивали. Зимой он пропал. Может, и вправду убили. Непутевый, но мать любил, хотя и не за что. Она лет двадцать как пьет, мальчишка, конечно, брошенный. Неудивительно, что шпаной вырос. Да и папаша его был не лучше. Месяц здесь, года три в тюрьме. Пока в пьяной драке голову не проломили. Когда Вовка, муж то есть, жив был, она еще держалась, хоть и пила, но работала и по дому худо-бедно что-то делала, а как помер, точно с цепи сорвалась. Форменный притон тут устроила, и все у мальчишки на глазах.

— Он ее часто навещал?

— Часто. И перед тем, как пропасть, тоже был. Дня за два, да, Марина? — обратилась бабка к приятельнице.

— Ага. Как раз в мой день рождения.

— Точно, мы за столом сидели, а он подъехал. С девушкой. И машина дорогая. Девушка за рулем была, мы еще удивились, чего это такая фифа на Серегу позарилась? Неужто никого получше не нашла.

— Номер машины не запомнили? — подходя ближе, задала я вопрос, и тут же решила, что спросила зря: прошло уже полгода.

— Нет, не запомнили. Но Надежда, соседка, что рядом с Ольгой живет, говорила, что девушку в телевизоре видела. И вроде убили девку-то... ага, вскоре после того, как Серега пропал.

— Надька наплетет с три короба, ее только слушай, — махнула рукой Марина. — На пустом месте такого нагородит...

— Надежда ваша полицейским об этом рассказывала? — спросил Владан.

— Конечно... ей бы только кто слушал. Они ее тут долго расспрашивали. Ольга, когда заявление написала, что Серега пропал, говорила, в последний раз его видела с этой самой девицей, ну, когда вместе приезжали. А Надька болтала, что Серега на следующую ночь здесь был. Только шел не с улицы, а с переулка, с другой стороны, стало быть. Хотя ночью там только спьяну кто пойдет. Место-то глухое.

— Как же она его увидела?

— Говорит, не спалось, возле окна сидела, глядь, человек, подумала, вдруг воры. От фонаря свет падал, в человеке Серегу и узнала. Думаю, врет. Хотя, может, и нет.

— Врет. Ольге-то чего скрывать, что сын ночью был?

— Ольга спьяну и забыть могла. Короче, сгинул он. А что да как, нам неведомо, — заключила бабка, утомясь разговором.

— Соседку сегодня видели? — спросил Владан.

— Сегодня нет. Ночью опять скандалили, сожитель ее колотит через день, теперь отсыпаются. Или убрели пол-литра искать. Они по помойкам бродят, бутылки собирают, ну и тащат все, что плохо лежит. Раньше ей Серега помогал, жратву привозил, чтоб с голоду не подохли. А сейчас Сереги нет. А вам-то он зачем нужен? — спросила бабка.

— Денег задолжал, — ответил Владан и потянул меня за руку.

— Вера была здесь незадолго до убийства? — зашептала я, стоило нам удалиться на несколько шагов.

— Если соседке не привиделось... — ответил Владан. — Бабки считают ее фантазеркой. Она услышала в новостях о смерти Веры...

— И фантазия разыгралась? Откуда ей знать о ее отношениях с Сергеем, если она девушку не видела? В тот день или раньше, но Вера точно тут была, и соседка ее узнала.

— А потом Серега появился здесь ночью. От кого-то прятался? Или что-то спрятал?

— Доверить деньги запойной мамаше? — засомневалась я.

— Ей о деньгах говорить необязательно. Пришел, когда родительница спала... Но если он пустился в бега, какой смысл оставлять деньги здесь?

— Ты думаешь...

— Я думаю, его давно нет в живых. И денег в доме тоже. Если они там вообще были.

— Он оставил их у матери, а кто-то этим воспользовался?

— Кто? — спросил Владан, усмехаясь. — Кто мог знать о деньгах и воспользоваться?

— Его приятели, естественно. Надеюсь, ты не Веру имеешь в виду?

— Так называемые приятели ищут пропавшего Серегу до сих пор.

Я нахмурилась, готовясь высказать, что думаю по поводу его подозрений, но тут Владан предложил:

— Садись, — распахнул передо мной дверь машины и добавил спокойно: — Версия должна быть основана на фактах. А их пока немного. Был здесь Серега в ту ночь или нет, мы не знаем. Не говоря уж о деньгах. Куда тебя отвезти? — спросил он совсем другим тоном и завел мотор.

— Отвезти? — переспросила я.

— Мне надо встретиться с одним человеком.

— По нашему делу?

— Да.

— Почему бы мне тогда не поехать с тобой?

— Не вижу необходимости. Он ее тоже не увидит. И давай без капризов. Куда тебя отвезти? — повторил Владан, голос его звучал ровно, без раздражения, но я чувствовала: настаивать бессмысленно, так же как задавать вопросы.

— Ты надолго?

— Не думаю.

— Тогда подойдет любое кафе.

Он кивнул и вскоре высадил меня возле Соборной площади. Я устроилась на открытой веранде кафе «Незабудка». Выпила чаю, наблюдая за туристами. Они высыпали из автобуса, тут же защелкали фотоаппараты, девушка-экскурсовод громко объясняла, что автобус отправится через два часа. «Надо было ехать домой», — подумала я, чувствуя неуместность своего

присутствия здесь. Впрочем, вряд ли бы что изменилось, окажись я дома. Может, папа не зря намекал и
мне не помешал бы хороший мозгоправ? Долгие беседы в тишине комнаты... Нежелание Владана взять
меня с собой я восприняла как личную обиду. Ки-
сейная барышня с ранимой душой. Странно, что он
вообще позволил находиться рядом. Пользы от меня
никакой, я лишь извожу его глупыми упреками. И боюсь остаться одна. Беспричинно, просто боюсь. Он
согласился начать расследование, а вовсе не спасать
меня от депрессии. А я сама, чего я хочу? Найти убийцу или просто заполнить свою жизнь чем-то важным?
И дело вовсе не в подруге, а во мне. В моем неуме-
нии, неспособности жить, как живут тысячи людей
вокруг. У многих из них тоже есть повод не считать
свою жизнь особенно счастливой. Но они продолжают
жить, не загоняя себя в угол беспросветным отчаянием. Не удивлюсь, если Владан придумал эту встречу
только для того, чтобы дать себе передышку. Моя
унылая физиономия нагоняет на него тоску.

Я вновь почувствовала обиду и подумала о Вере.
У нее были от меня секреты. Она продолжала встречаться с Сергеем, но мне об этом не сказала. С какой
стати она должна была все мне рассказывать? Я-то
сама была с ней откровенна? У меня есть причины
скрывать правду. У меня есть, а у нее не было? Она
просто не придавала этим встречам значения, хотя
сейчас все выглядит... подозрительно? Я готова поверить, что моя подруга имеет отношение к этой истории с деньгами? Верка в образе Маты Хари? Да я просто спятила...

В разгар самобичевания позвонил Юрка. Узнав,
где я нахожусь, обещал подъехать через десять минут,
у него два часа свободного времени. Появился он даже

раньше, подходя к кафе, помахал мне рукой, широко улыбаясь.

— Ну, как дела? — спросил, устраиваясь напротив.

Я принялась рассказывать о том, что узнала. Слухи и домыслы, где здесь правда, а где ложь...В каждом моем слове сквозила обида: я плохо знала свою подругу. Меня куда больше интересовали собственные проблемы. И тогда, и даже сейчас.

— Приврать-то она запросто могла, — пожал плечами Юрка, выслушав меня. Я раздраженно на него уставилась, а он усмехнулся. — Что тебя удивляет? Люди врут даже без особого повода. Иногда так проще, чем сказать правду. Хочешь выпить с друзьями пива и врешь любимой девушке, что у тебя срочное дело, чтоб ее не обидеть. Верка тебе завидовала, — огорошил он. — Не деньгам твоего папочки, а тебе.

— Ты в своем уме?

— В своем, в своем... Она всегда шла вторым номером. Стоило тебе где-то появиться, и все мужики тут же переключались на тебя. Красавица с манерами принцессы, умница... да еще и богатая наследница. Многовато для одного человека.

— Она говорила нечто подобное? — нахмурилась я.

— Нет, — покачал головой Юрка. — Но вряд ли считала большой удачей знакомство с таким парнем, как ее Серега. Когда он встречал ее после работы, она торопилась поскорее уйти, чтоб его никто не видел. Мы так и не познакомились. А представить его в вашей компании я вообще затрудняюсь. Сомнительно, что он много значил для нее...

— Как думаешь, она догадывалась, чем он занимается?

— Мне сказала, работает в какой-то фирме... компьютерщик. Я сразу понял, что врет. Между нами, врала она всегда неумело. Как-то раз после съемок ее ждал тип на шикарной тачке. Она так спешила, что оставила в операторской сумку. Я сумку взял и пошел за Веркой. Думал ее возле машины перехватить. Ее машина на парковке, Верки нет. Вдруг выворачивает из-за угла, схватила сумку, села в машину, но не уезжает. Мне стало интересно. Я малость отъехал, вижу, она вышла из своей тачки и чешет в переулок. Ну, я мимо и проехал. Мужик ее ждал, стоял возле крутейшего джипа. На следующий день спрашиваю: кто такой? Она вся покраснела и принялась плести, что один дядя окучивает ее на предмет рекламы своей фирмы. Чушь собачья. Ясно, брякнула первое, что пришло в голову. Я сделал вид, что поверил, а через недельку спросил: как там мужик? Она так на меня зыркнула... Заорала: отстань с глупостями! И еще минут пять успокоиться не могла.

Я смотрела на Юрку в полном недоумении.

— Когда это было?

— Осенью или в начале зимы, не помню точно.

— Ты рассказал об этом следователю?

Теперь Юрка на меня таращился.

— А чего тут рассказывать? — спросил с обидой. — Они спрашивали, не заметил ли чего странного или подозрительного. Скажи на милость, что тут странного? — Последние слова он произнес без особой уверенности.

— Ты видел этого типа? — спросила я.

— Только со спины. Высокий, волосы темные. Одет в полупальто. Она к нему подошла, взяла под руку и поцеловала. А он небрежно так кивнул. Я еще подумал, не по Сеньке шапка. Ясно, что мужик с деньгами, и такие, как Верка... черт. — Он провел рукой по лицу. — Думаешь, это важно?

— Больше ты его не видел?

— Нет. А ты... тебе она ничего не рассказывала?

— Если и был у нее такой знакомый, я о нем ничего не знаю.

Я набрала номер мобильного Владана.

— У меня новости.

— Жди в кафе, я скоро буду.

— Ты ему звонила? — встрепенулся Юрка. — Владану? Он придет? Не возражаешь, если я его дождусь?

— Ты будешь разочарован, — съязвила я, прекрасно понимая, отчего его так разбирает. — В нем нет ничего особенного.

— А в том, что я рассказал, есть? Может, и вправду какой-то дядя встречался с ней по делам?

— И при встрече она его поцеловала?

— Она к нему липла, — кивнул Юрка. — Выглядело так, точно Верка к нему со всей душой, а он по-барски позволяет себя обхаживать. Терпеть не могу подобных типов. Морочат девкам головы, а женятся все равно на дурах с большим приданым. Вот уж не ожидал, что Верка клюнет на такого.


Владан подъехал через полчаса.

— Это он? — спросил Юрка, наблюдая, как Марич идет к нам со стороны парковки. — Ты и в самом деле считаешь, в нем нет ничего особенного? А по-моему, впечатляет.

— И что тебя впечатлило? Ранняя седина?

— Так сразу и не ответишь. Но точно могу сказать: увидев его хоть раз — не забудешь.

— Смотри, не влюбись.

— Дура, — добродушно хмыкнул Юрка.

— Это мой друг, — сказала я, когда Владан подошел к нашему столу. — Он работал вместе с Верой.

Мужчины пожали друг другу руки, представившись.

— Что за новость? — устраиваясь за столом, спросил Владан.

— Выяснилось, что у Веры был знакомый, о котором я никогда не слышала.

Юрка с энтузиазмом пересказал свою историю, глядя на Владана с восторгом юного футболиста, получившего автограф от звезды НХЛ. Чего я злюсь? И на кого? На Юрку, Веру или Владана? Или на саму себя? Самолюбие задето? Я не была для Веры лучшей подругой, которой доверяют все секреты? Юркин восторг раздражает? Владан — моя тайна, давняя, полузабытая, и чужой интерес вызывает ревность? Чепуха. А если нет? Три дня я живу с мыслями о нем. О нем, а вовсе не о своей подруге.

Владан, молча выслушав Юркин рассказ, кивнул. По его лицу не скажешь, произвел он впечатление или нет. Юрка продолжал смотреть так, точно ждал похвалы за старательность. Владан заказал кофе подошедшей официантке и наконец произнес:

— Что ж, это кое-что проясняет.

— Серьезно? — с иронией спросила я, злясь на себя за это.

— Утром я прокатился по городу, нашел салон, в котором Вера покупала машину. Вам она сказала, что машина куплена в кредит. На самом деле она заплатила всю сумму. Наличными. Занятно, учитывая, что деньги немалые.

— Это его деньги, — горячо зашептал Юрка. — Того самого мужика. Переведи он их на ее карточку, могли бы отследить... проще дать наличные...

— Постойте, — вмешалась я. — С какой стати ему прятаться? Он, по-вашему, заранее предполагал, что у кого-то возникнут вопросы?

— А какой смысл ей было врать, что машина куплена в кредит? Куплена и куплена, нам что за дело?

— Полина была уверена, что таких денег у Веры нет... а для Веры было важно, чтобы она продолжала так думать...

— О, Господи, — простонала я и тут же произвела нехитрый подсчет. — Машину она купила в декабре, а Серега исчез почти месяц спустя...

— Вопрос: кто ее приятель? И почему она не хотела, чтобы о нем кто-то знал? Ты разговаривала с ее матерью? — повернулся ко мне Владан.

— Конечно. Десятки раз мы обсуждали одно и то же... Если мне мало что известно, то мать, похоже, знает еще меньше. Она даже о Сергее узнала только от меня.

— Слушайте, я еще кое-что вспомнил, — воодушевился Юрка. — Может, это, конечно, ерунда...

— Говори, — поторопила я.

— Короче, еще до того, как я этого мужика увидел, звоню как-то Верке по срочному делу, съемку перенесли... Звонил сначала на домашний, без толку. Мобильный отключен. Она вечно забывала его зарядить. Ну, я позвонил по скайпу. Планшет она с собой везде таскала. Думаю, не дозвонюсь, так напишу. Верка ответила. Я ей все что надо передал, а потом спросил, где ее носит. Она говорит, дома, мобильный сдох, а звонок на домашний не слышала, потому что в ванной была.

— И что? — не поняла я.

— А то... вранье чистой воды. В комнате темно, не разглядишь, что вокруг, но за ее спиной я кое-что заметил... вывески вспыхивали. Напротив ее дома такой же жилой дом, и никаких вывесок, ну я и пригляделся повнимательней... Клуб «Зеро» — вот что было на вывеске.

— И что у нас напротив клуба? — спросила я, переводя взгляд с Юрки на Владана.

— Напротив гостиница «Милый дворик». Слева парк, справа торговый центр.

— Звонил я поздно, торговый центр вряд ли в это время работал. А на Верке был халат.

— Они встречались там с этим типом, — оценив все услышанное, кивнула я.

— Вопрос: что им мешало встречаться у нее? — заметил Владан. — Она ведь жила одна. Или у него. Встречи в гостинице, по их мнению, куда романтичнее или была другая причина?

— Он наверняка женат, — заволновался Юрка. — Этот тип, я имею в виду. К себе бабу не потащишь, и к ней соваться опасно. Могут обратить внимание.

— А в гостинице не могут? — усмехнулась я.

— В гостинице есть ресторан, всегда можно соврать, что встречался с партнерами.

— Что ж, придется заглянуть в «Милый дворик», — сказал Владан.

Гостиница располагалась в трехэтажном здании дореволюционной постройки. Несколько лет здание пустовало, за это время окончательно обветшав. Когда-то в нем была музыкальная школа, те времена я еще помнила. Школу перенесли в другое место, а здание, в конце концов, продали и года три назад открыли гостиницу. Выглядела она образцово: вазоны с цветами, кованые решетки, ступени лестницы из мрамора. Ресторан с отменной кухней. Как-то мы с папой ужинали здесь. Окна ресторана выходили во двор, там была летняя веранда. Небольшой фонтан, стены трех примыкающих домов, образовавших дворик, украшали горшки с петуньей и гортензией. Действительно, очень мило. В общем, свое название гостиница получила не зря. Для рядовых туристов место дороговато, останавливались тут в основном бизнесмены, ну и те из туристов, кто был способен заплатить за номер двести евро. Самый центр города, улочка хоть и узкая, но живописная. Гостиничная парковка примыкала к парковке торгового центра, разделяла их металлическая цепь, подвешенная на двух столбах. Рядом кирпичный домик, в котором находился охранник парковки.

Владан предпочел оставить машину возле торгового центра. Маленький холл гостиницы был пуст, услышав, как звякнул колокольчик над входной дверью, к нам вышла женщина-администратор, высокая, худая, в узкой юбке и белой кофточке, верхние пуговицы кофты были расстегнуты так, что в вырезе виднелось кружево бюстгальтера. На вид женщине было лет тридцать пять, но я решила, что в действительности она старше. Неестественно пухлые губы и раскосые глаза — следствие пластической операции, женщину можно было бы назвать красивой, если бы не выражение глаз: настороженное, точно она ожидала подвоха, даже злое. Такое впечатление, что все в этой жизни вызывало у нее раздражение. Она дежурно улыбнулась и спросила:

— Хотите снять номер? — быстро окинула нас взглядом и добавила холодно: — Мы сдаем номера только посуточно.

Интересно, за кого она нас приняла? За проститутку и ее клиента? Или за влюбленных, которым некуда податься?

— Здороваться у вас не принято? — с усмешкой спросил Владан.

Дама слегка смешалась, чем, признаться, удивила.

— Здравствуйте, — сказала она и улыбнулась шире, настороженность из глаз не исчезла, но теперь к ней прибавилось беспокойство.

Она заняла место за стойкой и спросила, стараясь придать голосу сердечность:

— Впервые в нашем городе?

В этот момент появилась еще одна девушка. Прямо напротив стойки регистрации был небольшой бар, девушка, судя по бейджику на форменной блузке — бармен, стала протирать барную столешницу без особой к тому необходимости, зато с большим усердием, то и дело поглядывая в нашу сторону.

— Выпей кофе, — кивнул мне Владан, и я направилась к бару.

Владан не спеша достал из кармана фотографию Веры и положил ее перед администратором.

— Она у вас останавливалась, — сказал он, не вопрос задавая, а констатируя факт.

Девушка-бармен по имени Ира (это имя значилось на бейджике) вытянула шею, но вряд ли что могла увидеть. Я со своего места фотографию бы точно не разглядела.

— Вам какой кофе? — спросила она, обращаясь ко мне.

— Эспрессо, — сказала я, продолжая наблюдать за Владаном.

Администратор, мельком взглянув на фотографию, пожала плечами:

— Возможно.

— Возможно? — переспросил Марич.

Женщина вновь пожала плечами, отводя взгляд.

— Мы не даем сведения о наших постояльцах.

— Даже в виде исключения?

— Если она и останавливалась у нас, это было довольно давно. Может быть, год назад... Я даже не уверена, что видела ее... Так вам нужен номер?

— Если только тот, в котором она останавливалась.

Я все ждала, когда женщина наконец поинтересуется, с какой стати Владан задает эти вопросы, но ей это почему-то в голову не пришло. Или она догадывалась, что спрашивать об этом не стоит.

— Девушку звали Вера Собинова. Окажите любезность и посмотрите, когда она была здесь в последний раз.

Взгляд женщины полыхнул гневом, но она покорно повернулась к компьютеру, уточнив фамилию. Некоторое время в холле царила тишина, Ира с таким вниманием прислушивалась к разговору, что про меня вроде бы забыла.

— Последняя запись девятого января, — наконец сказала администратор.

«За два дня до убийства», — машинально отметила я. Владан кивнул:

— Меня интересует, сколько раз она останавливалась здесь.

— Если надо, я подготовлю распечатку... — довольно суетливо произнесла дама.

У меня возникло чувство, что ей не терпелось от нас избавиться, точнее, избавиться от Владана, я ее вряд ли особенно занимала.

Он вновь кивнул, и через несколько минут она протянула ему лист бумаги, распечатав текст на принтере.

— За три месяца она останавливалась у вас восемь раз, — взглянув на него, сказал Владан.

— Вы же видите.

— Она была одна?

Женщина нахмурилась и ответила раздраженно:

— Понятия не имею, номер зарегистрирован на одного человека... Если и были гости... мы не следим за нашими постояльцами.

— То есть гости здесь явление обычное?

— Я этого не говорила, — ответила женщина, вновь смешавшись. — Чтобы попасть в номер с улицы — нужна карта гостя... но из ресторана есть еще вход...

— Очень удобно, — кивнул Владан без тени насмешки.

— Не знаю, что вы имеете в виду, у нас приличная гостиница, — запальчиво произнесла администратор, но под его взглядом разом как-то сникла.

— Вы уверены, что не можете припомнить, встречалась здесь девушка с кем-то или нет?

— Я даже девушку вспомнила не сразу. Извините. Я работаю не каждый день и не помню, чтобы видела ее с кем-то...

— Что ж, спасибо. Если вдруг вспомните... — он взял листок бумаги для заметок и карандаш, записал номер телефона, пододвинул к ней листок, — позвоните.

Ира вспомнила о своих обязанностях и поставила передо мной чашку кофе. Наклонясь ко мне, шепнула:

— Это ведь Серб?

Я кивнула, не сразу сообразив, что Серб — прозвище, под которым Владан, должно быть, известен определенной части граждан в нашем городе.

— Красивый мужик. А вы ему кто?

— Просто знакомая.

Владан подошел и устроился за стойкой рядом со мной.

— Вам тоже эспрессо? — заливаясь румянцем, спросила Ирина. — Кофе у нас отличный...

Владан кивнул и незамедлительно получил свой кофе. Администратор из-за стойки хмуро наблюдала за нами.

— Ты красивый мужчина, — сказала я.

Он поднял брови и спросил:

— Точно?

— Девушка в этом уверена.

Та хихикнула и пожала плечами, мол, что есть, то есть.

— Давно не слышал комплиментов, — хмыкнул Владан и на нее уставился, словно прицениваясь.

Я бы от такого взгляда начала ерзать и послала бы его обладателя к черту, если б, конечно, духу хватило. Но Ирину он, похоже, не смущал. Она улыбнулась, в ее ответном взгляде читался призыв.

— Когда ваша смена заканчивается? — спросил он, понижая голос, хотя и до той поры говорил негромко.

— В восемь, — ответила девушка.

— Отлично, — кивнул он. Достал из кармана банкноту и, оставив ее на стойке, направился к двери.

Мысленно чертыхнувшись, я припустилась за ним. «Я ему что, собачка? Мог хотя бы...» — что он мог бы, я так и не додумала.

Мы оказались на улице, Владан шел к парковке, а я таращилась на его спину в глубокой печали и с надеждой, что его намерение встретиться с Ириной после ее смены связано с нашим делом, а не с желанием приятно провести время. Хотя кто запретит ему совмещать приятное с полезным. Уж точно не я. «Ты бы хоть обернулся», — думала в досаде, наблюдая за тем, как он садится в машину.

— До восьми еще уйма времени, — заметил он, когда я устроилась рядом.

— Кажется, девушка о тебе наслышана, — сказала я. — Серб — это что-то вроде прозвища?

— По крайней мере, звучит не обидно, — засмеялся Владан.

— Можно вопрос? Кем ты себя сам считаешь? Учитывая, что серб ты только наполовину...

— По обстоятельствам. А Сербом меня прозвали еще в детстве. Это не позволяло забывать о национальности, заодно прозрачно намекало, что я отличаюсь от других.

— Тебе это не нравилось?

— Почему? На самом деле это не имело значения. Пока я был здесь. — Он посмотрел на меня и добавил: — Любопытство — черта извинительная, но я из тех, кто часто задает вопросы и терпеть не может отвечать на них сам.

— Иными словами, с вопросами к тебе лучше не лезть.

— Если они не касаются расследования, в самом деле, лучше.

— Еще один вопрос можно? И я заткнусь.

— Валяй.

— Ты ведь знаешь, что о тебе рассказывают? Есть в этом хоть немного правды?

Он дурашливо почесал ухо, глядя на меня с усмешкой:

— А тебе что больше нравится? — Я нахмурилась, а он добавил: — Не увлекайся чужой болтовней, правда обычно куда неприглядней.

Тут я подумала, что пора сменить тему, и заговорила о другом:

— Ты уже утром знал, что машину Вера в кредит не покупала. Но сказал мне об этом не сразу... только когда Юра...

— Решил, что это терпит, — перебил он. — Ты считала, что у подруги нет от тебя секретов, оказалось — есть. И тебя это здорово задело. Так?

— Задело — не то слово, — хмыкнула я. — Теперь мне кажется, что все не взаправду... не очень толково выражаюсь.

— Я понял, — кивнул Владан. — Вот только не ясно, в чем ты себя винишь?

— Наверное, в том, что тоже не могла похвастать откровенностью. А ведь ближе Веры у меня никого не было... не считая отца.

— Знай ты о ней все, вовсе не факт, что это уберегло бы ее от гибели. Не стоит преувеличивать свое значение.

Да, умел он задеть за живое. Конечно, он прав, я просто самовлюбленная дура, которая считает, что весь мир вращается вокруг нее. У Веры была своя жизнь. Я занимала в ней определенное место и, возможно, не особенно большое.

— Мне ее очень не хватает, — неожиданно для самой себя сказала я. — Не имеет значения, кем она считала меня. Вру. Имеет. У меня нет друзей, если только Юрка... Извини. Представляю, как по-дурацки все это звучит.

Он пожал плечами, а я едва не заревела. Чего я хочу от него? Он согласился мне помочь найти убийцу, а не выслушивать мое нытье. До моих проблем ему просто нет дела. Как нет дела до меня.

— Я встречался с приятелем из следственного комитета, — сказал Владан, должно быть, тоже решив, что следует сменить тему. — Не очень-то они продвинулись в этом деле. Знают примерно то же, что и мы. Девушка завела неподходящего парня...

— И смерть Веры связывают с исчезновением Сергея? С пропажей денег?

Он вновь пожал плечами, точно желая сказать: «А чего ты хочешь?»

— Давай-ка прогуляемся, — предложил он. — Грех в такую погоду сидеть в машине.

И мы отправились на набережную. Владан шел, глядя прямо перед собой, то ли размышляя, то ли вовсе ни о чем не думая. А мне вдруг очень захотелось взять его под руку. «Почему бы и нет?» — решила я и вцепилась в его локоть двумя руками. Он взглянул вроде бы озадаченно, а я спросила:

— А что? Пусть завидуют.

— Тебе или мне?

— Мне. Ты красивый мужчина.

— Ты и вправду так думаешь? — хохотнул он.

— Тебя это удивляет?

— Честно? Удивляет. Когда я бреюсь по утрам, физиономия в зеркале мне малосимпатична.

— Не кокетничай.

— Не буду. Ладно, я — красавец, и ты девушка хоть куда.

— Ну, наконец-то. Я боялась, ты этого не замечаешь.

— С глазами у меня порядок. Жаль, что люди редко учатся на чужих ошибках. Предпочитают свои. Но и от них мало толку.

— Это ты сейчас о чем? — не поняла я.

— Например, о твоей подруге. Она догадывалась, что Серега для нее неподходящая компания, однако это ее не остановило.

— И какое отношение это может иметь ко мне? — хмыкнула я.

— Прямое. Я тоже неподходящая компания.

Он снял мою руку со своего локтя, сопроводив этот жест улыбкой, чтоб не выглядело совсем уж грубо.

— Думаешь, я хочу заполучить тебя в любовники? — спросила я с обидой.

— Надеюсь, что нет.

— Я — красавица, но не в твоем вкусе?

— Ты — зануда, — отмахнулся он. — Девушку эта черта не красит.

— Ладно, я зануда. Согласна. У тебя есть подружка? Мы ведь можем просто поболтать?

— Можем, наверное. Только ты не болтаешь, а выспрашиваешь. А я уже говорил, что терпеть не могу вопросов.

— Есть или нет? — не отставала я.

— Сколько угодно.

— Но они мало что значат?

— Никогда не думал об этом, — усмехнулся он.

— Все дело в ней? В той девушке? — спросила я, удивляясь своему нахальству.

— В какой девушке? — не понял он.

— Если я расскажу, ты не станешь злиться?

— Попробую.

— Твоя возлюбленная... вы вместе выполняли задание... — И я красочно поведала историю, рассказанную Юркой.

Поначалу Владан внимал с недоумением, а в самый драматичный момент начал хохотать, весело и заразительно:

— Сроду не слышал подобной бредятины, — покачал он головой. — Кто тебе рассказал всю эту чушь?

А я стояла дура дурой, с чувством, похожим на разочарование, и вместе с тем испытывая облегчение. Герой оказался вовсе не героем, которого я успела себе навоображать, но не было и великой любви, которая могла стать непреодолимым препятствием. Потому что великая любовь, особенно безвозвратно потерянная, всегда безупречно прекрасна.

— Значит, это выдумка? — спросила я с сомнением.

— Ты — умная девушка. Сама-то как считаешь?

— А как же это? — Я коснулась рукой его волос. Он неожиданно резко отдернул голову, но я упрямо продолжила: — Ты поседел за одну ночь. И это неправда?

— Правда. Только настоящая история куда хуже... И я там вовсе не герой.

А я попятилась под его взглядом, пробормотав поспешно:

— Прости.

Он вдруг обнял меня, должно быть, решив, что здорово напугал, и сказал с той интонацией, с какой обычно взрослые обращаются к неразумным чадам:

— Сделай милость, оставь мое героическое прошлое в покое. Я сам его терпеть не могу, и тебе чужими бреднями увлекаться не советую. Черт... знать бы еще, кто все это выдумывает... ноги бы выдернул.

— Почему ноги? — улыбнулась я, торопясь вернуть его расположение.

— Тогда язык. Так лучше?

Я прижалась к его плечу и продолжила:

— Между прочим, когда я тебя увидела в кафе, возникло чувство, что мы уже встречались.

— В прошлой жизни?

— Угу.

— Поэтому ты так на меня пялилась?

— Было очень заметно?

— Еще бы. Думал, дырку на мне протрешь.

Я могу ему сказать... прямо сейчас. О нашей встрече, о том, что я долгие годы мечтала увидеть его снова... Если честно, так и подмывало все рассказать, однако я была уверена: делать этого не следует. Хотя бы потому, что много лет назад я стала невольным свидетелем... чего? Вот именно... Молчи. Но как иначе объяснить ему, что все это не минутная блажь вздорной девицы? Что все эти годы он, против своей воли, был рядом, в моих мыслях уж точно...

— Вот возьму и влюблюсь в тебя, — выпалила я.

— Спасибо, что предупредила. Считай, что с этой минуты я на тебя не работаю.

— Ты серьезно? — перепугалась я.

— Пока нет. Но все неуклонно к тому катится. Первое правило: не заводить шашни с клиентками.

— Не всегда же я буду твоей клиенткой.

— Надеюсь, когда мы закончим с этим делом, ты найдешь себе парня получше.

В восемь мы были возле «Милого дворика» и через пять минут увидели, как Ира выходит из дверей гостиницы. Владан приоткрыл окно и помахал ей рукой, девушка торопливо перешла через дорогу и юркнула на заднее сиденье нашей машины, заговорщицки улыбаясь. Я было подумала, что мне стоило подождать в каком-нибудь кафе, но мое присутствие Ирину, похоже, не огорчило.

— Привет, — сказала она. — Домой меня отвезете? Это недалеко, две троллейбусные остановки. Заодно поболтаем.

Владан завел машину, мы тронулись с места, а Ира заговорила вновь:

— Как только вы ушли, Аленушка бросилась кому-то звонить. По мобильному, и на меня все время зыркала. А сейчас сказала: «Язык за зубами держи».

— Аленушка — это администратор? — уточнил Владан.

— Ага. Редкая стерва. Вообще-то ее Ленка зовут, но ей больше нравится Алена. Трахается с хозяином гостиницы и поэтому считает, что может здесь командовать, только мне это по барабану. Что за фотку вы ей показывали?

Владан протянул ей фотографию Веры. Взглянув на нее, Ирина удовлетворенно кивнула:

— Так я и думала. Девица та самая, журналистка, которую зимой убили?

— Да, — сказала я. — Вера Собинова.

— Она у нас бывала довольно часто. Примерно раз в две недели. Приезжала одна, номер бронировала заранее. Всегда один и тот же. Люкс на третьем этаже. Там две комнаты. Окна выходят на улицу. Самый крутой номер и стоит недешево.

— И что она здесь делала?

— С мужиком встречалась, знамо дело. Он появлялся позднее, а уходил под утро, иногда ночью. А девица оставалась до утра. За номер она расплачивалась наличными. Думаю, бабки ей мужик давал. Аленушка, кстати, перед ним хвостом мела. Старая кикимора все лелеет надежду подцепить богатенького. Хозяин на ней уж точно не женится.

— Мужчина в гостинице не регистрировался?

— Конечно, нет. Когда люди готовы заплатить за люкс, спрашивать у гостя документы никому в голову не придет. Аленушка даже сменами менялась, чтоб мужика этого увидеть. Он с ней любезничал, а она кофе в их номер пару раз сама относила. Если честно, я думаю, мужик какая-то шишка, оттого она перед ним и стелилась. Вряд ли всерьез надеялась его захомутать.

— По имени она его не называла?

— Такого не слышала. Мне самой было жуть как интересно узнать, кто он. Но Ленка если и знала, язык держала за зубами. И на меня рычала, мол, глупое любопытство до добра не доведет. Ну, а когда по телевизору сказали, что журналистку эту убили, я утром на работу пришла и говорю: «Надо в полицию звонить». Так положено, я ж детективы-то смотрю. Девицу убили, и он, считай, первый подозреваемый. Ленка разоралась, а вслед за ней и хозяин. Пригрозили уволить, если язык распускать начну. Я попробовала их вразумить — какое там... Ни к чему нам светиться в деле об убийстве... репутация отеля, то да се. И мужика, мол, этого мы все равно не знаем, то есть ничего толкового рассказать о нем не сможем. Я на гражданскую сознательность напираю, а они — не лезь. Придут из ментовки, тогда, само собой, врать не станем, расскажем все как есть. А не придут, на фига самим соваться. Вообще-то правильно. Менты начнут с вопросами цепляться — заведению от этого пользы никакой... Короче, все помалкивали, а из полиции так ни разу и не пришли. И вдруг вы... Представляю, как Аленушка сейчас ерзает.

— А если тебя действительно уволят? — спросила я, беспокоясь за ее дальнейшую судьбу.

— Переживу. Не больно место шоколадное, чтоб я за него цеплялась. Надоели они мне, — вздохнула Ирина. — На пять минут опоздаешь — штраф, посуду побьешь — выплачивай из своего кармана, а за сверхурочные — хрен заплатят. Тебе, говорят, чаевых за глаза. Уроды...

— Если уволят, я тебе место найду, — сказал Владан.

Ирина кивнула:

— Спасибо.

Кажется, в его словах она ни секунды не сомневалась. Я, кстати, тоже.

— Вот здесь остановите, — попросила она.

Владан притормозил и повернулся к ней:

— Как выглядел мужик?

— Шикарно. Ну, может, не так, как вы... это дело вкуса... Высокий, волосы темные, зачесаны назад. Красивый, но... как бы это потолковей... к такому запросто не подойдешь... Вроде улыбается, а глаза... точно в мозгах у тебя копошится, все твои мысли дурацкие знает и над ними смеется. Рядом с таким чувствуешь себя какой-то недоделанной. В общем, по мне, от него стоило бы держаться подальше. Особенно девице вроде этой журналистки.

— Почему? — спросила я.

Ирина вздохнула, помолчала немного, должно быть, слова подбирая.

— Не пара она ему. Он с баблом и самомнением, а она... простовата, одета так себе, да и не красавица. Может, вы решите, что я фантазирую, но... похоже, она в нем души не чаяла, влюблена-то уж точно была. Явится в гостиницу и вся светится, от нетерпения ее аж потрясывало. А он... влюбленные мужики выглядят по-другому. Этот как на работу ходил. Цветочка паршивенького не принес...

— Может, из конспирации...

— Может. И все равно... я думаю, девку он окучивал с какой-то целью... а вовсе не по большой любви.

— Узнать его в случае чего сможешь? — спросил Владан.

— Само собой.

— На чем он приезжал?

— Вот этого не знаю. Машину его никогда не видела. Вряд ли он ее на нашей парковке оставлял, но могу у Вити спросить, это один из наших охранников. Витя на эту парочку тоже внимание обратил, то есть обратила я, а с ним своими соображениями поделилась. Он иногда меня домой подвозит, вот и болтаем. Только Витя сейчас в отпуске, укатил к родне на юг. Вернется, я его поспрашиваю. У остальных интересоваться без толку, вам они ничего не скажут, хозяина боятся. Телефончик дадите? Если что — позвоню.

Владан продиктовал ей номер своего мобильного, девушка простилась с нами и вышла из машины.

— Что скажешь? — спросила я.

Владан сидел, откинувшись в кресле, достал из кармана монету в один евро и принялся вертеть ее в руке. Получалось у него очень ловко.

— Занятно, — ответил он.

— А более развернутый ответ не предусмотрен? — съязвила я.

— Пожалуйста. В деле появляется некий тип, о существовании которого никто и не подозревал. Последний раз они встречаются с Верой за два дня до ее гибели. Примерно через пять дней после исчезновения Сереги. И денег. Вера убеждает тебя, что отношения с Серегой уже в прошлом, но мы знаем, что это не совсем так. Она крутит любовь с одним и продолжает встречаться с другим.

— А возможная причина — те самые деньги? — вздохнула я. — Серега проболтался ей о предстоящей сделке, и неизвестный тип этим воспользовался. А потом Вера стала ему не нужна...

— Вот видишь, как у тебя все гладко получилось, — усмехнулся Владан. — Ты по-прежнему уверена, что твоя подруга не способна...

— Не уверена, — сердито перебила я. — Одно дело влезть во все это дерьмо из-за денег и совсем другое... если она любила этого типа... Не знаю... Одна серьезная нестыковка: если верить Ире, он производит впечатление богатого человека. Богатый человек не станет рисковать... даже если сумма весьма значительная.

— Вдруг его интересовали не деньги? — озадачил меня Владан. — Или не только деньги?

— Что ты имеешь в виду?

— А ты подумай. Учись шевелить мозгами, раз ты теперь сыщик.

— Мозги у меня, должно быть, к шевелению не приспособлены, — обиделась я.

— Из того, что нам известно, следует: и Бад, и Савва вроде бы пострадали одинаково, один лишился денег, другой товара. Но... в реальности все может быть не так просто. Серега — человек Бада...

— И это удар по репутации последнего?

— А говоришь, мозги у тебя неповоротливые. Нормальные у тебя мозги. Савве ситуация, пожалуй, только на руку. Он и сам не прочь занять место Бада и выйти на поставщиков товара напрямую. Если Бад не в состоянии контролировать ситуацию, обеспечить безопасность сделки, следовательно...

— Ему пора в отставку?

— Примерно так.

— Если верить сериалам, подобные проблемы решаются куда проще. Взорвали бы мафиози в машине, коли метко стрелять из них никто не может... Или теперь подобное не в моде?

— Прежде всего — это бизнес. Савва должен быть уверен, что с ним захотят работать...

— То есть просто так отделаться от конкурента не годится? Нужна веская причина? — Владан пожал плечами. — Предположим, — кивнула я. — Тогда любовник Веры должен иметь отношение к Савве? Серега проболтался ей о сделке, она сообщила о ней этому типу... дальше более-менее понятно. От свидетелей избавляются. Одно «но»: если он человек Саввы, зачем им Вера и Серега в придачу? Ведь о предстоящей сделке они и так прекрасно знают. Или сложная схема нужна для правдоподобия?

— Не будем торопиться с выводами, — сказал Владан. — Хотя мне твоя версия нравится. — Он подмигнул и продолжил: — Поведение Алены и хозяина гостиницы в этом случае становится понятно. Ира решила, что он богатый человек, раз на граждан смотрит свысока.

— А в действительности они просто знали, кто он такой, знали о его связях с Саввой и сочли за благо помалкивать. Кому хочется иметь дело с бандитами? Смущает следующее: Ирина — девушка наблюдательная, что неудивительно с ее профессией. Двенадцать часов в день на бойком месте... по-моему, она способна отличить бандита от бизнесмена.

— Серьезно? По-твоему, есть разница?

— Между прочим, у меня папа — бизнесмен, — обиделась я.

— Будем считать его исключением из правил... Я бы не особенно доверял сериалам. При известном старании и бандит может выглядеть преуспевающим бизнесменом.

— Ладно, он хороший актер, но как Вера попалась на его удочку? Уверяю тебя, с головой у нее был полный порядок.

— Ты ж сама сказала — любовь. Она творит чудеса, а превратить разумную девку в конченую дуру — это даже не чудо. Он купил ей машину, ведь откуда-то она взяла деньги? Пообещал долгую счастливую жизнь... а для этого только и надо, что облапошить доверчивого придурка.

— Выходит, убить ее мог и Бад, и тот же Савва?

— Третий вариант: неизвестному плевать и на того, и на другого, бабло он просто прибрал к рукам, а от подружки избавился.

— И как мы эту сволочь найдем?

— Любой умник хоть раз да ошибается.

— Как считаешь, мы должны сообщить о нем следователю? — спросила я с сомнением.

— Конечно, должны, но в этом случае о расследовании можно забыть... Я не получу свой гонорар, а ты...

— А я буду ждать, когда они соизволят найти этого типа... если это вообще когда-нибудь произойдет...

— Администратор не рискнет врать в полиции... хотя... из двух зол выбирают меньшее. Кто знает, что выберет она.

— Я-то уже выбрала.

В тот момент я очень хорошо понимала, чем продиктован мой выбор. Владан прав, вмешиваться в расследование нам не позволят. И у меня не будет повода встречаться с ним каждый день. Очень может быть, и реже встречаться не получится. Непохоже, что он особенно к этому стремится. А мне невозможно теперь представить свою жизнь без него. Весьма некстати на ум пришло предсказание Руфины. Не припомню, чтобы там говорилось о счастье. А вот мою судьбу Владан точно изменил...

В тот вечер меня ждал отец, вот я и попросила Владана отвезти меня к нему. Объяснила, как проехать, и вскоре мы тормозили в переулке возле задней калитки. Я не была уверена, что поступаю правильно, но перед искушением устоять не смогла. Вдруг он узнает дом? Вспомнит...

Если и вспомнил, то виду не показал. Как я ни вглядывалась в его физиономию при расставании, ничего похожего на догадку обнаружить не смогла. Совершенно равнодушная физиономия. Я набралась наглости и поцеловала его, едва коснувшись губами щеки. Владан закатил глаза и вздохнул с душевной мукой.

— Это дружеский поцелуй, — сказала я, испытывая некоторую неловкость от собственного нахальства.

Он кивнул:

— Гонорар большой, можно и потерпеть.

— Тогда при встрече я тебя опять поцелую.

— Лучше не увлекайся. Я остро нуждаюсь в деньгах, но терпение никогда не было моей сильной стороной.

— А я гонорар удвою.

Тут стало ясно, что пора выметаться, что я и сделала. Голова шла кругом, в основном от того, что я саму себя смогла здорово удивить. Девушка-скромница бессовестно пристает к мужчине, который от этого не в восторге. Однако, несмотря на его ворчание, теплилась в душе надежда, что моя настойчивость в действительности не так уж ему и неприятна. Возможно, даже наоборот. Владан бы не стал терпеть нахалку из-за денег... Утешая себя подобным образом, я дождалась, когда его машина скроется в переулке, открыла калитку и направилась к дому.

Отец смотрел в гостиной телевизор.

— Это ты? — спросил громко, услышав, как хлопнула входная дверь.

Я подошла и его поцеловала. Он улыбался, но выглядел усталым, а еще в нем чувствовалось беспокойство. Я поспешила отнести это на счет недавней трагедии. И ошиблась. Мы вместе поужинали, вернулись в гостиную, папа вновь устроился на диване и похлопал по подушке рядом с собой.

— Садись.

Я, конечно, села, подхватила его под руку и придвинулась поближе.

— Я сегодня встречался с Валерой, — сказал отец, я замерла, услышав это имя, а отец добавил виновато: — Надо было кое-что обсудить. Он передает тебе привет.

— Спасибо. — Я выпрямилась, стиснула руки коленями и уставилась в пол.

— Полина... — начал папа, но я перебила:

— Мы ведь не раз обсуждали это...

— Твое нежелание объяснить причины... Хорошо... сейчас я хочу поговорить о другом: Валера сказал, что тебя видели в очень странной компании...

— Он что, следит за мной?

— Не болтай чепухи. Его беспокойство вполне понятно. Я в панику впадать не склонен, но после разговора с Валерой обратился к начальнику службы безопасности... И то, что я услышал от него... это ни в какие ворота не лезет. Откуда, скажи на милость, у тебя подобные знакомства?

— Ты кого имеешь в виду? — вздохнула я, прекрасно зная ответ.

— Я имею в виду человека по фамилии Марич. Известного в определенных кругах под кличкой Серб.

— В каких кругах, папа?

— В тех, где моей дочери не место. Что вас может связывать?

— Папа, я хотела с тобой поговорить... еще сегодня утром. Но... ты был так расстроен, что я решила: это подождет. Я... в общем, я попросила Владана мне помочь.

— Владана? Я не ослышался? Для тебя он Владан?

— А как мне его называть? Сербом? Или по имени-отчеству?

— Я бы предпочел, чтобы ты вовсе не знала этого типа.

— Что ты имеешь против него? — начала я злиться, понимая, что делаю только хуже.

— Он человек с темным прошлым и не менее темным настоящим. И что за помощь тебе понадобилась?

— Он проводит частные расследования. В общем, я его наняла.

— Господи боже мой, — покачал головой отец. — Да ты хоть соображаешь, с кем связалась? Полина, я понимаю, что смерть Веры для тебя огромное несчастье... я видел, как ты переживаешь, и смотрел сквозь пальцы на твои нелепые попытки... извини, но нанимать частных сыщиков по объявлению — нелепость. Чем это закончилось? Ты помнишь? Я не упрекал тебя, я и сейчас не упрекаю, а взываю к здравому смыслу. Да где тебя черт свел с этим Владаном? Он что, тоже объявления в Интернет дает?

— Вряд ли. И свел нас не черт, а Юрка.

— Большое ему за это спасибо. Еще один чокнутый.

— У Владана что-то вроде сыскного агентства, вполне официальный бизнес. И он действительно смог помочь людям, которые к нему обращались. Гонорар солидный, но оплата по факту, и тех денег, что у меня есть, хватит. Это лучше, чем тратить их на тряпки.

— Вот уж не знаю. Полина, поиском убийц должны заниматься следователи-профессионалы, а не какие-то частные сыщики. Идиотизм, ей-богу...

— Папа. — Я вновь прижалась к нему и ткнулась носом в его плечо. — Я тебе обещаю, если в этот раз ничего не получится... в общем, это последняя попытка. Мне очень важно... Что я тебе говорю, ты сам все прекрасно понимаешь... Обещаю, больше не буду тебя огорчать, устроюсь на работу, стану жить, как все нормальные люди. Потерпи, а?

— А болтаться по городу с этим Владаном обязательно? — буркнул папа.

— Он от этого не в восторге, но исходя из предыдущего опыта я решила, что так будет лучше. Все под контролем.

— А тебе не приходило в голову, что это может быть опасно?

— Кто говорил, что не склонен впадать в панику? — улыбнулась я. — Я просто хочу помочь следствию. Если нам удастся что-то узнать... сразу же сообщу об этом. Никакой самодеятельности. Ты же знаешь, я трусиха и рисковать не стану.

— Я даже не знаю, кого следует опасаться больше: предполагаемого убийцу или этого Марича. И Валера...

— Валере не стоит лезть в мою жизнь. Так и передай ему при случае.

— Не слишком ли это жестоко? — с сомнением спросил отец.

— Чем скорее он поймет, что между нами все кончено, тем лучше для него. И давай больше не обсуждать это.

— Если я хотя бы знал причину... — приглядываясь ко мне, сказал отец.

— Причина банальная. Мы не созданы друг для друга.

— Но год назад ты думала иначе.

— Думала. Всем свойственно ошибаться. Особенно неразумным юным девушкам. Теперь я повзрослела. И не пытайся нас сводить. Это бесполезно.

— Н-да, — покачал головой отец. — Жаль, что с нами нет мамы... может быть, она смогла бы мне объяснить... Хорошо, — махнул он рукой. — Будем считать, что мы договорились. Кстати, ты отлично выглядишь, и твоя обычная хандра куда-то подевалась. — Наверное, папа считал, что был со мной чересчур суров, вот и решил сделать мне комплимент.

— Вот видишь, во всем есть положительные стороны.

Часа через два я отправилась домой, только вошла в квартиру, как зазвонил телефон.

— Передай Сербу, он не там ищет, — растягивая слова, произнес мужской голос.

— Кто вы? — не сразу придя в себя, спросила я и услышала короткие гудки. Буркнула досадливо: — Черт, — и повесила трубку.

Выходит, на нашу беготню по городу обратил внимание не только Валера. Я подумала позвонить Владану, но в конце концов пришла к выводу, что это подождет до утра. Никаких угроз в словах звонившего не содержалось, он вроде бы просто предупреждал, что мы зря теряем время. Однако я проверила замки на входной двери и накинула цепочку.

Владан появился у меня часов в десять утра, подниматься не стал, хотя я предложила ему выпить кофе. Ждал в машине. Устроившись на сиденье рядом с ним, я рассказала о вчерашнем звонке. Он поморщился и заметил с досадой:

— Не стоило таскать тебя с собой...

— Не вижу разницы. При желании узнать, кто твой клиент, не так трудно. Разве нет?

Он смерил меня недовольным взглядом.

— Это может быть опасным. Для тебя.

— С тобой я ничего не боюсь, — выдала я свою лучшую улыбку.

— Я не могу быть рядом двадцать четыре часа в сутки.

— Почему не можешь? Я совсем не против...

— Это по недомыслию. У меня скверный характер и масса дурных привычек. А не боишься, потому что просто не представляешь, с чем придется столкнуться.

— Кто, по-твоему, мог звонить?

Он пожал плечами:

— Да кто угодно. Тот же Бад, к примеру.

— С какой стати ему беспокоиться, что мы не там ищем?

— Понимать это нужно так: не лезь не в свое дело.

— А это не может быть связано с нашим визитом в гостиницу? — озарило меня. — Администратор сразу после нашего ухода кому-то звонила. Логично предположить, сообщила о разговоре с нами тому самому типу, что встречался с Верой... Но как он узнал о том, кто мы такие? Мы ведь не представились... Допустим, она узнала тебя. Ира точно узнала. Но за несколько часов установить, кто к тебе обращался за помощью, и выяснить мой номер телефона...

— Весьма вероятно, что за нашими передвижениями уже давно наблюдают. На улице нет секретов, и с той минуты, когда я начал задавать вопросы...

— У меня не возникло ощущения, что это угроза, — подумав, сказала я. — Допустим, звонил Бад. Почему мне, а не тебе? Это было бы логичней, ты не находишь?

— Не нахожу. Ладно, поживем — увидим. Вариантов несколько: мы ищем не там, но, копаясь в чужом дерьме, способны поломать чью-то игру. Или напротив, таким нехитрым способом стараются сбить нас со следа. И третий вариант: некто заинтересован в том, чтобы мы нашли убийцу твоей подруги как можно скорее, и с этой целью не прочь координировать наши действия. Есть и четвертый вариант: кому-то просто взбрело в голову с тобой поболтать.

— Ты это серьезно?

— Насчет четвертого варианта? Вполне. У нас еще будет возможность узнать, какой из них верный. Кстати, у звонившего может быть еще причина, и не одна, о которой мы даже не догадываемся. — Однако судя по тому, что Владан надолго замолчал, сосредоточенно размышляя, внезапный звонок его очень заинтересовал.

— Куда мы едем? — спросила я, в тот момент мы уже удалились на значительное расстояние от моего дома.

— К матери Сергея. Должна она наконец появиться.

Едва свернув на улицу, где жила Беленькая, мы увидели вчерашних соседок. Они отчаянно ругались с водителем старого «Фольксвагена», который припарковался у дома номер двенадцать, да так неудачно, что правым передним колесом угодил на газон.

— Что вашему газону сделалось? — кричал незадачливый водитель в ответ на вопли бабок.

— А то, что вы совсем обнаглели. Совести у вас нет. Уж скоро на крыльцо заедете. Чего тебе возле парка не стоится, там места сколько угодно. Нет, все лезут сюда. Медом вам, что ли, здесь намазано?

— Задолбали вы, бабки! — в сердцах сказал водитель «Фольксвагена», садясь в машину, открыл окно и проорал: — Вон у вас в переулке тачка вообще на клумбе стоит, а вы прицепились из-за дурацкого газона!

Он рванул с места и вскоре скрылся за поворотом.

— Пожалуй, здесь парковаться не стоит, — заметила я. — Чтобы старушек не раздражать.

Старушки, между тем, пылая праведным негодованием, направились в переулок. Владан последовал за ними, может, решил там припарковаться? Переулок как раз отделял интересующий нас дом от соседского. Свернув туда, мы увидели джип, стоял он возле куста сирени. Хозяин джипа подогнал его вплотную к забору, изрядно примяв траву, однако клумба, которая была здесь, оказалась нетронутой. Кстати, вид у клумбы был такой, что становилось ясно: цветы, в основном многолетние, росли тут сами по себе, никто о них особой заботы не проявлял. Не считая разве что старушек, да и они скорее были возмущены чужим нахальством, вряд ли в другое время вспоминая о клумбе. Мы не спеша проехали мимо, наблюдая за тем, как бабки заполошно размахивают руками, призывая на головы водителей кару небесную. Владан открыл окно, и их диалог мы хорошо слышали:

— Нет, ты смотри, что делают...

— А может, это к Новиковым кто приехал? Вот и поставил машину к их забору. Сунемся к Катьке, мало не покажется.

— Какие Новиковы? Катька с семейством в воскресенье в Турцию отчалила. Забыла, что ли?

— Забыла... ну, если к Беленькой разве что приехали...

— Пусть бы и мяли траву у ее дома. Вот я сейчас в полицию позвоню... Повадились у нас машины бросать, не улица, а гараж...

В зеркало я видела, как бабуля достала из кармана мобильный.

— Да ладно уж, в полицию, — пошла на попятный ее подруга. — Не свирепствуй...

— И позвоню, и номер запишу. Чтоб другим неповадно было.

Владан остановил машину, продолжая наблюдать за старушками. Я хотела выйти, но он меня остановил:

— Не спеши.

Оставалось теряться в догадках, чем его это незначительное происшествие так заинтересовало. Соседки, еще немного повозмущавшись, побрели в сторону улицы, а Владан, развернувшись, поехал назад. Когда до припаркованной машины оставалась сотня метров, притормозил, укрыв свой джип в тени деревьев. Переулок, кстати, узкий, и с парковкой здесь, в самом деле, беда.

— Чего ждем? — спросила я, сообразив, что покидать джип он не торопится.

— Кого, — ответил Владан. — Хозяина тачки.

— По-твоему, он сейчас у матери Сергея?

Владан пожал плечами:

— Может, просто тут припарковался, на соседних улицах знаки «Стоянка запрещена», вот народ сюда и тянет.

— Но... если он не имеет отношения к Беленькой, зачем он нам нужен?

— Почти уверен, что имеет, потому как это машина Флинта.

Пока я пыталась осмыслить новость, появился и сам Флинт. Калитка, выходящая в переулок, открылась, и я увидела высокого мужчину с бритой головой, он быстро огляделся, надел солнцезащитные очки и почти бегом направился к машине. Зачем-то развернулся, хотя проще было бы выехать на улицу, с которой мы не так давно свернули, и вскоре промчался мимо на большой скорости.

— Жди здесь, — сказал мне Владан, покидая машину.

— Я с тобой, — сказала я и, не дожидаясь его ответа, выбралась из джипа.

— Я сказал, жди здесь, — разозлился он.

— Почему ты не хочешь, чтобы я пошла с тобой? — заныла я.

— Потому что неизвестно, что нас ждет в доме.

— По-твоему, Флинт оставил там кого-то из своих?

— Сомневаюсь.

— Я иду с тобой, хочешь ты этого или нет, — отрезала я.

— Тебе же хуже, — махнул он рукой, направляясь к калитке.

Надо бы его послушать, но упрямство в тот раз сыграло со мной скверную шутку. Владан шел впереди, не обращая на меня внимания, я трусила следом, опасаясь приближаться, уж очень недовольным он выглядел. Но позволить ему идти одному не могла и считала, что поступаю правильно.

Калитка запиралась на щеколду, открыть ее труда не составило. Мы оказались в заросшем бурьяном дворике, тропинка вела к задней двери дома, распахнутой настежь. «Должно быть, хозяев опять нет», — прислушиваясь, подумала я. А что здесь делал Флинт? Решил обыскать дом, предположив, что похищенное Сергей мог спрятать у матери? Глупость, конечно, учитывая, что прошло уже полгода.

Очень хотелось обсудить все это с Владаном, но лезть к нему с вопросами я поостереглась. Он явно был не расположен к разговорам, по-прежнему делая вид, что не замечает моего присутствия.

А если хозяева сейчас дома и просто не потрудились закрыть за гостем дверь? В такую погоду ее могли держать открытой... Шагнув через порог, мы оказались в кухне, небольшой и очень захламленной. Прямо возле двери стояла газовая плита, до того грязная, точно ее не мыли год, а то и больше. На плите две кастрюли с чем-то дурно пахнущим. Запах в кухне вообще стоял отвратный. Владан сделал пару шагов, а я все еще топталась у порога, наконец-то отвела взгляд от плиты и едва не заорала в голос. Поначалу от неожиданности. На стуле, посередине кухни, сидела женщина, свесив голову на грудь. Растрепанные седые волосы закрывали ее лицо почти полностью. «Пьяная, — решила я. — До кровати добраться не смогла и уснула прямо на стуле». Вот только в кухне было невероятно тихо, а спящий человек должен хотя бы дышать. Тут и прочие странности бросились в глаза: руки женщины были отведены назад, а ноги... ноги оказались привязанными к ножкам стула.

— Она что... — начала я и стиснула рот рукой, с трудом сдерживаясь, чтобы не закричать от ужаса.

Владан взглянул на меня и сказал сурово:

— Не вздумай.

Я согласно кивнула и вслед за ним подошла к женщине поближе, желая продемонстрировать силу воли, хотя он в этой демонстрации, по-видимому, особо не нуждался. Зря я это сделала. Останься я возле порога, избавила бы себя от зрелища еще одного трупа, к тому моменту я уже поняла, что женщина мертва. Между шкафом и стеной, поджав под себя ноги, лежал мужчина в грязной белой футболке. На груди кровавое пятно, успевшее подсохнуть. Тут же валялся кухонный нож, лезвие покрыто чем-то бурым... «Повздорили по пьяному делу, и дядька убил сожительницу, а потом и сам...»

Владан приподнял голову женщине, а я поспешно зажмурилась, очень сожалея, что успела увидеть слишком много. Ожоги по всему лицу... Я тихо застонала, а Владан спросил сурово:

— Собираешься падать в обморок?

Я отчаянно покачала головой, давая понять, что на ногах устою. Владан, потеряв ко мне интерес, внимательно осмотрел женщину. И наклонился к мужчине, его голову он тоже приподнял, держа в руке носовой платок. Теперь стала видна жуткого вида рана на его горле.

— Боже мой, — пискнула я и попятилась к двери.

— Жди возле машины, — буркнул Владан.

Не помню, как я оказалась в переулке. Повисла на заборе, пытаясь справиться с дурнотой, но тут испуганно подумала, что меня могут увидеть, и ходко припустилась к машине. Зубы выбивали дробь, в голове плотный туман, но кое-какие мысли сквозь него пробивались. Что, если бабки позвонили в полицию? Или сами решат заглянуть в дом? С намерением узнать, чья машина здесь стояла. И Владана застукают рядом с двумя трупами. Лучше пусть нас обоих застукают...

Я вернулась к калитке, но, представив, что мне вновь придется увидеть, жалко захныкала и подумала:

«Что он там делает? Сматываться надо...» Пока я терзалась сомнениями, Владан наконец появился. На счастье, за все это время в переулке не было ни людей, ни машин. Схватив меня за руку, Владан быстро пошел к джипу.

Только когда мы оказались на проспекте, я смогла-таки перевести дух и даже спросила:

— Будем звонить в полицию? — теперь, немного успокоившись, я считала, что это надо было сделать сразу.

— От тебя зависит, — ответил Владан.

— Почему от меня?

— Потому что нам придется как-то объяснить наше появление в этом доме. Конечно, можно сказать, что ты навещала мать приятеля Веры с желанием поддержать в трудную минуту, но мое там появление вызовет массу вопросов, и вряд ли они в твою байку поверят. О последствиях я тебе уже говорил: путаться под ногами нам не позволят.

— Но если мы промолчим, как они узнают о Флинте? Ведь это он их...

— Убийство произошло примерно сутки назад. Вчера, когда мы здесь болтались, они, скорее всего, были уже мертвы. Что сегодня Флинту тут понадобилось? Решил проверить, на месте ли трупы?

— Но он здесь был...

— Был. Подозреваю, то, что он увидел, оказалось для него неожиданностью. Все это здорово смахивает на подставу.

— Старушек отправили в переулок нарочно, чтобы они его машину запомнили? Водитель «Фольксвагена» заезжает на газон, ругается с бабками и сматывается. Флинту еще повезло, мог столкнуться с соседками возле калитки. Но и так номер его машины они запомнили, даже если звонить в полицию передумали. Когда трупы обнаружат и начнут опрашивать соседей, они про машину непременно расскажут.

— Неплохо у тебя получилось, — сказал Владан. — Однако тип на «Фольксвагене» должен быть уверен, что Флинт в доме задержится достаточно долго, чтобы возбужденные старушки отправились в переулок. С какой стати он вообще взял, что они затеют скандал, могли бы промолчать, не желая связываться. Или никаких старушек на скамейке и вовсе бы не оказалось.

— Да они там каждый день сидят... Я не поняла: подставляют его или нет?

— Скорее всего, за Флинтом следили, а заметив соседок, действовали экспромтом. Повезет — и Флинт окажется под подозрением. Нет — они ничего не теряют. Хотя есть еще вариант: водитель «Фольксвагена» здесь оказался случайно. Попробуем это проверить. — Он достал мобильный, набрал номер и сказал: — Привет, Олег. Сделай доброе дело, узнай, кто хозяин «Фольксвагена», номерной знак... — Он диктовал номер, а я хмуро слушала. Лично я на номер внимания не обратила, а вот Владан...

— Это что, привычка такая? — спросила я, когда он закончил разговор. — Запоминать номера всех машин, что попадают на глаза? Или ты предполагал...

— Расследование — работа кропотливая, — принялся терпеливо объяснять он. — Любой факт может иметь значение. Даже такой незначительный, как недавняя сценка вблизи дома интересующих нас людей. Набирайся ума-разума, глядишь, войдешь во вкус и станешь заправским сыщиком. Хотя по мне, для девушки есть занятия получше.

— Неужели двоих людей убили только для того, чтобы подставить Флинта? — не унималась я, так до конца и не сумев прийти в себя от увиденного.

— Обвинить его в убийстве затруднительно, если трупы находятся в доме больше суток, но слухи, конечно, поползут. Думаю, на это и рассчитывали: имя Флинта свяжут с этим двойным убийством.

— Женщину пытали. Я права?

Владан кивнул:

— И в этом тоже вроде бы нет смысла. Хотели знать, где прячется Серега? Логично тряхнуть мамашу сразу после его исчезновения, но почему-то ждут полгода. Хотя все это время за домом могли приглядывать, а потом случилось нечто такое, что позволило предположить: мамаша знает куда больше...

— И что такого могло произойти?

— Я не ясновидящий, — фыркнул Владан и добавил в голос суровости: — Теперь ты поняла, с кем нам придется иметь дело? Несчастную пьяницу пытали, а потом убили. Это не отбило охоту копаться в чужих секретах?

— Страшновато, конечно, — невольно поеживишись, честно ответила я. — Но меня-то с какой стати кому-то пытать?

— Не удивлюсь, если мать Сереги рассуждала так же.

— Вот только не надо меня запугивать.

— Я бы предпочел, чтобы ты уехала куда-нибудь к морю, а я не спеша во всем разобрался.

— Ты боишься за меня, да? — спросила я с широчайшей улыбкой, так меня распирало.

— Если тебе ненароком голову оторвут, кто мне деньги заплатит? — хмуро осведомился он.

— Свинья! — не сдержалась я.

— Вот-вот, а ты влюбиться хотела. Подумай хорошенько.

— Нечего мне думать. А ты помни о нашем уговоре: мы ищем убийцу вместе. Где ты, там и я.

— Придется увеличить гонорар.

— Из-за того, что мы сегодня обнаружили? — задала я вопрос со всей серьезностью.

— Из-за того, что приходится тебя терпеть.

Достойного ответа я не нашла и оттого с усердием принялась вертеть головой, вот тогда и обратила внимание на то, что мы все еще находимся неподалеку от того места, где жила Беленькая. Джип замер в нескольких метрах от ограды парка.

— Чего ждем? — спросила я сердито.

В этот момент мобильный Владана ожил: пришло сообщение. Он прочитал его и удовлетворенно кивнул.

— Есть фамилия и адрес хозяина «Фольксвагена», но с ним я встречусь позднее. А сейчас хотелось бы задать пару вопросов матери Веры. Это возможно?

— Думаю, да. Она почти всегда дома.


Нина Витальевна мне обрадовалась. Я была у нее недели две назад, хотя в первый месяц после гибели подруги заезжала почти ежедневно. И каждый раз испытывала неловкость, не зная, что сказать матери Веры и как утешить. Мы подолгу сидели в молчании, а если и удавалось завести разговор, то он неминуемо возвращался к бездействию следствия. Собственно, после одного из таких разговоров я и надумала обратиться к частному сыщику. Не приходить сюда я не могла, зная, что Нина Витальевна одинока, поддержать ее некому, но при мысли об очередном визите внутренности сводило и появлялась подленькая мысль придумать внезапные срочные дела, которых и в помине не было. О моих неудачах в деле частного сыска она, конечно, знала и, судя по всему, уже не верила, что убийца будет найден. Месяц назад я застала ее в компании подруги, немного успокоенной, здоровье ее вроде бы тоже стало значительно лучше, по крайней мере, больной она не выглядела. Я трусливо решила, что наведываться слишком часто теперь ни к чему, откладывала приезд сюда со дня на день и не заметила, как прошло две недели. Звонила, правда, ежедневно, но и разговоры по телефону становились все короче. В какой-то момент я вдруг подумала, что Нина Витальевна так же тяготится моим присутствием, как я ее. Может, я просто хитрила, ища себе оправдание, а может, так оно и было: я напоминала ей о дочери, которую она потеряла. Веры больше нет, а я продолжаю жить, как ни в чем не бывало.

Увидев Нину Витальевну, своих мыслей я устыдилась.

— Поленька, милая, проходи. Как хорошо, что ты приехала, — заключая меня в объятия, сказала она. Потом перевела взгляд на Владана и нерешительно улыбнулась.

— Это мой друг, — сказала я. — Зовут Влад, а это Нина Витальевна.

По дороге сюда мы решили: сообщать о том, что он очередной сыщик, не стоит, Нина Витальевна могла рассказать о нем следователю, хотя я и сомневалась в такой возможности: следователи в последнее время ей нечасто докучали. Имя Владана я сократила, чтобы избежать лишних вопросов, в общем, вовсю соблюдала конспирацию.

— Мы к вам ненадолго, узнать, как ваши дела...

— Проходите в кухню, сейчас вас чаем напою.

В этот момент в прихожей появилась женщина, наверное, подруга или соседка.

— Нина, я тогда пойду... — сказала она.

— Мы буквально на несколько минут, — затараторила я. — Извините, что помешали.

— Да чему мешать-то? Сидим вдвоем, горе мыкаем. Я тебе позвоню, — провожая приятельницу до двери, заверила Нина Витальевна. — Если буду чувствовать себя получше, в четверг приеду.

— Сосед обещал меня на кладбище свозить. Могу взять тебя, — сказала женщина уже в прихожей.

— Вот хорошо, я у Верочки давно не была, с этим давлением...

Мы с Владаном прошли в крохотную кухню и устроились за столом, прислушиваясь к голосам женщин. Наконец появилась Нина Витальевна, поставила на плиту чайник, собрала на стол нехитрое угощение: варенье и пряники, открыла коробку с пирожными, которую я купила, заскочив по дороге в магазин.

— Ну, вот, на кладбище съезжу... доченьку мою навещу, — опускаясь на стул, вздохнула она. — Вы не стесняйтесь, чаю выпейте. Я только перед вами заварила. А может, свежего заварить?

Я заверила, что это не нужно, и попросила не беспокоиться. Разлила чай.

— Подруга ваша где-то рядом живет? — спросила, толком не зная, с чего начать разговор.

— Соня-то? Далеко, на Слободской. Мы с ней давно знакомы, лет семь-восемь, но виделись нечасто. Так, перезванивались иногда. Но горе людей объединяет. У меня Вера, а у нее сын погиб три месяца назад. Пришла домой, а он в ванной висит. Такой ужас. Поначалу думали, сам руки на себя наложил, но в полиции быстро выяснили: убили его, а уж потом повесили. И кто мог ему смерти желать? Хороший парень, простой, работящий, сроду никуда не лез, жениться собирался. И вдруг такое...

— Убийцу нашли? — спросил Владан.

— Какое там... никаких концов. Точь-в-точь как с моей Верой. Соня на дежурство уходила, она вахтером подрабатывает, Славик как раз с работы пришел. Все как обычно. К девушке своей собирался. Соня вернулась, а он в ванной. Девушка у него умница, в институте учится и работает, но и ее подозревали: думали, может, поссорились и она кого-то подговорила. Накануне вечером она у них была, засиделась допоздна, Славик такси вызвал, проводил ее. Матери сказал, что решил жениться. Утром на работу ушел... Когда им было разругаться? Да и заметила бы Соня, если что не так. Работал он на заводе наладчиком. Откуда врагам взяться? В общем, думаю, не найдут убийцу, хотя все-таки надеемся. И за что нам такое наказание? У Сони тоже единственный сын и никого больше на свете нет... — Нина Витальевна вытерла слезы, вздохнула и похлопала меня по руке. — Спасибо, что пришла. Извини, что я с такими разговорами...

— Нина Витальевна, — начала я, косясь на Владана. — Даже не знаю, как спросить...

— А что такое?

— Это касается Вериной машины.

— Машины? Мы с Соней как раз сейчас о ней говорили. Продавать надо. Мне-то она ни к чему... Сосед Сони вроде купить собирался, просил узнать, за сколько продам. А я и не знаю, сколько она может стоить.

— Новая стоит тысяч шестьсот.

— Сколько? — вытаращила глаза Нина Витальевна.

— Теперь, конечно, цену придется снизить....

— Да откуда ж у Веры такие деньги? — ахнула женщина. Собственно, этот вопрос и нас интересовал.

— Мне Вера сказала, что взяла ее в кредит.

— Да ничего подобного. Из банка бы уж давно позвонили. И я бы никогда не позволила, что за глупость, машину в кредит? С этими банками только свяжись. Она же ипотеку выплачивала. Из-за этого я вся испереживалась, зарплата у Веры была невелика, а ведь еще жить на что-то надо. Я второй год на инвалидности, помочь не могла. Хорошо, что тетка наследство оставила, хватило за большую часть квартиры заплатить. А теперь вот голову ломаю, что с ней делать. Если б не ты, разве бы я смогла каждый месяц за ипотеку платить? Но когда машину продам, хватит долг погасить. Полина, откуда у нее деньги взялись на машину? — хмуро глядя на меня, повторила Нина Витальевна.

— Следователь вам этот вопрос задавал?

— Про квартиру спрашивал, я про наследство рассказала... про машину — нет.

— Может быть, она у кого-то взаймы деньги взяла?

— У кого? Если только у тебя...

— Вам-то она что сказала?

— Откладывала... скопила. Она же всегда подрабатывала. Свадьбы там всякие, съемка... фильмы юбилярам делала... то да се... и откуда мне знать, сколько ее машина стоит? Шестьсот тысяч... могла бы за ипотеку расплатиться, а не машины покупать... Господи, что я говорю. — Нина Витальевна закрыла лицо ладонью. — Прости меня, доченька...

— Я случайно узнала, что Вера встречалась с мужчиной, — выждав время, чтобы Нина Витальевна успокоилась, заговорила я. — Может быть, она вам что-то рассказывала о нем?

— Какой мужчина? Ни с кем она не встречалась. Я тебе сто раз говорила... Ну, Юра, с работы, еще Дима, тоже с телевидения. Но это ведь так, дружески. А мужчины у нее не было. Я даже переживать начала, а она мне: парни подождут. Помешалась на своей работе. Полина, ты что ж думаешь, она деньги у кого-то заняла, и ее за это?..

— Нет, Нина Витальевна, убивать должника глупо. В этом случае денег точно не получишь. Да и Вера, если б кредиторы доставали, машину могла продать. Она много работала и непременно бы расплатилась с долгами. Возможно, этот мужчина... помог ей?

— Может, и помог. Только я о нем от дочки ничего не слышала. Что ж получается, ни мать, ни лучшая подруга о ее делах знать не знали?

— Я тебя предупреждала, ее матери ничего не известно, — когда мы покинули квартиру Нины Витальевны, сказала я. — А вот чего я понять не могу, как я могла за эти полгода ни разу не озадачиться вопросом: откуда у Веры деньги?

— Это потому, что сама ты о них думать не привыкла, — усмехнулся Владан.

— Намекаешь на то, что с отцом мне повезло? Ладно я, а следователь о чем думал?

— А что следователь? Ипотека, кредит. Сейчас все так живут.

— Но не всех убивают в собственной квартире без какой-либо на то причины, — разозлилась я.

— Из-за ипотеки точно не убивают, по крайней мере, я о таком не слышал. Ну, а мысль о деньгах в их логических построениях присутствовала, не зря следствие заинтересовалось ее знакомством с Серегой... подозрительные знакомства — подозрительные деньги...

— Им бы не интересоваться, а начать работать и убийцу найти.

— А как же мой гонорар? — хмыкнул он.

— Нашел время шутить, — обиделась я.

Тут раздался звонок его мобильного, Владан распахнул передо мной дверцу машины, а сам ответил на звонок. Что ему говорили, я слышать не могла, а вот его слова озадачили.

— Где? — спросил он, и после паузы вновь: — Это точно он?

Убрал мобильный, сел в машину и посмотрел на меня в большой задумчивости.

— Не тяни, — нахмурилась я.

Он достал монетку в один евро и принялся вертеть ее между пальцев: орел, решка, орел...

— Серегу нашли, — наконец ответил он, когда я уже лишилась терпения и собралась орать ему в ухо: «Эй, я здесь, ау!» — Недалеко от города, в лесочке. Там дачные участки, вот дачники и набрели на труп. Судя по его виду, лежал с зимы. Забросали труп ветками в овраге, особо не усердствуя. Снег растаял, и вот вам Серега. В карманах пусто, и узнать его весьма затруднительно, но, судя по наколке на плече, это наш беглец. Менты свяжутся с его матерью, а значит, очень скоро узнают о двух трупах в доме.

— Когда его нашли?

— Вчера, но мой знакомый узнал об этом только сейчас.

— Он что, в полиции работает? — спросила я.

— В прокуратуре.

— И много у тебя таких знакомых?

— Хватает.

— Подожди, — озарило меня. — А появление двух трупов в доме не может быть связано с этой находкой? Кто-то мог узнать о ней раньше, чем мы.

— И что?

Озарение мгновенно испарилось.

— Ну... не знаю. Допустим, убийца считал, деньги исчезли вместе с Серегой. Но теперь ясно, что прикарманил их кто-то другой.

— А его мать здесь при чем? Но этим двойным убийством, безусловно, пытались мозги запудрить, только не ясно, кому и зачем. — Он подбросил монетку на ладонь, взглянул на нее, кивнул удовлетворенно и убрал в карман.

— Полагаешься на высшие силы?

— На что они мне, когда рядом такое сокровище: специалист по гениальным догадкам.

— Иронизируешь?

— Что ты... — Он засмеялся, взглянул на мою обиженную физиономию и заговорил серьезно: — На самом деле появление трупа в лесочке мало что меняет. Я и раньше был уверен, что парня давно нет в живых. Будь иначе, Бад непременно бы его нашел. Серега не из тех, кого принято считать умниками, и, окажись в его руках большие деньги да еще наркота... в общем, он бы повел себя вполне предсказуемо. Ясно, что Беленький оказался пешкой в чужой игре. Либо его убили, чтобы свалить на него пропажу денег, и тогда это кто-то из своих, либо... либо идею свистнуть деньги подкинули люди со стороны, а получив желаемое, решили, что делиться ни к чему. В первом случае спрятать труп следовало бы понадежнее. Но и тут наверняка не скажешь: к примеру, просто не было времени, а копать могилу зимой затруднительно. Допустим, убийца хотел выиграть время, а когда страсти утихнут, тихо смыться...

— Тогда стоит поинтересоваться, кто из людей Бада или Саввы в последнее время поменял место жительства.

— Поинтересуемся, — кивнул Владан. — Будем считать, что день прошел плодотворно. Отвезти тебя домой?

Я взглянула на него с сомнением.

— А ты чем собираешься заняться?

— Даже у самого настырного сыщика должна быть личная жизнь, — усмехнулся он.

— Да? Тогда я приглашаю тебя поужинать, — нахально заявила я и, видя, как он закатывает глаза, упрямо продолжила: — Согласна, тебе попалась очень навязчивая клиентка, но ведь и гонорар неплохой. Стоит помучиться, как думаешь?

— Трудно отказать красивой девушке, — засмеялся он.

Ужинали мы у Тарика. Я болтала без умолку, старательно обходя все, что имело отношение к расследованию. Если вечер — время отдыха, к чему говорить о работе? Примерно через час я с удивлением поняла, что молоть языком могу весьма непринужденно, без труда находя для этого темы. Обычно поддерживать разговор для меня было испытанием, я мямлила, на вопросы отвечала односложно, справедливо подозревая, что собеседник я никудышный, и от этого замыкалась еще больше. Может, у Владана какой-то особый дар? Я и его пыталась разговорить. Но не особенно преуспела. Он вроде бы охотно отвечал, но каждый раз мы неизменно возвращались к моей особе. Владан улыбался, а вот выражение его глаз оставалось загадкой. То ли он, слушая меня, размышлял о чем-то

своем, то ли попросту томился, памятуя, что с клиенткой стоит быть вежливым. Пару раз он посмотрел на
часы, а я с грустью решила: испытывать и дальше его
терпение не стоит.

— Что ж, пора прощаться, — вздохнула я с наме-
ком на большую печаль.


Перед тем как выйти из машины, я произнесла:

— Извини, если испортила тебе вечер. — Он поднял
брови, тем самым выражая удивление, а потом засмеялся. — И чего смешного я сказала? — разозлилась я.

— Ты необыкновенно скрасила мою жизнь, — заявил он с серьезной миной. — Повезло мне с клиенткой.

Оказавшись в своей постели, я размышляла над
последними словами Владана. Меня очень волновал
вопрос, что это было: желание сказать мне приятное
или и для него этот вечер что-то да значил? Само собой, я пыталась убедить себя: так оно и есть, непременно значил. Однако чем больше убеждала себя в
этом, тем больше сомневалась.

А когда наконец уснула, во сне увидела дом Беленькой. Я поднимаюсь на крыльцо, толкаю дверь,
вхожу в кухню... Проснулась я от собственного крика,
вся в поту, а потом долго пялилась в потолок. Думая о
том, что весь ужас картины, бывшей у меня перед глазами в реальности, остался неосознанным до конца.
Кровь, следы пыток, привязанное к стулу тело женщины... Все это было так избыточно жестоко. Мозг
отказывался воспринимать картину в ее целостности,
разбивая ее на фрагменты. Уловка сознания, нежелание знать о том, как может быть жесток этот мир...
У меня еще есть возможность остановиться, не влезая
с головой во все это... Лежа в темноте спальни, я была

готова прислушаться к доводам разума. Пусть все идет своим чередом. Следователи ищут убийцу, а я... что я? Смогу вернуться к своей прежней жизни? Вряд ли. Та, прежняя жизнь, радовала мало, но и новая вовсе не обещала быть счастливой.

«Он просто терпит меня», — пришла я внезапно к выводу, имея в виду Владана, и заревела.

Утром я ждала звонка, поглощая кофе в непомерном количестве. Владан звонить не спешил. Промучившись до десяти, я отправилась в его офис. Обе машины Марича стояли возле дома, и я вздохнула с облегчением. Дверь оказалась не заперта, я вошла и обнаружила Владана лежащим на диване. Он крепко спал. Голова на подлокотнике, руки закинуты за голову. Одет в ту же футболку и джинсы, что и накануне, и даже обувь не потрудился снять. На столе бутылка из-под виски, в пепельнице гора окурков. Запах в комнате соответственный. Ясное дело, вчера этот тип напился и уснул на диване, забыв запереть дверь, и это при том, что сам убеждал меня в опасности нашего предприятия. Само собой, возмущение зашкаливало и выходило из берегов. Готовя обвинительную речь, я не сразу заметила, что Владан уже некоторое время наблюдает за мной, хоть и продолжает делать вид, что спит.

— Эй, просыпайся, — сказала я не очень вежливо.

Он вздохнул, поднялся, откинул волосы со лба. Выглядел помятым, что неудивительно.

— Это что? — кивнула я на стол с веселеньким натюрмортом.

— Бутылка, — ответил он. — К сожалению, пустая, — пошарил по карманам в поисках сигарет, ничего не нашел и чертыхнулся.

— Можно узнать, по какому поводу ты напился?

— Мне не нужен повод, — осчастливил он.

— И часто у тебя такое? — спросила я, хотя внутренний голос шептал, что не худо бы заткнуться.

— По-разному. Если уж ты здесь, сбегай за кофе. Напротив есть кафешка...

Я похлопала глазами, прикидывая варианты достойного ответа. Очень хотелось швырнуть в него пустой бутылкой, может, так и следовало бы поступить, но вместо этого я, собравшись с силами, заявила:

— Тебе придется распроститься со своими привычками, пока ты на меня работаешь.

То, что за этим последовало, меня совсем не удивило: Владан сгреб меня за шиворот и выставил на крыльцо, по дороге прихватив стул. Подпер им дверь, вставив ножку стула в дверную ручку, и помахал рукой на прощанье с эдакой пакостной улыбочкой. Развернулся и направился к столу. У меня был выбор: убраться восвояси или немного попинать дверь в надежде, что Владану это надоест и он ее, в конце концов, откроет. Я выбрала второе и минут пять усердно барабанила в дверь, и даже кричала: «Открой немедленно!» Толку от этого не было. Владан устроился в кресле, взгромоздив ноги на стол, и, по обыкновению, вертел монетку между пальцев. Прохожие косились в мою сторону, в окнах дома напротив возникли заинтересованные лица, всем было до меня дело, за исключением Владана.

— Идиот, — буркнула я и в досаде направилась к своей машине, уже в тот момент прекрасно сознавая, что никуда не уеду.

Трудно сказать, что вызвало большую досаду, его поведение или мое собственное. Тут взгляд мой упал на вывеску, что красовалась на противоположной стороне улицы, и я побрела в том направлении. Кафе оказалось открыто, должно быть, Владан его имел в виду. Толстуха с огромным бюстом, опершись руками на подоконник, с интересом наблюдала за моим приближением. На ней была форменная куртка, из чего я заключила, что она официантка или бармен, и спросила, поздоровавшись:

— Кофе можно на вынос?

— Смотря кому, — не спеша направляясь к стойке, ответила она.

— Мне, — буркнула я.

— Ты можешь здесь кофе выпить, — заявила тетка и улыбнулась.

Надо бы возмутиться откровенному хамству, но то ли недавний опыт, то ли ее улыбка этому воспрепятствовали.

— Что ж, — пожала я плечами. — Выпью здесь... еще, если можно, двойной кофе на вынос. Один тип мается с перепоя.

— Я кофе в термос налью, — кивнула толстуха, — чтоб не остыл. Могу сделать яичницу, с ветчиной и сыром, как он любит.

Женщина поставила передо мной чашку кофе, придвинула вазочку с песком, а сама направилась к плите, что была в трех шагах от стойки.

— Он — это Владан? — уточнила я.

— Кто ж еще? За что он тебя за дверь выставил? — с усмешкой спросила она.

— За любопытство. Поинтересовалась, с какой стати ему вздумалось напиться.

— Ну, ты, девонька, учудила, — покачала она головой.

— Правда? И что особенного было в моем вопросе?

— Не в вопросе дело. Владан из тех мужиков, которые не терпят, чтобы их кто-то жизни учил.

— Вы его хорошо знаете? — заинтересовалась я.

— Если тебе кто сболтнет, что хорошо знает Владана, — не верь. Близко к себе он никого не подпускает. Но того, что я знаю, хватит, чтобы с радостью приготовить ему яичницу и бежать через улицу с термосом.

— И часто бегать приходится?

— Я могла бы каждый день. Чего лыбишься? Думаешь, спятила тетка и не понимает, что ему не пара? Понимаю. Вокруг него полно молодых девок круги нарезают, не мне чета. Хотя он всегда говорит, что я красотка хоть куда, — расплылась в улыбке толстуха. — И грудь у меня — закачаешься. — Она колыхнула громадным бюстом и засмеялась. — Владан — мужик стоящий. Ему половина района по гроб обязаны. И я в том числе. Вспоминать дурное ни к чему, а то б я тебе рассказала, как очутилась с двумя детьми на улице без копейки в карманах. И если б не Серб...

— Ваш стоящий мужик на моих глазах человеку пальцы сломал, — съязвила я.

— Бывает, — кивнула толстуха, ловко управляясь со сковородкой, выложила яичницу на тарелку и поставила ее на поднос. — Если сломал, значит, было за что. И говорить тут не о чем.

— Да, — покачала я головой. — Занятная у вас здесь жизнь. Давайте кофе, отнесу страдальцу.

Термос с кофе она поставила на поднос, на блюдечко положила хлеб с маслом. Придвинула поднос мне. Я протянула ей купюру, но она покачала головой, то, что денег не взяла, не удивило, и настаивать я не стала. Подхватила поднос и направилась через дорогу. Стучать в дверь с подносом в руках неудобно, я легонько пнула ее ногой. Владан так и сидел за столом, играя монеткой, взглянул на меня, а я с сияющей улыбкой продемонстрировала добычу. Он поднялся, открыл дверь и милостиво позволил войти.

— Все, как ты любишь, — сказала я, снимая с подноса тарелки и термос.

Забыв сказать «спасибо», он принялся завтракать, а я, устроившись на стуле, наблюдала за ним, проглотив обиду. Он пил вторую чашку кофе, молча, совершенно не обращая внимания на мое присутствие, а я прикидывала, с чего бы начать разговор, легкий, непринужденный, но тут дверь распахнулась и на пороге появилась женщина. С прискорбием вынуждена была признать — редкая красавица. Высокая, статная, с великолепной фигурой. Густые темные волосы рассыпались по плечам. Ни намека на косметику, даже губы не подкрашены, но этого и не требовалось — ее красота и без того была вызывающе яркой. Я сразу почувствовала себя серой мышкой. На женщине было зеленое платье с аляповатым рисунком, довольно безвкусное, но это явилось слабым утешением. Владан взглянул на женщину и едва заметно поморщился.

— Что это за пигалица? — кивнув в мою сторону, гневно спросила она.

Под ложечкой противно засосало, только такой соперницы мне и не хватало...

— Это клиентка, — ворчливо ответил Владан.

— Да? — Женщина сложила руки на груди, замерев в паре шагов от стола. — Кормит тебя завтраком? Очень мило... Между прочим, я ждала тебя всю ночь, а ты, оказывается, с клиенткой.

— Ночь он провел в компании с бутылкой виски, а вовсе не со мной, — заявила я, самой себе удивляясь.

Владан посмотрел исподлобья, а я нахально добавила:

— К сожалению.

— Ах ты дрянь! — рявкнула женщина, шагнув ко мне, а я едва не завизжала, решив, что сейчас она вцепится мне в волосы или влепит хорошую затрещину, но тут вмешался Владан:

— Марина, — позвал он. — Давай я загляну вечером, и ты расскажешь, какой я мерзавец, а сейчас, извини, я занят.

— Чем, интересно? — язвительно спросила она, но тут же нахмурилась и пошла к двери. — Идем, — кивнула мне, — на пару слов...

— Марина, — сказал Владан укоризненно.

— Не трону я твою девку, — огрызнулась она.

Я мучилась сомнениями: стоит последовать за ней или разумнее остаться. Гордость пересилила, пусть не думает, что я ее боюсь. Через мгновение мы оказались на крыльце, и Марина закрыла дверь.

— Вот что, пигалица, — сказала, понижая голос до зловещего шепота. — Не вздумай перед ним хвостом мести. Мало не покажется. Тебе тут ничего не светит. Он, бывает, ходит налево, но всегда ко мне возвращается.

— Если так, чего ж вы тогда нервничаете? — усмехнулась я, забыв про недавние страхи.

— Не лезь, я сказала, — прошипела она. — Не такой соплячке, как ты, его удержать. Клиентка... — фыркнула она презрительно и, оттолкнув меня плечом, быстро спустилась по лестнице.

А я вернулась в офис.

— Не обращай внимания, — сказал Владан. — У нее паршивый характер, любит поскандалить.

— Это твоя девушка? — спросила я со вздохом.

— Есть сомнения?

— Какое там... Вы живете вместе?

— Мы подумываем об этом.

— Она красивая.

— Мне тоже нравится.

Чувствовала я себя так, точно меня окатили холодной водой. От обиды реветь хотелось. Однако терзаться долго не пришлось, потому что сюрпризы в то утро на этом не закончились. Дверь вновь распахнулась, и в офис друг за другом вошли двое мужчин. Первый был невысокого роста, коренастый, в льняном светлом костюме, который отнюдь не украшал его, во втором я с беспокойством узнала Флинта. Он тоже вырядился в костюм, под светло-серым пиджаком черная футболка. Несмотря на попытки придать себе пристойный вид, оба выглядели отъявленными разбойниками, кем по сути и являлись.

— Ну, что, Серб, — начал тот, что ростом не вышел. — Опять суешь нос в наши дела? Популярно объяснить, чем это кончится?

Владан, игнорируя его слова, принялся вертеть в руке монетку и сказал, обращаясь к Флинту:

— Прикольный парень, где такого нашел?

Флинт хрипло засмеялся, точно залаял.

— Что ты сказал? — вскинулся коротышка.

Владан взглянул на него с такой спокойной враждебностью, что сразу стало ясно: если тот не заткнется, жить ему осталось минуты полторы. К счастью, парень это понял и замолчал. Зато заговорил Флинт:

— Владан, мы не первый год друг друга знаем, отчего бы не поговорить дружески?

— В самом деле? И о чем собираетесь поговорить? Кстати, в следующий раз для начала позвоните, мне не нравится, когда в моем офисе появляется всякая шваль, да еще без разрешения.

— Вконец оборзел, сволочь, — пробормотал себе под нос коротышка.

— Он в самом деле клоун или косит под него? — услышав это, спросил Владан.

— Боюсь, в самом деле, — покивал Флинт и без намека на обиду на его недавние слова продолжил:— В следующий раз обязательно позвоню. Тяжелая выдалась ночка? — заметил он с усмешкой. — И утро паршивое. Может, выпьем, потолкуем по душам?

— Я не пью с кем попало, — отрезал Владан.

Коротышка пошел пятнами, но Флинт все еще расточал улыбки. Терпеливый парень, надо признать. Он сгреб стул, сел на него верхом, положив локти на спинку стула, почесал бровь, вроде бы о чем-то размышляя. Взгляд его задержался на мне. Глаза чуть навыкате, одно веко до конца не открывается, хитрые, бессовестные глаза головореза. Я невольно поежилась.

— Костя малость погорячился, — вновь заговорил Флинт, кивнув на приятеля. — Но вообще-то он прав, мы не лезем в твои дела, так какого хрена тебе лезть в наши?

— Мне нравится твой костюм, — ответил Владан с издевкой. — Лучший в твоем гардеробе, похоронный?

— Флинт, я его сейчас пристрелю, — рявкнул Костя.

А Владан засмеялся, но смех тут же оборвал:

— Попробуй, — говорил он без бравады, равнодушно, а впечатление такое, точно приговор зачитывал.

— Костя, — не поворачивая головы, сказал Флинт, — подожди в машине.

Тот взглянул недовольно, но, матерясь сквозь зубы, направился к двери. Дождавшись, когда он покинет офис, Флинт вновь почесал бровь.

— Девчонка — твоя клиентка? И ты ищешь убийцу ее подруги? Мы не имеем к этому никакого отношения. Клянусь.

— Может, так, а может, нет, — пожал плечами Владан.

— Моего слова недостаточно? А слова Бада? Позвони ему и услышишь то же самое. Хочешь, я позвоню?

— Обойдусь. Твой парень крутил любовь с подругой моей клиентки. Вчера нашли его труп.

Флинт нахмурился, судя по всему, это для него новость.

— Это точно Серега?

Владан проигнорировал вопрос и продолжил:

— Менты решат встретиться с его матерью и обнаружат в ее доме еще два трупа.

На этот раз Флинт задумчиво кивнул.

— Я видел вчера твою машину в переулке, — заговорил он. — А ты, уверен, видел трупы. И должен знать, что убили их за сутки до моего там появления. Неужели неясно, какая-то сволочь нагло меня подставляет.

— И кто это может быть?

Флинт выразительно посмотрел на меня, а Владан сказал, повернувшись в мою сторону:

— Иди, погуляй где-нибудь...

Я наградила его благодарным взглядом, однако ходко устремилась к двери, прихватив поднос и посуду, уже зная, любой бунт он подавляет сразу и довольно безжалостно. В общем, я вновь пересекла дорогу и оказалась в кафе. Толстуха весело мне подмигнула.

— Опять что-то сдуру брякнула?

— Мужской разговор, — фыркнула я.

Поболтать с женщиной я была совсем не против, но вслед за мной в кафе появились посетители. Две девушки и парень, при них расспрашивать женщину о Владане я не решилась, а прочие темы были мне не интересны. Я настроилась на долгое ожидание, но минут через двадцать увидела в окно, как Флинт садится в свой джип, припаркованный неподалеку. Расплатившись за кофе, я поспешила в офис Владана и едва не столкнулась с ним в дверях, он шел мне навстречу, с кем-то разговаривая по мобильному. Ткнул пальцем на мою машину, продолжая слушать собеседника, и спустился по ступенькам, не заперев дверь.

— Поехали, — сказал он, убирая телефон.

— Ты дверь принципиально держишь открытой? — нахмурилась я, он, по обыкновению, вопрос проигнорировал.

То, что ехать он предпочел на моей машине, меня скорее порадовало, после ночных возлияний за руль ему садиться не следовало. Однако вскоре выяснилось: руководили им совсем другие соображения.

— Куда? — спросила я.

— Прямо. Возле цирка притормозишь. Наш общий знакомый божится, что у него есть новости. И очень беспокоится, как бы нас вместе не засекли, — пояснил он.

— Что тебе Флинт рассказал? — задала я вопрос, гадая, ответит Владан или нет.

Он пожал плечами:

— Вчера ему позвонили и посоветовали навестить мамашу Сереги. Обещали нечто интересное.

— И он поперся туда один?

— Выходит, так.

— Я бы на его месте...

— Куда Флинту до тебя, — перебил Владан. — Он явился в дом и обнаружил то, что пятью минутами позднее обнаружили мы. Кстати, и ему, и нам очень повезло. Если верить все тому же Флинту, примерно в это время был звонок в полицию, сообщили о трупах в доме. Туда направилась патрульная машина, но по дороге сломалась. Это задержало полицейских, что позволило нам уйти без объяснений. Флинту о звонке сказал дружок, у него их среди ментов достаточно.

— Ты ему веришь? — спросила я хмуро.

— Флинту? Он из тех, на чью откровенность может рассчитывать разве что идиот. Был звонок или нет, легко проверить. Другое дело, зачем кому-то его подставлять? Да еще так глупо, учитывая, что убийство произошло накануне.

— А что он сам думает по этому поводу?

— Во всем винит Савву. Тот спит и видит прибрать к рукам доходный бизнес и ничем не брезгует.

— А по поводу Сергея он что-нибудь рассказал?

— Поделился воспоминаниями о роковой встрече, когда умыкнули товар и денежки. По его словам, менты нагрянули весьма неожиданно и там царила жуткая неразбериха. Причем и в том, и в другом лагере. Иными словами, сказать, что стражи порядка действовали блестяще, не приходится. В суматохе сбежал не только Серега, но сам Флинт и еще двое. Остальных забрали в полицию. И Бад, и Савва провели расследование, но толком так и не узнали, кто их заложил. А главное, где находятся их денежки. Примерно через два часа после того, как Флинт благополучно унес ноги с пустыря, ему позвонил Серега. Сказал, что уже дома, жив-здоров и готов к великим свершениям. Раньше к себе вернуться побоялся, опасаясь, что там его ждут менты. Флинт в это время докладывал Баду о неудаче и получал нагоняй. Утром он позвонил Сереге, но его мобильный оказался отключен. Больше парня никто не видел. Оттого и пошел гулять слушок, что Серега смылся с деньгами. Но Флинт в этом сомневается. Однако на всякий случай приглядывался и к родне Сереги, и к его девушке, то есть к Вере. Убивать ее было глупо во всех смыслах. С этим я готов согласиться. Вот, собственно, и все.

К этому моменту мы уже минут десять стояли возле цирка, но, занятая разговором, я успела забыть, зачем мы здесь, и вздрогнула от неожиданности, когда задняя дверь открылась и в салон юркнул Борис, рассказавший нам о приятеле Сергея. На сей раз его физиономию украшали сразу два синяка. Он повертел головой и вздохнул с печалью:

— Башкой рискую, — после чего уставился на Владана, с немой мольбой в глазах.

— Ну... — поторопил тот.

— Сведения дорогого стоят, — вновь вздохнул парень.

— Надеюсь. Если выяснится, что ты меня из-за пустяков потревожил...

— Я точно знаю, что в ту ночь, когда менты парней с наркотой повязали, Серега был в клубе и скандалил с Гошей. Вроде бы тот ментов и навел. Что скажешь?

— И полгода об этом ни слуху ни духу? — усмехнулся Владан.

— Потому что человек, который их разговор слышал, помалкивал в тряпочку.

— И вдруг разговорился? Может, тебе в зубы дать, чтоб зря не беспокоил?

— Не надо в зубы, — отчаянно замотал головой парень. — Я тебе все, как есть... В клубе повариха Танька... короче, у меня с ней любовь. В ту ночь она покурить вышла, стояла во дворе, возле двери в подсобку. И разговор услышала. Двое скандалили на парковке, видеть мужиков Танька не могла и поначалу слов не разобрала, поняла, что скандалят, а с какой стати — не ясно. Баба она любопытная и попёрлась к парковке, но аккуратно. Смотрит, возле машины Гоша Кондратьев с каким-то парнем. Серегу она до этого пару раз видела, но даже по имени не знала. Гоша-то из постоянных клиентов, и с девками из стриптиза любовь крутит, его она знает как облупленного. Серега совсем другое дело, Танька на кухне торчит, где ей видеть, что в зале делается. Точных слов она не помнит, но смысл очень даже хорошо уловила. Серега считал, Гоша их ментам сдал: «Я, — говорит, — только тебе заикнулся по пьянке»... ну и все такое. Гоша, конечно, в отказ: спятил, говорит, оправдывался, как мог. Серега вроде успокоился, но пообещал все Флинту доложить, мол, пусть он с тобой разбирается. Гоша струхнул, только что не плакал, разошлись они вроде бы по-доброму. Танька от холода зубами клацала, но дождалась, когда Серега уедет. А Гоша в клуб вернулся. Ну, а на следующий день все, кому не лень, уже болтали о заварухе с ментами.

— С чего ты взял, что это был Серега? — усомнился Владан.

— А кто еще? Из Гошиных друзей только он с Флинтом хороводится. Танька, когда смекнула, что к чему, решила помалкивать. И даже мне ничего не рассказала. Но, сам понимаешь, баба все равно когда-нибудь да проболтается. Как раз вчера мне и выложила. И это еще не все. Гоша вдруг исчез. На следующий день после того, как ты о нем спрашивал. Ага. Танька мне сказала, его в клубе какие-то типы искали. Двое. Рожи мерзкие, так Танька заявила, а ее мерзкой рожей не удивишь, видать, эти особенные. А Надька-стриптизерша, Гошина подружка, как об этих двоих узнала, сразу сказалась больной. Вроде ногу подвернула. Я на всякий случай ее адресок у Татьяны взял. — Он достал из кармана клочок бумаги и протянул Владану. —

Таньке-то обещал, что есть человек, надежный, который своих не выдаст и за сведения хорошо заплатит.

Парень надул щеки и со щенячьей радостью в глазах пялился на Владана.

— Это ты кого имел в виду? — удивился тот.

— Тебя, естественно.

— Сколько же ты на этом надеешься заработать? — усмехнулся Владан.

— Не я, Танька. Думаю, по справедливости: тысячу баксов... триста, — тут же поправился он.

— Если твоя Танька все это выдумала...

— Я что, конченый псих, туфту тебе впаривать? — обиженно спросил парень.

Владан не спеша отсчитал деньги и протянул ему. Исчез тот так же стремительно, как и появился.

— Сергея мог убить Кондратьев, — заволновалась я. — У него был мотив.

— Был, — кивнул Владан. — Вот только твою подругу ему с какой стати убивать?

— Ты же сам сказал, найдем Серегу... — тут я сообразила, что Серегу уже нашли, и вздохнула. — Логично предположить, что убийства связаны...

— У меня в этом уже давно большие сомнения, — огорошил он. — Чем больше мы вязнем в бандитских разборках, тем дальше от цели. Меня куда больше интересует дружок Веры, с которым она встречалась в гостинице.

— Но мы же решили, что он охотился за бандитскими деньгами.

— С таким же успехом он мог убить Веру, чтобы скрыть от жены шашни на стороне.

— Разумный человек не станет убивать из-за этого.

— Ну, о его разуме судить рано, а люди иногда готовы убить из-за сущей ерунды.

— Я считаю, Гошу следует найти, — нахмурилась я.

— Найдем. Вот приму душ, и начнем искать.

По дороге к дому Владана я опять полезла с вопросами. Я была уверена: он рассказал мне не все, что узнал от Флинта.

— Если Флинта подставляют, мы легко найдем этих людей. Ведь номер «Фольксвагена», что стоял возле дома матери Сергея, у нас есть. Или ты считаешь, этот тип воспользовался краденой машиной?

— С этим типом я встретился вчера вечером, — сказал Владан.

— Вечером? — расстроилась я.

— Ага. После того, как мы с тобой расстались. Потолковали немного. Вполне добропорядочный гражданин, вряд ли он вообще когда-нибудь слышал о Флинте.

— Можно вопрос? — приглядываясь к Владану, спросила я.

— Валяй.

— Что вас связывает с Бадом?

— Связывает? — вроде бы удивился он.

— Из того, что сказал Флинт, вполне логично сделать подобное заключение. Он был уверен, что в словах Бада ты не усомнишься.

— Останови-ка здесь, — попросил Владан.

— С какой стати?

— Пройдусь немного.

— Ты же собирался принять душ...

— Точно. А потом заеду за тобой, и мы продолжим искать злодеев.

Машину я остановила, и Владан, сделав мне ручкой, направился в сторону своего офиса, а я смотрела ему вслед. Крепкий мужчина с легкой походкой... Он для меня по-прежнему человек-загадка и делиться со мной своими тайнами не собирается. Я тоже хороша. Надо набраться терпения, а не лезть к нему с бесконечными вопросами. Толстуха в кафе сказала: Владан никого близко к себе не подпускает. Интересно, это касается и Марины, или с ней он куда более откровенен? При мысли о красавице-брюнетке я стиснула зубы, мысленно желая ей провалиться. Большой грех, конечно, но человеколюбием в ту минуту я похвастать не могла.

Часа два я ждала Владана в своей квартире, то и дело подходя к окну, в надежде обнаружить во дворе его машину. Само собой, очень скоро принялась ему названивать, но на звонки он не отвечал. Решив, что два часа — это слишком много для того, чтобы принять душ, я вызвала такси и отправилась в офис. Это было глупо сразу по нескольким причинам: мы могли разминуться, а если он не отвечает на мои звонки, логично предположить, что увидеть меня тоже не торопится. Однако это не остановило.

Подъезжая к офису, я увидела Владана, он направлялся к своему джипу, не один, а в компании Марины. Она висела на его локте с таким выражением на лице, точно предлагала всему миру полюбоваться ее счастьем. Стыдно сказать, но я ей невыносимо завидовала. Первым побуждением было попросить таксиста отвезти меня домой, но я тут же призвала себя к порядку. Сделав одну глупость, не стоит усугублять ее другой.

Первой меня заметила Марина, как раз в тот момент, когда я выходила из такси. Владан распахнул дверь своей машины, а Марина, косясь в мою сторону, поспешила заключить его в объятья. Я-то надеялась, что он ограничится легким поцелуем, но не тут-то было. Мерзавка целовала его взасос, и он охотно ей отвечал. В общем, сливались в объятиях на всю катушку, а мне глазей на это.

— Ку-ку, — сказала я, приблизившись, чтобы малость подпортить чужое счастье.

— Ты здесь откуда? — нахмурился Владан, наконец-то отлепившись от своей красотки.

— Мимо пробегала.

— Садись в машину, — кивнул он мне.

— Помни, что я тебе сказала, — ядовито произнесла Марина, с насмешкой глядя на меня.

А я полезла в его джип, мысленно умножая четырехзначные цифры. Говорят, помогает успокоиться.

— До вечера, милая, — сказал Владан Марине, и та, виляя бедрами, направилась к дому.

Он провожал ее взглядом, и на губах его была улыбка, которую иначе как пакостной не назовешь. Хотя, если бы он так смотрел на меня, я бы до потолка прыгала.

— Ну что, поехали, — сказал он со вздохом.

— Я решила, ты утонул в ванне, — съязвила я, данное два часа назад самой себе обещание быть терпеливой мгновенно забыла.

— Так и подмывает утопиться, — хмыкнул он. — Устал я от тебя.

— И терпишь только из-за денег?

— Не только. — Я замерла, всерьез надеясь услышать что-нибудь приятное для моей ранимой души. — Начатое дело следует доводить до конца.

Возле дома, где жила Надежда, стриптизерша и по совместительству подруга Кондратьева, мы оказались минут через тридцать.

— Жди в машине, — сказал Владан.

— Почему? — насторожилась я.

— Потому что будет лучше, если с девушкой я поговорю без свидетелей.

— Станешь ее соблазнять?

— Если понадобится. Я не против, чтоб ты везде со мной таскалась, но при условии, что это делу не мешает.

— И как я могу помешать? Просто она стриптизерша, а ты... ты бабник. Заморочит тебе мозги...

— Ты головой сегодня не ударилась? — серьезно спросил Владан.

— Иди, — махнула я рукой. — Надеюсь, тебе повезет, и ты вернешься с ворохом ценных сведений.

Он ушел, а я, открыв окно, принялась осматривать двор, хотя особо задержать взгляд там было не на чем. «Я ему осточертела, вот он и оставил меня в машине», — с грустью подумала я, хотя, может, Владан прав, без меня он ее скорее разговорит. Неизвестно, что хуже.

Владан вернулся довольно быстро, однако не настолько, чтобы решить: девушку он дома не застал.

— Ты видел ее? — полезла я с вопросом.

Он кивнул, завел машину, и мы поспешно выехали со двора. Но почти сразу Владан свернул в переулок и заглушил двигатель.

— Чего ты молчишь? — косясь на него, спросила я. — Что она тебе сказала? И почему мы здесь стоим?

— С Гошей она не встречалась несколько дней и понятия не имеет, где он может быть, — ответил Владан, закуривая. — По ее словам, они поссорились, она застукала его со своей подругой. Когда я пришел, девица собирала вещички. Я заметил, что рядом с кроватью валяется блузка, и это при том, что в квартире образцовый порядок. Попросил воды, Надежда пошла в кухню, а я заглянул под кровать. Чемодан, забитый барахлом, она, должно быть, сунула туда, прежде чем открыть мне дверь. Похоже, девушка надолго покидает город.

— Ты думаешь...

— Я думаю, мы ее скоро увидим.

Так и оказалось, я заметила выезжающую со двора старенькую «Хонду», за рулем которой сидела блондинка в огромных солнцезащитных очках. Водитель из нее еще тот, она едва не влетела в проезжающий мимо мини-вэн, тот истошно сигналил, а девица, открыв окно, громко крикнула:

— Да пошел ты... — после чего на предельной скорости направилась к проспекту.

— Девушка нервничает, — сказал Владан.

— Тебя это как будто радует.

— Еще бы. В таком состоянии легко наделать глупостей, а девица умом и так не блещет.

Дождавшись, когда девушка отъедет, мы отправились за ней. Вскоре стало ясно, блондинка намерена покинуть город.

— Думаешь, она приведет нас к Гоше? — спросила я, чувствуя что-то вроде охотничьего азарта.

— Боюсь, не только нас, — ответил Владан.

— Что ты имеешь в виду?

— Темно-синий «Опель», который пристроился за ней от самого дома.

До этого момента на «Опель» я не обращала внимания, что неудивительно, учитывая поток транспорта в это время суток, но, после слов Владана, взгляда с него уже не спускала. Машина двигалась в соседнем ряду, впереди нас, чуть поотстав от «Хонды». Ничего подозрительного мне, при всем желании, обнаружить не удалось, оставалось лишь гадать, почему на эту машину обратил внимание Владан. Допустим, он заметил «Опель» еще возле дома Надежды, но с какой стати вдруг решил, что его хозяина интересует наша стриптизерша?

Примерно через полчаса мы оказались на объездной дороге. «Опель» по-прежнему двигался за «Хондой» блондинки, но расстояние увеличил, не желая привлекать к себе внимания. Теперь я уже не сомневалась в словах Владана. Между тем, удалившись километров на двадцать от города, Надежда свернула на проселочную дорогу, которая шла через лес. Движение оживленным не назовешь, и я забеспокоилась, как бы нас не рассекретили. Утешало лишь то, что о конспирации не только нам приходится думать. Теперь обе машины были далеко впереди, и к прежнему беспокойству прибавилось новое: как бы нам их не потерять. Я покосилась на Владана, непохоже, что его что-то особенно тревожит. Блондинка вновь свернула. Подъехав к перекрестку, мы увидели указатель «Раздолье 2 км», а вскоре показалась деревушка, всего несколько домов на берегу реки. Владан остановил машину, достал с заднего сиденья бинокль и, выйдя из джипа, принялся наблюдать за происходящим в деревне.

— Первый дом с этого края, — сообщил он. — Скорее всего, там Гоша и прячется.

— Девушка вошла в дом? — спросила я.

— Ага. «Опель» уже в деревне. Сомневаюсь, что Гоша обрадуется гостям.

— А нам что делать? Будем ждать здесь?

— И дождемся появления еще двух трупов? — усмехнулся Владан. — Значит, так. Ты сидишь тут, а я загляну в дом.

— Мы даже не знаем, сколько человек в «Опеле». Двое, пятеро...

— Самое время узнать.

Перспектива сидеть в машине и ждать развития событий, в то время как Владану, вероятно, придется рисковать жизнью, мне не улыбалась, хоть я и не могла придумать, какая от меня может быть польза. Но точно знала: одного я его не отпущу. Между тем он зачем-то надел пиджак, в этом не было никакой необходимости, день выдался жаркий, и сказал мне:

— Бардачок открой, там где-то наручники завалялись.

Наручники я нашла, протянула их Владану. Его приготовления вовсе не пришлись мне по душе.

— Деревня хоть и небольшая, но дачники в ней точно есть, — заговорила я. — Вон белье висит на веревке. Значит, приехавшие должны вести себя прилично. Иначе кто-то из жителей вызовет полицию.

— И они примчатся через пять минут.

— Может, и не через пять, и все же... У меня идея.

— Гениальная?

— Конечно. Делаем вид, что мы просто заблудились, отчего не зайти в дом с вопросом, как отсюда выбраться?

— Я понял. Ждать в машине ты не собираешься, — садясь за руль, сказал Владан, завел мотор, и мы спустились к деревне. Интересовавший нас дом выглядел крепким, но территория вокруг него оказалась заброшенной. Трава выросла чуть ли не по пояс, к крыльцу вела едва заметная тропинка. Возле крыльца стояла «Хонда», а рядом с ней «Опель». Одно из трех окон дома распахнуто настежь.

— Не возражаешь, если я немного осмотрюсь? — ядовито спросил Владан.

Первым делом он направился к «Опелю», а потом обошел дом по периметру, появился из-за угла и замер неподалеку от открытого окошка. К тому моменту машину я уже покинула, приблизилась к окну, несмотря на гневный взгляд Владана, и тут услышала голоса:

— Идиотка, — срываясь на визг, громко заговорил кто-то из мужчин. — Я ведь предупреждал...

— Ты тут отсиживаешься, а мне за тебя отдуваться, — ответила девушка, наверное, Надежда.

А вслед за этим еще один голос:

— Ты, тварь, еще прятаться от нас вздумал.

— А чего мне было делать? Вы же конченые придурки, какого хрена вы...

В это мгновение в оконном проеме возникла мужская рука и обе створки резко захлопнулись, так что конец фразы расслышать не удалось. Владан, пригнувшись, прошел под окнами и оказался рядом со мной.

— Мы не вовремя, но Гоше придется это пережить, — шепнул он мне, и мы друг за другом поднялись на крыльцо.

Владан открыл дверь, она скрипнула, а я испуганно замерла. Но ничего не произошло. Народ в доме продолжал выяснять отношения и, видимо, ни скрипа, ни наших шагов не услышал. Дверь, ведущая из сеней в дом, была распахнута настежь. Я увидела кухню с русской печью и большим столом возле окна. На кухне ни души, а вот голоса из комнаты теперь слышны были вполне отчетливо.

— У тебя неделя, чтобы вернуть деньги. Девка пока у нас побудет. Начнешь тянуть резину, и ей каюк. И не вздумай прятаться. От нас не сбежишь, только хуже будет.

Надежда всхлипнула, раздался звук удара, девушка закричала от боли, но тут же смолкла, услышав нервный окрик:

— А ну, заткнись!

Владан решительно направился в комнату, сделав мне знак оставаться в кухне. Голоса вдруг смолкли. Навстречу Владану выскочил тип в желтой футболке и схлопотал по носу дверью, которую Владан толкнул ногой, но Марич тут же ее распахнул и ударил слегка обалдевшего мужика кулаком в лицо. Тот мешком свалился ему под ноги. А я, выглянув из-за спины Владана, увидела следующее: Гоша сидит на диване и таращит глаза в нашу сторону, рядом с ним Надежда размазывает слезы вместе с косметикой, еще один тип стоял в паре метров от них. Если я не очень-то успевала следить за развитием событий, то и он в этом смысле не особо преуспел. Увидев поверженного товарища, слегка замешкался, шагнул к дивану, одновременно заводя руку за спину.

— Не дури, — сказал ему Марич.

Тот замер в нерешительности, причина очень скоро стала ясна: я увидела пистолет в руке Владана. Он подошел к мужчине и ударил его оружием в висок, движение мгновенное и совершенно неожиданное. Не только для меня, но и для мужчины. Иначе он должен был хотя бы попытаться избежать удара. В общем, второй тип тоже оказался на полу, издав громкий стон. Владан, наклонившись, вынул из-за ремня его брюк пистолет и сунул в свой карман. После чего извлек из другого кармана наручники, защелкнул одно кольцо на руке парня, подтащил бесчувственное тело ближе к двери, где начал приходить в себя первый поверженный, легонько пнул его и защелкнул на его руке второе кольцо наручников. Теперь Гошины недруги оказались скованы друг с другом, при этом один не подавал признаков жизни, а второй мутно смотрел вокруг, мало что понимая. На все ушло минуты две. Не знаю, что меня поразило больше, решительность Владана или скорость, с которой он разделывался с врагами.

Наше появление ни девицу, ни Гошу отнюдь не обрадовало, они справедливо подозревали, что это не сулит им ничего хорошего. Девушка, закусив кулак, с ужасом взирала на происходящее, а у Гоши было такое выражение лица, точно он готовился разрыдаться в любой момент.

— Ну? — обратился к нему Владан, огляделся в поисках места, где мог бы присесть, и выбрал стул. Я так и стояла в дверях.

— Спасибо тебе, конечно, — слегка заикаясь, заговорил Гоша. — Только зря ты так... это мои друзья и... короче, мы малость повздорили... с кем не бывает.

— Знаешь, что я сделаю? — ровным голосом произнес Владан. — Суну вам в рот кляп и всех четверых спущу в подпол. Забью крышку гвоздями, запру дом, отгоню машины в лесок, а через месяц вернусь взглянуть, что от вас осталось.

— Меня-то за что? — заныла девушка. — Я вообще ни при чем...

— Потом расскажешь. Сейчас я хочу послушать твоего приятеля.

— Я не знаю, где Серега. Честно, не знаю, — поспешно заверил Кондратьев.

— Серега в морге, — ответил Владан.

Лицо Гоши нервно дернулось.

— Я его не убивал. Что я, идиот, по-твоему? Только мокрухи мне и не хватало. И его мать с сожителем... Это они, — мотнул он головой в сторону скованных товарищей. — Придурки...

— Давай-ка потолковее, — предложил Владан.

— Я им деньги должен, — пригорюнился Гоша. — Много. Вот этот ставки принимает на ипподроме, а мне хронически не везет в последнее время.

— Серега решил: ментам о предстоящей сделке настучал ты.

Гоша шумно вздохнул.

— А что мне было делать? Мент, сволочь, поймал меня с наркотой. Отпустил, но не за красивые глаза, как ты понимаешь. Стучать на своих последнее дело, но... Этот гад еще злился, мол, толку от меня мало, обещал посадить. А тут Серега проболтался о том, что намечается крупная партия. Мент об этом тоже прознал, ну и прицепился как репей, где, когда? Пришлось сказать. Серега хоть и был в стельку пьян, когда языком молол, но быстро сообразил, что к чему. И ко мне явился скандалить. Обещал все Флинту рассказать. Я только что в ногах у него не валялся. Еле уговорил, что я, мол, ни при чем. Серега сказал, деньги и товар ментам не достались, а значит, повода особо копать, кто нас сдал, у Флинта нет. А потом Серега исчез. Я был уверен, что с деньгами. Кто б не соблазнился?

— Серега сказал тебе, что наркота и деньги у него?

— Нет. Такого не говорил. Просто сказал: «ментам не достались», но если исчез, значит, все-таки у него... или нет? Я сидел себе тихо, мент хоть и злился, но особо не цеплялся. Не моя вина, что у них там где-то не срослось. А тут эти доставать стали. Требовали вернуть долг. Ну, я им и рассказал про Серегу, про всю эту историю. Они о ней, само собой, и раньше слышали. Я только намекнул, что мамаша Сереги может знать, где он прячется. Начнут его искать и от меня отстанут хоть ненадолго. А эти отморозки убили и мамашу, и сожителя, а потом с перепугу велели мне Флинту звонить, чтоб, значит, стрелки на него перевести. Я понял, что влип по полной. Ко всему прочему, ты Серегой заинтересовался. Ясное дело, в конце концов, узнаешь, что к чему. Надо было когти рвать, да денег нет. Еще и эти опять прицепились. Вот я и решил залечь на дно, вдруг что-нибудь изменится. В лучшую сторону.

— Это вряд ли, — усмехнулся Владан. — Ты им только о мамаше намекнул? Или подружку Сереги тоже вспомнил?

— Нет, конечно. Зачем? Прессовать они меня начали месяц назад... Владан, да я клянусь... Я о девке его и знать-то толком ничего не знал.

— Ладно. Звони своему менту.

— Зачем? — вновь начав заикаться, спросил Гоша.

— Затем. Эти двое должны за убийство ответить. Мент тебе спасибо скажет, раскроет преступление в кратчайшие сроки. И тебя, глядишь, отмажет. Опять же, долг возвращать не придется.

— Еще как придется. Да ты хоть представляешь...

— А у тебя есть выход? — удивился Владан.

Гоша потосковал, глядя в одну точку, дрожащей рукой достал мобильный и стал набирать номер. На полу завозились его приятели, он посмотрел на них с опаской и принялся растолковывать невидимому собеседнику, что к чему. Владан, выслушав его речь, направился к двери.

Уже на улице я спросила:

— А если он передумает и их отпустит?

— Тогда я ему не завидую.

Деревню мы вскоре покинули, сидя в машине рядом с Владаном, я пыталась оценить все происходя-

щее, а заодно понять, отчего так пакостно на душе.
То есть поводов хоть отбавляй, но один, без сомнения,
был самым тревожным.

— На оружие у тебя разрешение, конечно, есть? —
с виноватой улыбкой осведомилась я.

— Глупее вопроса у тебя не нашлось? — поворачиваясь ко мне, сказал Владан и тут же отвернулся.

— Ага, — сказала я, поджав ноги и стиснув ладони
коленками.

Если быть до конца честной, появление оружия
совсем не удивило. Испугало, да. Но не удивило.
Я молчала, понемногу успокаиваясь и собираясь с
мыслями.

— Получается, что вся эта история к убийству
Веры отношения не имеет? — со вздохом заметила я.

— Гоша и его дружки — вряд ли.

— Но ведь Гоша мог соврать. И Веру убил кто-то
из этих двоих.

— Что ж, надо дать возможность и следователям
поработать. Когда они займутся ими, быстрее нас обо
всем узнают. А вот уверенность Сереги, что деньги и
наркота ментам не достались, наводит на размышления. Выходит, он знал, у кого из четверых сбежавших
они оказались. Серега звонит Флинту, но перед этим
отправляется к Гоше выяснять отношения. Хотя, может, сначала звонит, а потом скандалит.

— Если бандитские ценности находились у Сергея,
он был просто обязан сообщить об этом Флинту. Но
тот ведь ничего подобного тебе не говорил?

— Глупо рассчитывать на его откровенность.

— Допустим, они у Сергея. Флинт решает этим
воспользоваться...

— Или появляется кто-то еще. Человек, которому
хорошо известно об этих деньгах. И тут на ум прихо-

дит Вера и ее таинственный любовник... Хотя бандитские ценности, как ты выразилась, могли быть у того же Флинта и еще двоих типов, сумевших ускользнуть с пустыря. Вот только не ясно, зачем в этом случае кому-то из них убивать твою подругу.

— Ты прав, надо найти любовника Веры. Он больше всего подходит на роль убийцы.

Любовник Веры обнаружился неожиданно быстро, но это не принесло ни радости, ни удовлетворения. Не зря говорят: о некоторых тайнах лучше не знать.

Вернувшись в город, мы уже собирались расстаться, когда Владану позвонили. Выслушав собеседника, он сказал:

— Встретимся через полчаса, — и назвал место, а потом повернулся ко мне: — Это девушка из «Милого дворика».

— Ира? У нее есть новости?

— Похоже, что есть.

— Но она не захотела сообщить о них по телефону? Собирается рассказать при личной встрече? — спросила я с усмешкой. — Разумеется, она желает видеть тебя, а не нас.

— Отвезти тебя домой?— смеясь, спросил Владан.

— Если не возражаешь, я хотела бы подождать неподалеку. Надеюсь, ваш разговор не займет слишком много времени.

Он ничего не ответил, однако мы направились в сторону площади Победы, где была назначена встреча. Оказавшись там, Владан высадил меня возле одного из кафе. Отъехал на сотню метров и остановился. Я устроилась на открытой веранде и попросила чаю, наблюдая за Владаном, точнее, за его джипом. Минут через десять появилась Ирина, Владан вышел ей навстречу. С моей точки зрения, поговорить они могли в машине или даже на улице. Но он повел ее в кафе, не в то, где находилась я, а по соседству. Там тоже была открытая веранда, и со своего места я отлично видела, как они устраиваются за свободным столиком, как он подвигает ей стул, а затем протягивает меню. На девушке было шелковое платье, отделанное кружевом, и туфли на высоком каблуке. «Ишь как вырядилась», — с неприязнью подумала я. Вряд ли сведения девицы чего-нибудь стоят, это просто повод встретиться с Владаном. Я вспомнила слова Марины о том, что он не прочь завести интрижку на стороне, и мрачно усмехнулась. Девица, с моей точки зрения, его внимания не заслуживала. Совершенно обыкновенная, таких тысячи. Себя я, конечно, считала гораздо привлекательнее. Но он торопится от меня отделаться, а ее в кафе приглашает. Неужели она ему действительно нравится?

Я продолжала терзаться этими мыслями и уже готовила обвинительную речь, точно имела на Владана какие-то права, а он нагло изменял мне на моих глазах. Это было глупо сразу по двум причинам: во-первых, никаких прав я на него не имела, а во-вторых, встречался он с ней все-таки по делу, которое являлось для нас общим.

Взяв салфетку, я принялась складывать из нее кораблик, но взгляд, точно сам собой, возвращался к парочке на веранде. Девица пила кофе и что-то рассказывала Владану, тот откинулся на спинку стула и в ответ на ее слова рассмеялся. Не похоже, что они обсуждают деловые вопросы. Интересно, как бы повела себя Марина, внезапно оказавшись здесь? Очень хотелось, чтобы она и впрямь появилась и, к примеру, оттаскала нахалку за волосы. Ранее подобной кровожадности я в себе не замечала и слегка удивилась, а потом почувствовала досаду. Если верить молве, мужчины предпочитают добиваться женщин и терпеть не могут, когда те сами вешаются им на шею. Выходит, и этой ничего не светит. На шею, она, положим, не вешается, но уже близка к тому. Положила руку на его ладонь, или мне только кажется? И он свою руку, конечно, не убрал... Чтобы прекратить затянувшееся терзание, я перебралась на другой стул и теперь сидела к ним спиной. Но стало только хуже. Не видя, что там происходит в действительности, я дала волю фантазии и уже готова была разрыдаться от несправедливости судьбы. Тут и Владан появился. Сел напротив и подозвал официантку, не спеша делиться новостями.

— Она тебя нагло клеила, — съязвила я.

— Откуда тебе знать, если ты спиной сидела?

— К сожалению, не все время вашего свидания. Неприятно наблюдать чужое счастье.

— Зависть — чувство пагубное, с ним надо бороться. Продолжишь занудствовать или меня послушаешь?

— Слушаю, — махнула я рукой.

— Девушка решила нам помочь и всерьез увлеклась ролью сыщика. Расспросила всех сотрудников, наплевав на запрет начальства. Одна из горничных видела в окно, как любовник Веры однажды подъезжал к гостинице. И смогла описать его машину. Знакомому парковщику Ира тоже позвонила, и он подтвердил: этот тип ездит на «БМВ» темно-синего цвета. На парковке гостиницы он его не оставлял, так что номер Ире не известен, но это не проблема. На машине аэрография: тигр по всему левому крылу. Отыскать такую машину будет нетрудно, мне кажется, я ее видел в городе...

Он продолжал говорить, а я сидела, точно громом пораженная. Едва он упомянул об аэрографии, под ложечкой противно засосало. Ну, а потом и вовсе сомнения меня оставили. Высокий, уверенный в себе красавец... Описание, данное ему Ириной, очень подходило Валере. Полупальто, дорогие костюмы... у него их тридцать две штуки и сорок пар обуви. Хотя за год вещей в гардеробе могло прибавиться. Отец иногда посмеивался над этой его страстью и говорил, что она извинительна: пережитки нищей юности...

— Этот след нас никуда не приведет, — с трудом произнесла я.

— Судя по твоему лицу, ты знаешь, о ком речь, — сказал Владан, уставившись в мои глаза, и, надо полагать, видел гораздо больше, чем мне хотелось.

— Да, — сказала я, потому что врать бессмысленно. Было бы здорово обойтись без объяснений, но я прекрасно понимала, что тем самым вызову его недоверие. Собралась с силами и продолжила: — Это мой муж.

На лице Владана мелькнуло что-то вроде удивления. Выходит, моей биографией он не интересовался.

— У тебя есть муж? — спросил он.

— Мы расстались год назад. Но еще не развелись. Я вышла замуж в двадцать два, прожили мы чуть больше года.

— И что послужило причиной вашего расставания? Он крутил любовь с твоими подружками?

— Это для меня новость. Мы расстались... — на мгновенье я замерла и поспешно закончила: — Просто поняли, что наш брак — ошибка. Мы с ним поторопились.

Вранье, и Владан это видел или чувствовал. Я отвела взгляд и вновь заговорила, торопливо, с излишним воодушевлением:

— Он богатый человек и никогда бы не связался с бандитами. Валера переехал сюда недавно, у него свой бизнес... Мой отец ему помогал... И сейчас... у него столько денег, что он не стал бы пачкать руки и вообще... — Я видела, что Владан не верит ни одному моему слову... но упрямо продолжила: — А то, что Вера с ним встречалась... это ведь было уже после того, как мы разошлись... Он ей всегда нравился. Она ругала меня за глупость и настаивала, что я должна к нему вернуться... — «Потому что я ей не рассказала об истинной причине нашего разрыва, — с тоской думала я. — Вера считала его классным парнем, а меня дурой».

— Выходит, расстались вы не по обоюдному желанию? — спросил Владан.

«Черт»...

— Идея не пришлась ему по душе... наверное, из-за отца... они очень близки. Если честно, он здорово злился и наверняка закрутил роман с Верой назло мне. Она моя единственная подруга... Я ее не осуждаю. Почему бы и нет, в конце концов? Она знала, что я к нему не вернусь, я не раз говорила ей об этом. Теперь понятно, кто ей дал деньги на машину. Не стоит тратить на Забелина время.

— Как скажешь, — пожал плечами Владан, внезапно потеряв интерес к разговору. — Отвезти тебя домой?

— Нет, спасибо, еще немного здесь посижу... прекрасная погода.

Он кивнул, поднялся и направился к машине, расплатившись за мой чай и свой кофе, а я, проводив его взглядом, уставилась в стол, подперев голову рукой. Несмотря на недавние заверения, тот факт, что Вера встречалась с моим мужем, причинял боль. Она ведь могла мне сказать об этом. Могла, но предпочла молчать. Я не пожелала открыть ей правду, и она тоже. Наверное, у нее были причины этого не делать, как и у меня. Лучшие подруги, у которых свои секреты. Способен был Валера втянуть ее в грязную историю? Безусловно. И дело, скорее всего, не в деньгах. Они у него действительно есть, по мне, так в избытке. Он мог это сделать от скуки, от желания доказать себе, что он куда умнее этих типов... от того, что он подлец. Это первая и основная причина. Он законченный мерзавец, но чтобы понять это, мне понадобилось слишком много времени...

В один совсем не прекрасный день мы с Верой договорились пойти в кино. Мне тогда исполнилось пятнадцать, и мамы уже не было в живых. К кинотеатру я приехала первой и устроилась в крохотном парке на скамейке, в обычном месте, где мы встречались с подружкой. Время шло, а она не появлялась. Надо бы позвонить, но мобильный я забыла дома, поставив его на подзарядку, а карточки для телефона-автомата у меня не было. Начался дождь, мелкий, нудный, который как нельзя лучше соответствовал моему настроению. Я решила, что ждать Веру лучше в фойе кинотеатра, но продолжала сидеть, нахохлившись и натянув капюшон куртки на голову. Народ прятался от дождя, и по соседству не оказалось ни души. Я слышала, как сзади подъехала машина и остановилась всего в нескольких метрах от скамьи, на которой я сидела. Но даже не повернула голову. Вера должна была добираться сюда на троллейбусе, со своего места я отлично видела остановку. Дождь усилился, а подруги все не было. Взглянув на часы, я поняла: она вряд ли придет, и поднялась с намерением идти домой. Это было последнее, что я помнила... Очнулась я с залепленным скотчем ртом, связанная по рукам и ногам.

О том, что детей богатых родителей похищают с целью выкупа, я, конечно, знала в основном из фильмов, но была уверена: это может произойти с кем угодно, только не со мной... Уже потом я узнала, что отсутствовала трое суток, для меня они растянулись на бессчетное количество дней страха, отчаяния и боли. Сначала я молилась о том, чтобы меня нашли, потом просила быстрой смерти. Не представляю, как пережил отец мое исчезновение. Конечно, он заплатил выкуп, огромные деньги даже для него, заплатил сразу, не обращаясь в полицию, потому что боялся за мою жизнь. Похититель был очень убедителен, красочно повествуя, что меня ждет. На четвертый день отец обнаружил меня в лесополосе, километрах в трех от города. Без сознания, накачанную наркотой. Получив деньги, этот тип мог сбежать, выбросив меня в лесу, откуда я вряд ли бы выбралась. Меня могли обнаружить случайно, а могли и вовсе никогда не найти. Но он все-таки позвонил отцу и назвал место. Месяц я пролежала в клинике. Ничего о похитителе и о том, где меня держали, я сообщить не могла, а вспоминать, что там происходило, не хотела, тщетно стараясь все забыть. Мое физическое здоровье худо-бедно приходило в норму, душевное состояние оставляло желать лучшего. Точнее, чувствовала я себя хуже некуда. Боялась выходить из дома, сторонилась людей, даже самых близких, делая исключения разве что для отца и Веры. И упорно молчала. Мысль о том, что кто-то узнает, что этот тип делал со мной, вызывала ужас, который был сродни тому, что я испытывала в эти три дня. В школу, конечно, не ходила, меня перевели на домашнее обучение, но от визитов учителей я вскоре отказалась, общались мы, в основном, используя компьютер.

Время шло, и понемногу я начала успокаиваться, то есть не дрожала, услышав звонок по телефону или в дверь. Я смогла с хорошими баллами окончить школу и поступила в институт. Папа надеялся, что моя жизнь наладится, и я старалась, как могла. Усердно посещала занятия, встречалась с девчонками-однокурсницами, при этом чувствуя себя так, точно меня публично облили грязью. И одна мысль билась в мозгу: «Они знают». Хотя к тому моменту мою историю благополучно забыли, да и отец постарался, чтобы посвящен в нее был очень ограниченный круг людей. От мужчин молодых, средних лет и совсем старых я шарахалась, как черт от ладана, что неудивительно. И время в этом смысле ничуть не помогало. Так прошло шесть лет. Внешне я выглядела вполне нормальной девицей, но в голове водились здоровенные тараканы, и было их не счесть, а мое душевное состояние можно было смело охарактеризовать, как устойчиво нездоровое. Слава богу, мало кто это замечал. Кроме папы, конечно. Ради него я пыталась казаться если не счастливой, то, по крайней мере, спокойной.

Мой очередной день рождения мы решили отметить в ресторане. Мое настойчивое стремление избегать общества папа уважал, но считал необходимым время от времени выводить меня в свет, чтобы я окончательно не одичала. Из приглашенных была только Вера. Она-то о похищении знала и упорно считала себя виноватой, хотя ее вины в произошедшем не было. В вечер, когда все случилось, она несколько раз звонила мне на мобильный, пытаясь предупредить, что не придет: мать себя плохо чувствовала. Подруга настойчиво расспрашивала меня, что происходило в те три дня, из лучших побуждений, надо полагать. Но и ей я не могла рассказать об этом ни через год, ни через два, ни через шесть, похоронив в себе эти воспоминания.

В холле ресторана мы столкнулись с двумя молодыми людьми. Один из них когда-то работал у моего отца, а потом открыл собственное дело. Второй оказался его товарищем, приехавшим из другого города. Мужчины подошли поздороваться.

— Это мой друг, Валера, — торопливо представил его папин знакомый. — Вместе служили в армии. Решил меня навестить.

Папа терпеть не мог тех, кто от армии отлынивал, у каждого, как известно, свои причуды. Так что, сам того не ведая, Олег дал другу лучшую рекомендацию. Папа пожал мужчинам руки, представив нас с Верой. Несмотря на мое душевное состояние, гормоны дали о себе знать, возраст обязывал, и, увидев Валеру, я почувствовала волнение. Наверное, всему виной его улыбка: открытая, мальчишеская. В глазах его появлялись искорки, а на правой щеке ямочка. Сердце любой девицы непременно дрогнет. Уверена, эта улыбка не раз помогала ему в жизни. А еще меня поразил его голос, тихий, завораживающий, ощущение было, что тебя ласкают, не спеша поглаживая по плечу.

Мужчины устроились за столиком неподалеку от нас, а где-то ближе к середине вечера Валера пригласил меня на танец. Я согласилась, не раздумывая, но уже через минуту жалела об этом. Он мне нравился, хотелось смотреть в его глаза и завести непринужденный разговор. Вместо этого я начала думать: знай он, что со мной произошло шесть лет назад, непременно бы отшатнулся. Чувство, что я с головы до ног покрыта липкой грязью, вернулось как по заказу. Разве можно полюбить такую, как я? И прочие дурацкие мысли в том же духе. В общем, четыре минуты танца превратились в пытку, и я не чаяла вновь оказаться за столом. Валера смотрел на меня с некоторой растерянностью, должно быть, выглядела я странно. Но сей факт скорее успокоил. Он решит, что я чокнутая, мы больше никогда не увидимся, и я забуду его через неделю.

Через неделю он позвонил. Сказал, что опять приехал к другу на выходные, и хотел узнать, как мои дела. Слушая его, я то краснела, то бледнела и с трудом что-то промямлила в ответ. Валера зачастил в наш город, через два месяца мы встретились. Посидели в кафе, болтая о пустяках. Я пришла с Верой, но его это, похоже, не удивило. В следующие выходные мы отправились в кино, опять втроем. В конце концов, Вера заявила, что чувствует себя идиоткой, и наотрез отказалась меня сопровождать. Я была уверена, что непременно все испорчу, но свидание прошло на удивление гладко, разумеется, благодаря Валере. Он был на редкость терпелив со мной, смотрел ласково и старался меня рассмешить, что ему с блеском удавалось.

Он стал частым гостем в нашем доме, папа к нему успел привязаться, но от разговоров со мной на эту тему воздерживался. К тому моменту я влюбилась по уши. Однако дурой я все-таки не была и понимала: платоническая любовь вряд ли Валеру устроит. Даже дружеский поцелуй вгонял меня в ступор, а представив себя в постели с мужчиной, я начинала трястись, как осиновый лист, и подвывать сквозь зубы.

Как-то, простившись с Валерой, я пошла пожелать отцу спокойной ночи, уверенная, что гость уже ушел. Но Валера оказался в кабинете отца. Дверь была чуть приоткрыта, и я заметила его раньше, чем успела ее распахнуть.

— Леонид Сергеевич, я хотел с вами поговорить, — услышала я его голос.

— Да, Валера, слушаю тебя...

Привалившись спиной к стене рядом с дверью, я подслушивала их разговор, покрываясь липким потом.

— Какие-то проблемы? — спросил отец заботливо.

— Нет. То есть... Леонид Сергеевич, я очень люблю вашу дочь. Возможно, вы хотите видеть своим зятем кого-то более успешного, но...

— Дело не в этом, — мягко перебил отец. — Я вижу, что ты ее любишь. И вижу, что она влюблена в тебя. А лучшего зятя я и желать не могу. У тебя светлая голова, деловая хватка, ты умеешь работать... Дело в Полине... в том, что с ней случилось... — «Не смей рассказывать», — едва не заорала я в панике, но продолжала стоять на месте, стискивая рот ладонью. — Когда ей было пятнадцать... в общем, ее похитили, с намерением получить выкуп. И она до сих пор не оправилась от этого. От помощи психолога наотрез отказалась, все держит в себе... Такие травмы плохо лечатся, Валера. Этот подонок ее изнасиловал. Боюсь даже думать, что он делал с моей девочкой. Беда в том, что она испытывает чувство вины. За все эти годы у нее не было ни одного молодого человека. Хотя бы просто друга. Тебе придется очень нелегко.

— Спасибо, что рассказали мне... теперь многое становится понятным... я ее люблю и сделаю все возможное и даже невозможное... если понадобится ждать годами, что ж... главное, что она рядом... Она будет счастлива, вот увидите...

Само собой, я уже рыдала, мне пришлось срочно ретироваться в свою комнату, чтобы не обнаружить свое присутствие.

На следующий день я боялась взглянуть на Валеру, и вместе с тем почувствовала облегчение. Он знал и готов принять меня такой, какая я есть, не испытывая отвращения или жалости, что было бы еще хуже. Надо отдать ему должное, он в самом деле был на редкость терпелив и смог сделать то, что не под силу оказалось ни психологам, ни времени. Я почувствовала себя бесконечно счастливой, и весь тот ужас, что преследовал меня долгие годы, казалось, исчез насовсем.

Недели через две после того памятного разговора Валера сообщил отцу, что намерен продать свой бизнес и перебраться в наш город. Уверена, подобный поступок произвел на отца впечатление, а про меня и говорить нечего. Папа, конечно, желал мне счастья, но мысль, что я могу уехать, должно быть, пугала его. Оттого намерение Валеры очень порадовало. Отец обещал ему всяческое содействие, и уже через месяц Валера обосновался здесь. Пока решался вопрос с его бизнесом, без дела он не сидел, открыл фирму, не без содействия папы. Отец предложил ему деньги, он отказался, заверив, что справится сам. Дела его шли неплохо, что отца не могло не радовать. Мы стали встречаться каждый день, этих встреч я ждала с нетерпением, но предложение Валера сделал мне, когда, по его словам, «встал на ноги» и уже не сомневался, что сможет обеспечить мне «достойную жизнь», заработав тем самым в глазах моего отца бесконечное количество призовых очков. Само собой, я сказала «да», а папа был так счастлив, что даже прослезился, хотя человеком слыл сдержанным. Тогда и стало ясно, как нелегко ему приходилось все эти годы.

Всеобщее счастье казалось безграничным. Валера настоял, чтобы церемония бракосочетания была скромной. Отец его поддержал, после моего похищения он старался привлекать к моей особе как можно меньше внимания. Я, конечно, мечтала о пышной свадьбе, но с Валерой сразу же согласилась. К тому моменту я уже знала: Валера из неблагополучной семьи, отец и мать — люди пьющие, воспитывала его бабушка, она умерла, когда Валера был в армии. Отец скончался два года назад, с матерью он с тех пор не виделся, но раз в неделю звонил ей и регулярно отправлял деньги. По его словам, у них давно уже не было ничего общего. Так что ее отсутствие на свадьбе не удивило, я решила, ему просто неловко знакомить нас, хотя и считала это неправильным, но опять-таки возражать не стала. В общем, со стороны жениха был только его армейский друг, благодаря которому мы и познакомились. У нас родни тоже негусто, а из подруг лишь Вера да девчонки-однокурсницы. Так что скромность церемонии оказалась вполне оправданной. Зато платье у меня было роскошным, а я сама бесконечно счастливой. На следующий день после свадьбы мы отправились на Мальдивы, а потом еще две недели путешествовали по Европе. Из каждого города, где мы останавливались, я отправляла отцу открытку с неизменной припиской в конце: «Папа, я так счастлива!»

Когда мы вернулись из путешествия, нас ждал царский подарок: отец купил нам дом. А еще переписал на меня часть своего бизнеса, довольно значительную часть, теперь управлять им приходилось Валере. И он не подвел, отец не уставал его нахваливать, сам принципиально не вмешивался в решение вопросов и радовался взвешенности решений зятя. «У него талант», — повторял он едва ли не ежедневно. Валера с отцом, конечно, советовался, не просто советовался, а всякий раз давал понять, какая для него удача иметь рядом подобного человека. Короче говоря, сплошные слезы радости.

На годовщине нашей свадьбы папа произнес речь, бесконечный панегирик Валере, конечно, меня тоже вниманием не обошел, а закончил так: теперь его заветная мечта — дождаться внуков. Ответная речь мужа была пронизана любовью ко мне и благодарностью к отцу. А я думала: стоило пережить все то, что пришлось пережить мне, чтобы в результате получить все это. Но примерно через месяц произошло событие, не оставившее от моего счастья камня на камне. Хотя кое-что должно было насторожить раньше. Например, тот факт, что Валера, готовый исполнить любой мой каприз, по сути, относился ко мне без всякого уважения. Моего мнения для него не существовало, словно его и вовсе у меня не может быть. И все решения, даже самые незначительные, принимал самостоятельно. Но влюбленные дуры вроде меня легко находят этому оправдание: он старше на десять лет, у него есть жизненный опыт, что, в конце концов, я могу посоветовать?

Как-то вечером ему позвонили. С мобильным в руке он вышел на веранду, я как раз спустилась в кухню и разговор слышала. Касался он невыполненных поставок, каких-то обязательств, в общем, тех дел, в которых я ничего не смыслила. В первый момент меня потрясло, как Валера разговаривает с собеседником. Грубо, зло. Но и этому я нашла бы объяснение: кому понравится, что приходится нести убытки из-за расхлябанности других людей. И все же меня напугало, что мой муж вел себя подобным образом. А еще поразил голос: это был вовсе не привычный голос Валеры. Гром, от которого крошится бетон и содрогаются дубовые балки. Но даже не это заставило сжаться в

комок, чувствуя холод в груди. Интонация. Насмеш-
ливо-издевательская. И почти сразу я поняла, когда и
где уже слышала этот голос.

Я стояла в кухне, удивляясь, почему до сих пор не
рухнула в обморок, сердце не остановилось, а мозги
не закипели от такого открытия. Бросившись наверх,
я встала под душ и поспешила заверить себя, что все
это попросту глюки. Плод разгулявшегося воображения. Мне это почти удалось, и когда Валера примерно через полчаса позвал меня, я предстала перед ним
почти успокоившейся, мысленно твердя: «Чушь, глупости...» Но человек так устроен, что если однажды
некая мысль явится ему, он будет возвращаться к ней
снова и снова. И многое начнет видеть сквозь приз-
му своих страхов. Примерно так произошло со мной.
К концу месяца я уже твердо знала: мой похититель —
Валера. Теперь все, что блуждало где-то на периферии
сознания, выстроилось в логическую цепочку. Даже
его поведение в постели, его фантазии, которые мне
казались, мягко говоря, странными, иногда откровен-
ная грубость вызывала непрошеные воспоминания.
Я-то себя убеждала, что все мужчины, должно быть, в
этом смысле одинаковы. С кем мне было сравнивать?
Правда, с Верой я как-то попыталась заговорить на
эту тему.

— Мужикам отказывать нельзя, — глубокомыслен-
но изрекла она. — Иначе они быстренько находят себе
девицу, которой все это в радость. И что? Скажешь ей
спасибо?

Подобная мысль привела в ужас. С кем я еще могла посоветоваться? С отцом? Мне и с Верой заговорить об этом было мучительно неловко.

Я не нанимала частных сыщиков, чтобы выяснить
прошлое мужа, не пыталась выспросить его армейско-

го друга, был ли в городе Валера, когда меня похитили. Я просто знала. Оставалось решить, что с этим делать дальше. Самое простое: продолжать считать все это бредом. В конце концов, доказательств никаких. Я счастлива... была, по крайней мере... вычеркнуть эпизод с телефонным разговором из памяти, забыть. Но забыть не получалось. И впервые, точно против воли, я принялась детально вспоминать, что происходило семь лет назад. И сомнения улетучивались, как первый снег под солнцем.

Тогда он получил деньги и уехал, а потом, встретившись со мной в ресторане, решил, что может получить их еще раз. И без всякого криминала. Закомплексованная девица ждала своего принца. Представляю, как он потешался надо мной и моим отцом. Два идиота, раскрывшие ему свои объятья. Папа, с его растерянностью и болью, которые Валере наверняка показались смешными и жалкими. Знал бы папа, кому он все это рассказывал! И я, послушная дура, поверившая в сказку о большой любви. Ему нужны были деньги моего отца, деньги, а вовсе не я.

Подобные мысли сводили с ума, каждый день я готовилась поговорить с Валерой, но когда он возвращался домой, решимость мгновенно улетучивалась. А на смену ей приходили трусливые мысли, что все не так плохо, даже если догадки верны, вдруг он мучается своей виной, не может простить себе ее, вдруг он все-таки меня любит? Сыщика я не нанимала, но однажды позвонила его матери. Мы так с ней ни разу и не встретились за прошедший год.

— Она конченый человек, — сказал мне Валера, когда я попыталась поговорить на тему «какой бы она ни была, но она твоя мать». — Ты ужаснешься, если увидишь, как она живет. Ей не помочь. Не думай, что я не пытался. И она не нуждается в нашей заботе, единственное, что ее интересует, — деньги на выпивку. Их я отправляю регулярно.

Я нашла ее номер в мобильном Валеры и позвонила, когда мужа не было дома.

— Ты его жена? — переспросил насмешливый женский голос, сразу стало ясно: женщина пьяна, язык у нее заплетался. — Будешь на Валерку жаловаться? Сама за него пошла, вот и мучайся. Сынок у меня редкий мерзавец. Хотя мне его грех поносить. Деньги присылает. Только неизвестно, откуда у него эти денежки. Отец покойный всегда говорил: по нему тюрьма плачет. Не звони больше, — рассердилась она. — Не хочу я в ваши дела лезть.

Я повесила трубку и опять-таки попыталась найти Валере оправдание. Стоит ли принимать близко к сердцу слова пьяницы. Жизнь моя потихоньку превращалась в какой-то сюрреалистический фильм. Днем я думала об одном человеке, а вечером встречала другого. Перед отцом и Верой продолжала разыгрывать счастливицу. Это было нетрудно. Люди видят то, что хотят видеть. Так я вечерами видела любимого и влюбленного в меня мужа. Не знаю, как долго бы это продолжалось, скорее всего, я довела бы себя до психушки, но в один из вечеров, сидя за столом напротив Валеры, я вдруг поймала на себе его взгляд. Откровенно насмешливый. И сразу стало ясно: он все знает. Он знает, что я знаю. И это знание не вызывает у него ни страха, ни беспокойства. Он уверен: влюбленная в него дура не посмеет ничего сказать.

Начиная с этого вечера, он точно провоцировал меня. Насмешка не исчезала из его глаз, а издевательская интонация стала обычным делом. Он произносил «милая, любимая», был исключительно внимательным, издевательски внимательным, так что внутренности у меня сворачивались тугим клубком. Я поняла, что долго не выдержу, всерьез подумывая о самоубийстве. И только мысль о том, что это его, скорее всего, порадует, удерживала от идиотского шага.

Настал день, когда я поняла: сегодня или никогда. Надо прекращать все это, иначе дело и впрямь закончится петлей. Готовясь к разговору, трижды выпила валерьянку и вечером, вновь оказавшись напротив него за столом, сказала, с удивившим меня саму спокойствием:

— Я знаю, что это сделал ты.

— Сделал что? — отставив в сторону бокал с вином, спросил он с преувеличенным удивлением.

— Прекрати. Ты отлично понимаешь, о чем я.

— В твоей милой головке такой кавардак... Мне кажется, ты сама не понимаешь, что говоришь.

— Твое желание выставить меня идиоткой понятно. Но это ничего не меняет. Я знаю, что это сделал ты.

— Страшновато выразиться потолковее? — перегнувшись ко мне через стол и заглядывая в глаза, ласково прошептал он. Невероятно, но я выдержала его взгляд.

— Если хочешь, я выражусь яснее: ты похитил меня, измывался трое суток...

— Классно повеселились, да, милая? — Он вскинул голову и засмеялся, а я продолжила, пытаясь держать себя в руках:

— А через несколько лет явился в роли спасителя. Тебе нужны были деньги моего отца.

— Разумеется, деньги, — кивнул он, резко оборвав смех. — А ты вообразила, что мне нужна ты? Доверчивая дура, которой понадобилось больше года, чтобы понять очевидное? И что теперь? Побежишь жаловаться папочке?

Он даже не подозревал, как помог мне в тот вечер, высмеивая мою глупость. Не знаю, что бы я сделала, начни он все отрицать. Или заговори об ошибке молодости, о которой сейчас горько сожалеет, о своей любви... Я-то любила его, до той самой минуты любила... И предпочла бы поверить? Но он счел излишним притворяться, и в тот момент я вдруг почувствовала себя свободной, от своих сомнений, от него, от своей любви...

— Я не стану ничего говорить отцу, — сказала спокойно, чувствуя, как боль уходит. — Подойдет вполне банальное объяснение — не сошлись характерами. Такое не редкость. Мы просто разведемся, и ты исчезнешь из моей жизни.

— Развод ты не получишь, — отрезал он.

— Сейчас для меня важно оказаться от тебя подальше. Уверена, к моменту развода ты найдешь способ оставить у себя большую часть нажитого непосильным трудом.

Я поднялась из-за стола, с намерением уйти, а он сказал зло:

— Никуда ты не денешься. Прибежишь, максимум через месяц, и начнешь в ногах валяться, чтобы я позволил тебе вернуться. Давай поспорим?

— Давай, — улыбнулась я.

Эта улыбка сбила его с толку. Ничего подобного он не ожидал, наверное, и впрямь считал меня ни на что не годной. Даже на то, чтобы достойно продержаться пару минут. Насмешка из его глаз исчезла и появилось сомнение.

— Дорого же тебе это обойдется, — с едва сдерживаемой яростью произнес он после непродолжительной паузы, а я вновь улыбнулась, почувствовав в его словах бессилие.

— Живи счастливо со своими деньгами. Надеюсь, ваш роман продлится всю жизнь.

Он опять засмеялся, но не особенно весело. А я прошла в прихожую, взяла плащ и отправилась к отцу, решив, что за своими вещами вернусь позднее. Даже если не вернусь, невелика беда.

Отцу я не рассказала все по одной простой причине: он бы убил его. Сам, своими руками. Слишком несправедливо оказаться в тюрьме из-за такой мрази, как Валера. А еще было жаль отца, его мечты о сыне. О мечте он помалкивал, но я о ней прекрасно знала. Мечта о сыне, которая вроде бы сбылась, когда я вышла замуж. И мой отец, умный, внимательный, хорошо разбиравшийся в людях, не разглядел в нем обычного мерзавца. Подобное нелегко перенести. В общем, у меня было достаточно причин помалкивать.

Обнаружив меня на пороге в одиночестве, папа попытался скрыть удивление.

— А Валера где? — спросил преувеличенно весело.

— Папа, не возражаешь, если я поживу у тебя?

— А что случилось? — нахмурился он.

— Мы решили разойтись. Пожалуйста, не спрашивай почему. Все мои доводы покажутся тебе глупыми, но для меня они серьезны. Просто со свадьбой мы поторопились. Извини, что разочаровываю... можно мне остаться?

— Что за вопрос? Конечно... но... да в чем дело, в конце концов?

— Причина банальная: мы не созданы друг для друга. Я займу свою прежнюю комнату?

До сих пор у меня перед глазами лицо отца. Я понимала, какую боль ему причиняю, и утешалась тем, что мои дурацкие объяснения все-таки лучше правды.

Валера появился у нас на следующий день. Открыл ему отец, он прошел в гостиную, где в это время находилась я.

— Привет, милая, — сказал тихо. Ласковый голос, виноватая улыбка. Точная копия того, прежнего Валеры, вот только взгляд насмешливый. Он наклонился, чтобы меня поцеловать, я покорно подставила лоб и шепнула:

— Помни, что я тебе сказала.

А потом я вновь подслушивала его разговор с отцом, не из желания узнать, как он станет выкручиваться, я считала: наши объяснения не должны расходиться, вот и хотела знать его версию.

— Валера, ты-то можешь объяснить, что произошло? — взволнованно начал отец. — Полина наотрез отказывается говорить на эту тему.

— Не мучайте ее, — со вздохом сказал тот.

Приоткрыв дверь, я видела, как он сидит в кресле, с выражением лица человека, который понимает, что мир вокруг него рушится. «Отличный актер», — пришлось признать мне.

— Что ты хочешь этим сказать? — растерялся отец.

— Вряд ли она скажет вам правду. А придумывать причины... она слишком уважает вас, чтобы врать.

— Но... ты что, завел интрижку на стороне? А она об этом узнала?

— Шутите? — вскинул голову Валера. — Интрижки вообще не для меня... и я... я очень люблю вашу дочь... мне нужна только она... и можете не сомневаться, у нее тоже никого нет.

— Что тогда? Не станешь же ты повторять эту глупость: не сошлись характерами?

— Мне очень неловко говорить об этом, Леонид Сергеевич. Даже ее измену я смог бы простить, хотя ваша дочь не из тех женщин, что стали бы изменять мужу. Все куда хуже... весь этот год... в общем, мы муж и жена только на бумаге. Даже мысль о сексе у Полины вызывает отвращение...

«Ну, ты и мерзавец», — с усмешкой подумала я, услышав это. А отец покачал головой:

— Боже мой...

— Я... я старался быть терпеливым... это бесконечная пытка. Она любит меня, я знаю... но... в общем, когда Полина решила пожить у вас, я согласился. Возможно, мы действительно поторопились. Душевная травма, которую она получила... самое скверное, она отказывается обратиться к психологу. А одной ей не справиться.

Отец горестно вздохнул:

— Да, я знаю... я настаивал, но... бедная моя девочка.

— Наверное, я должен был... не знаю... я должен был найти выход...

— Ты ни в чем не виноват, я уверен, ты сделал все возможное... — Отец подошел к нему, положил руку на плечо, загораживая его спиной, а я услышала что-то похожее на всхлип и не сомневалась, что Валера смог выжать из себя слезы. Сильные мужчины иногда тоже плачут.

— Извините, — поспешно произнес он, голос звучал сдержанно.

Сильные мужчины иногда плачут, но быстро берут себя в руки. У меня появилась кандидатура на «Оскар» в этом году в номинации «лучшая мужская роль первого плана». Жаль, что никто, кроме меня, Валерину игру не оценит.

— Развод я ей не дам, — продолжил он. — Может быть, это глупо, но я еще надеюсь... я смогу хотя бы видеть ее... вдруг что-то произойдет... не знаю, что... я... я не смогу без нее жить. Просто не вижу смысла...

— Нам всем нужно проявить терпение, — кивнул отец, — а глупые мысли оставь, пожалуйста. Она тебя любит... главное, уговорить ее обратиться к специалисту...

Дослушивать дальше я не стала. Все ясно: я — несчастная жертва насильника, меня надо спасать и прочее в том же духе. Муж у меня — чистое золото, и папа не видит повода сомневаться в этом. Что ж, причина для развода вполне сгодится. От психолога я и раньше смогла отвертеться, и сейчас, с божьей помощью, смогу.

Но все оказалось далеко не так просто. Мой боевой задор понемногу таял, а на смену пришла тоска, да такая, хоть волком вой. Уже на третий день я начала задаваться трусливым вопросом: а вдруг я чокнутая и все выдумала? Валера не имеет никакого отношения к похищению, мои слова его оскорбили, и он в ответ... глупость несусветная, но кого это волнует? Явились непрошеные воспоминания о медовом месяце на Мальдивах, моем безоблачном счастье... Разве может человек так притворяться? Валера притворяется весьма искусно, в чем я могла убедиться, но сомнения крепли. Самой себе я напоминала вдову, которая успела забыть, сколько раз собиралась развестись с муженьком при его жизни, призывая на его голову кару небесную, зато прекрасно помнит, как он подарил ей букет занюханных фиалок во времена их первых встреч. Не хотелось признавать, но Валера оказался прав: избавиться от наваждения оказалось трудно, именно от наваждения, не могу же я продолжать любить подобного мерзавца? Я рыдала ночами, а днем бродила по дому, точно во сне, и только когда возвращался отец, худо-бедно изображала удовлетворение жизнью. Чтобы как-то себя приободрить, я поклялась, что месяц выдержу. А там посмотрим. Месяц — это всего тридцать дней. Отказать Валере от дома ни у меня, ни тем более у отца причин не было, если «по легенде» мы расстались по обоюдному согласию и даже продолжали любить друг друга. Он являлся почти каждый вечер, когда отец был дома, и демонстрировал свои лучшие качества: терпение, нежность и доброту. Мы словно вернулись на год назад. Стыдно признать, но я уже хотела сдаться, поверить в то, чего не было и быть не могло.

Но он опять мне помог. Должно быть, притворство давалось ему нелегко, потому что однажды он не выдержал. Отец вышел из гостиной, Валера перегнулся ко мне и спросил с мерзкой улыбкой:

— Веревкой не обзавелась, милая?

С этого вечера все и началось. Стоило отцу отлучиться, он издевательски интересовался, что я предпочитаю: таблетки? Или, может, стоит сигануть с моста? Есть еще отличный способ: вскрыть себе вены. А когда отец возвращался, передо мной вновь был потерявший голову от любви и страданий муж. Однажды он даже предложил:

— Может быть, сходим куда-нибудь вместе?

Мне стоило большого труда спокойно ответить, что это преждевременно.

Месяц прошел, но лучше чувствовать я себя не стала, напротив, нервы были вконец расшатаны, а я не видела возможности прекратить все это. Пока не поняла, чего он добивается. На языке полицейских протоколов это звучит как доведение до самоубийства. Отличный выход для Валеры: деньги остаются у него, и дружбу моего отца он сохранит. Вот тогда я и заявила папе:

— Будет лучше, если я поживу одна.

Валера вновь попытался сделать благородный жест, предложив мне вернуться в дом, а он сам переедет на съемную квартиру. Конечно, я отказалась. А отец заверил, что Валера может жить в доме и дальше, наверное, продолжая верить в наше воссоединение. В конце концов, папа купил мне квартиру. Там мне притворяться было не перед кем, и я вдоволь предавалась своим страданиям. Валера явился ко мне уже на следующий день после переезда, но дверь я не открыла. Если он звонил, сразу вешала трубку. Пару раз мы встречались с ним у отца, где он продолжал разыгрывать тот же спектакль, но я объяснила папе, что видеть Валеру мне тяжело, и отправлялась к нему в гости, только убедившись, что мужа там не увижу. Наше затянувшееся противостояние Валеру утомило, встречались мы все реже, и звонками он последнее время не допекал. А потом погибла Вера, и мои недавние мытарства сменились новой болью. Надо сказать, что Вере объяснить наш разрыв с мужем оказалось куда труднее, чем отцу.

— Ты что, спятила? — талдычила она, услышав мое «не сошлись характерами». — Он отличный мужик и любит тебя. Какие, к дьяволу, характеры?

Почему я не сказала ей правду? Боялась, что она все расскажет отцу? Наверное. А еще было стыдно, что мне так долго морочили голову... Тогда мне казалось, будет лучше молчать. Интересно, Вере он наплел ту же историю, что и тестю? Она посочувствовала и поспешила его утешить? Мне ли не знать, как он умеет обольщать... Я ни секунды не сомневалась: Веру он не любил. Использовал, точно так же, как и меня. Любить он попросту не способен. Втянул ее в какое-то грязное дело... а потом убил? Все-таки в это трудно поверить. Не стал бы человек его положения так рисковать. Украсть деньги — одно, для него это вроде игры, он не боялся рисковать, иначе бы никогда не вернулся в наш город. Но убить... Я просто не желаю поверить в это, цепляясь за остатки былой любви? А если Вера каким-то образом узнала о том, как он заработал свои первые миллионы? У нее могло быть столько же причин молчать, сколько и у меня. Если она знала, тогда у Валеры просто не было другого выхода... И он поспешил избавиться от нее. Оправданный риск, потому что, в противном случае, он мог потерять все. Но поверить в подобное было все-таки трудно. Откуда Вера могла узнать, что мой похититель и муж — один и тот же человек? Он невольно проболтался? Маловероятно. Впрочем, почему нет? Он чувствовал себя в безопасности, ведь столько лет прошло. Но влюбленную женщину уговорить не так трудно. Может быть, к тому моменту она уже поняла, с кем имеет дело? Но в этом случае она была просто обязана подстраховаться. Оставить письмо, например. Откуда мне знать, может, и оставила. То, что следователи его не нашли, вовсе не значит, что письма не было...

Тут я сообразила, что в кафе сижу довольно давно. Народ все прибывал, официанты косились в мою сторону. Я подхватила сумку и пошла к выходу. А потом долго бродила по улицам. Пока не стемнело. Мне хотелось увидеть Владана, я чувствовала, расстались мы... неправильно, что ли? Он не поверил моим словам... Я для него точно открытая книга, а он для меня тайна за семью печатями. К Владану я все-таки не пошла, подозревая, что вряд ли из этого выйдет что-то путное. Я не готова откровенничать. Слишком многое сдерживает. И вновь вернулась мыслями к Валере. Юрка с ним знаком не был, так что узнать его не мог. Мы побывали в гостинице, и в тот же день папа завел разговор о моих подозрительных знакомствах. Выходит, администратор «Милого дворика» звонила тогда моему мужу, и он отреагировал. Надеялся, что отец вмешается и прекратит опасное для Валеры расследование. Подходя к своему дому, я уже не сомневалась: так или иначе, но мой муж, Забелин Валерий Константинович, имеет отношение к убийству моей подруги.

Включив свет в прихожей, я положила сумку на консоль, сбросила туфли и немного постояла, таращась на себя в зеркало. Сделала пару шагов в сторону комнаты и едва не вскрикнула от неожиданности. В кресле на фоне окна я отчетливо видела силуэт мужчины. Явилась нелепая мысль: это Владан. Он, как и я, чувствовал, что расстались мы вовсе не дружески... Я нащупала выключатель, свет вспыхнул, а я стиснула зубы: в кресле сидел Забелин. По-хозяйски развалясь, закинув ногу на ногу. Элегантный, подтянутый, с улыбкой кинозвезды. Испуг на моей физиономии, должно быть, читался вполне явственно, и его улыбка превратилась в усмешку. В глазах отражался свет лампы, они блестели, точно редчайшие бриллианты, однако за ними ощущалась холодная пустота, словно в окнах в давно заброшенном доме.

— Что ты здесь делаешь? — резко спросила я.

Он развел руками:

— Что я делаю в квартире моей жены?

— Выметайся отсюда, — кивнула я в сторону двери. — И поживее.

— Я соскучился, милая, — с неизменной издевкой начал он. — Сколько мы не виделись? Не поверишь, весь извелся. Где моя маленькая девочка, чем занята? Так чем ты занята, счастье мое?

— В настоящий момент смотрю на тебя. Надо признать, без всякого удовольствия.

— Тебя видели в весьма неподходящей компании. Тянет на плохих парней? Отец рассказал тебе, кто этот тип? И что ты выгадала, милая, променяв меня на него?

— Некорректное сравнение. Он — отважный Робин Гуд, а ты — обычная мразь.

— Смотри, как заговорила. — Забелин засмеялся. — Он что, трахает тебя?

— А как твои подружки? Все живы-здоровы?

— Ты имеешь в виду кого-то конкретного? — поднял он брови.

— Я имею в виду Веру. — Я сделала паузу, наблюдая за его реакцией. Он кивнул.

— Ну, да. Она была моей любовницей. Страшно боялась, что ты узнаешь. Это не мешало ей выклянчивать у меня свидания. Она мне быстро надоела, с тобой было куда забавнее. Кстати, я был совсем не против, чтобы ты о нас узнала.

— Поэтому и купил ей машину?

— Точно. Вот только не учел, что ты о деньгах думать не привыкла и даже не поинтересуешься, откуда они у нее.

— А следователю известно о том, что вы были любовниками?

Он криво усмехнулся:

— Ты что, грозить мне вздумала?

— Так известно или нет?

— Повесить на меня ее убийство — затея бесперспективная. Тебя ждет глубочайшее разочарование. Мне не было нужды ее убивать. Она бы сделала все, лишь бы еще раз оказаться в моей постели. Ты не умеешь выбирать ни подруг, ни любовников. Вера всегда считала тебя избалованной папиной дочкой, которая получила по заслугам. Она ненавидела тебя, отчаянно завидовала всю жизнь.

— Я тебе не верю.

— Да ради бога, что это меняет?

— Если ты не имеешь отношения к ее убийству, почему не сообщил в полицию о вашей связи?

— Детка, кому нужны лишние неприятности?

— На самом деле тебя очень беспокоит, что нам известно о ваших встречах. Вот ты и явился выяснить, как много нам удалось раскопать.

— Невинное любопытство. Кстати, я и вправду скучал. Моя любимая комнатная собачка сбежала к другому. Глупая маленькая дрянь, тебе это дорого обойдется.

— Лучше бы подумал, что будет, если отец узнает о том, какими темными делишками ты занят в светлое время суток.

— Ба, да ты еще остришь? Знаешь, я уже давно не нуждаюсь в твоем отце... Кстати, тебе известно, что у него слабое сердце? Нет? Наверное, не хотел расстраивать свою прелестную дочурку. Вдруг папашу инфаркт хватит? Вот будет забавно. Ты станешь богатой наследницей, и я вместе с тобой. Так что, валяй, рассказывай.

— Ты блефуешь, — сказала я. — Посмотрим, что запоешь, когда дойдет до дела.

— Не смей мне грозить, — сказал он по слогам и резко поднялся.

А я невольно отступила. Ничего от привычного светского щеголя в нем не осталось, передо мной стоял уличный громила, который всем разговорам предпочитает кулак.

— Убирайся, — сказала я, едва не срываясь на отчаянный крик. — Иначе вызову полицию.

— Если успеешь, — мурлыкнул он.

Наверное, я так до конца и не поверила, что он может ударить меня. Но он ударил. Удар пришелся в голову, и мир вокруг будто взорвался. Я качнулась, а потом грохнулась на пол, попыталась закричать, но лишь застонала от боли. Я ожидала еще ударов, я даже подумала, что сейчас он меня убьет. Но все оказалось куда хуже.

— Не забывай, я все еще твой муж, дорогая.

Он навалился сверху и начал срывать с меня одежду. Еще не успев прийти в себя от боли, я пыталась сопротивляться, уже понимая, что мне с ним не справиться. Говорят, в критических ситуациях люди способны на невероятные вещи, например, поднять машину в одиночку, должно быть, ангел-хранитель приходит на помощь, но мой в тот вечер где-то задержался. У женщины весом сорок восемь килограммов нет шансов в драке с мужиком, который весит вдвое больше, не скупясь раздает тычки и крепко прижимает ее к полу. На мое счастье, один из ударов он не рассчитал, и в какой-то момент я попросту отключилась.

Очнулась я на диване, Забелин стоял в двух шагах от меня и надевал пиджак. Я поспешно закрыла глаза, но обмануть его не смогла, он понял, что я пришла в себя. Похлопал меня ладонью по щеке и сказал насмешливо:

— Это было незабываемо, милая. Давно я не получал такого удовольствия. Передай привет твоему парню.

Я услышала шаги, потом хлопнула входная дверь. Перевернувшись на живот, я вцепилась зубами в диванную подушку.

Весь следующий день я лежала, уставясь в потолок, слушая одну и ту же песню: «Дочь самурая». Когда стало ясно, что меня неудержимо тянет к подоконнику, чтобы совершить заключительный полет в своей жизни, я заставила себя подняться, выпила три таблетки снотворного, что и позволило проспать до самого утра. Новый день оказался ничуть не лучше предыдущего. Хотя я смогла добраться до кухни и выпить чаю. Позвонить Руфине? По моему голосу она сразу поймет: я в большой беде. Представила, как начну отвечать на ее вопросы... Нет, не хочу. Я мрачно усмехнулась, подумав, что опять встаю на те же грабли: не желаю ничего рассказывать. Ни отцу, ни даже Руфине.

При мысли об отце я вспомнила слова Забелина. У папы проблемы с сердцем? И бросилась к телефону, но на полдороге остановилась: вряд ли я сейчас способна разговаривать с отцом. Нормально разговаривать, я имею в виду, чтобы он ничего не заподозрил. Руфина как-то советовала свои страхи и боль вытанцовывать. Стоит попробовать, раз уж ничего умнее в голову не приходит. Я поставила диск в стиле латино и с остервенением начала танцевать. Явилась мысль: какой дурой я, должно быть, выгляжу, а потом мне стало смешно. Я смеялась, танцевала и вскоре с удивлением поняла: действительно отпустило. Жизнь не стала чище, светлее или проще, но теперь я ею дорожила.

Послав Руфине мысленный привет, я решила, что вполне способна поговорить с отцом. Но на всякий случай взяла книжку с полки и прочитала вслух одно из любимых стихотворений. Первые три строчки дались с трудом, звук собственного голоса вызывал недоумение, будто это вовсе не мой голос, но, переворачивая пятую по счету страницу, я уже могла себя поздравить: мое возвращение в реальность успешно завершено.

Набрав телефонный номер папы, после обычных приветствий и вопросов «как дела?», я с беспокойством спросила:

— Что с твоим здоровьем?

— А что с ним? — удивился отец.

— Валера... — Очень трудно было произнести это имя, но я смогла, назови я его по фамилии, отца бы это, наверное, насторожило, ведь по легенде мы все еще друзья. — Он сказал, у тебя проблемы с сердцем.

— Ты виделась с Валерой?

— Разговаривала по телефону. Сейчас речь не о нем, а о тебе.

— Что это ему вздумалось пугать тебя? Уверяю, со мной все в порядке. Мелкие болячки, соответствующие возрасту.

— Ты меня не обманываешь?

— Да с какой стати? Заедешь сегодня?

— Сегодня вряд ли получится, — вздохнула я.

— Как расследование? Продвигается? — спросил папа.

— Пока топчемся на месте. Но я не падаю духом.

— Еще бы. Ведь ты — моя дочь, — засмеялся он.

Мы простились, а я еще немного погадала: Забелин мне врал, или папа, не желая меня огорчать, скрывает правду? Непохоже, что скрывает. И слава богу.

Ночью я думала о Владане. Несмотря на мой задиристый тон в разговоре с Забелиным, его слова о плохих парнях впечатление произвели. Ведь наша первая встреча не оставляет сомнений, что Владан делал там, в переулке. Допустим, я все поняла неправильно, и к взрыву машины он не имеет отношения... Автомат на его плече... Я ничего не знаю наверняка. Чего не знаешь, того не существует... Он был на войне, значит, убивал. Но это совсем другое... Прошло двое суток, а он ни разу не позвонил. Еще вчера мысль о том, чтобы встретиться с ним, вызывала ужас. После того, что произошло, я головы поднять не посмею. А теперь я с трудом смогла дождаться утра, и если бы не здравый смысл, поехала бы к нему часов в семь. Столь ранний приход его вряд ли обрадует.

Я долго лежала в ванне, а потом еще некоторое время разглядывала себя в зеркало. Все тело в синяках, но Владан далек от просьбы его продемонстрировать. Физиономия выглядит сносно, без фиолетовых разводов и заплывших глаз. На лбу ссадина, оставшаяся от удара, но ее можно прикрыть волосами. Две чашки кофе, и я в полном порядке.

Владана я застала в офисе, куда приехала на такси. Он сидел за столом в компании бутылки виски, наполовину пустой. Похоже, что пьянствовал всю ночь, хотя по нему наверняка не скажешь. Он из тех мужчин, у кого внешние признаки опьянения начисто отсутствуют. У меня, кстати, папа из таких. Однажды пришел домой, разговаривал со мной минут двадцать, затем рухнул на диван и проспал до утра. Утром извинялся, что накануне выпил лишнего, у друга был день рождения. Если бы сам не сказал, что выпил, я бы не догадалась. От Владана извинений не дождешься, впрочем, он мне и не отец.

— Привет, — сказала я, широко улыбаясь, и предложила: — Могу сбегать за завтраком. Все, как обычно? Яичница с ветчиной, хлеб с маслом и две чашки кофе?

— Обойдусь, — ответил он.

Я прошла и устроилась на краешке стола, болтала одной ногой и его разглядывала. Потом перевела взгляд на бутылку.

— Коротаете утро вдвоем?

— Я могу завязать в любой момент, — проворчал он, а я кивнула:

— Все так говорят.

Он убрал бутылку в стол, посмотрев на меня с неудовольствием.

— Ты портишь мне жизнь.

— Ничего, привыкнешь. Так мне бежать за завтраком?

— Без надобности. Тамара принесет.

Толстуха из кафе напротив появилась через пять минут, держа поднос и расточая улыбки. Встретившись со мной взглядом, весело подмигнула, поставила поднос на стол, сняла с него тарелки и термос с кофе, разложила салфетки и удалилась. Владан принялся есть, а я так и сидела на столе. Он не гнал, а мне хотелось держаться к нему поближе.

Когда он закончил трапезу, я, собрав посуду, вновь вернулась на насиженное место и спросила:

— Мы все еще ищем убийцу?

— Это от тебя зависит, — пожал он плечами.

— Хорошо. — Я вздохнула и продолжила: — Мой муж — редкая сволочь. Не знаю, способен ли он на убийство, на все остальное — запросто.

И я рассказала свою историю. Начать было тяжело, первые десять минут я мучилась, избегая смотреть на Владана и подбирая слова. А потом... потом вдруг почувствовала облегчение, заговорила спокойно, без лишних эмоций. Самое основное, но ничего не утаивая. И закончила фразой:

— Вот причина, по которой мы расстались. — Рассказать о том, что произошло два дня назад, я все-таки не смогла. Почему, объяснить не так просто. Еще труднее перешагнуть через стыд, который жег огнем изнутри. Я не должна была позволять Забелину сделать это, не знаю как, но не должна. А еще появилась уверенность: то, что случилось, каким-то образом касается и Владана. Прошлое — нет, а то, что было два дня назад, — да. Когда я замолчала, он кивнул и сказал, помедлив:

— Паршивая история.

— Еще какая, — согласилась я.

— Твой отец, конечно, ни о чем не догадывается? Кто-нибудь вообще знает?

— Теперь знаешь ты. Вере я тоже не рассказывала, так что это не может быть причиной убийства. Если она, конечно, не узнала о его делишках как-то иначе.

Он не задал вопрос, почему я молчала. Может, это его не интересовало, а может, и так все понял. Не зря у меня с первой нашей встречи возникло чувство, что все скрытое во мне для него тут же становится явным. Владан взглянул исподлобья и с минуту сверлил меня взглядом.

— Ты его любишь?

«Ах, вот, значит, как, он решил, что это причина моего молчания». Ответ вроде был очевиден, но я с ним замешкалась. Ответить надлежало честно, вранье Владан почувствует, но все вдруг оказалось совсем непросто.

— Нет. Не знаю. Я очень любила его, не его, совсем другого человека, каким он никогда не был. Временами мне кажется, что тот, другой, где-то есть. Есть тот, кого я знаю сейчас, а есть тот, кем он был для меня. Не очень толково?

— Вполне доступно, — кивнул Владан. — Порадует тебя это или, наоборот, огорчит, но твой муж Веру не убивал. По крайней мере, сам, своими руками. И вряд ли бы нанял кого-то. Чересчур рискованно. Предположим, Вера была опасна. Он нанимает киллера. И вместо влюбленной бабы, которой легко манипулировать, получает плохо управляемого дядю, который может шантажировать его довольно долго. Позволить подобного он не мог, выходит, ему бы пришлось избавиться и от киллера. А это рискованно вдвойне. Киллер не оставил ни одной зацепки, значит, он профессионал. Профи непременно подстрахуется, и такой умник, как твой муж, должен был это предположить.

— Ты сказал, Забелин не убивал Веру, откуда такая уверенность? — нахмурилась я.

— Два дня я потратил на проверку его алиби. В тот вечер, когда погибла Вера, Забелин пьянствовал с приятелями в сауне. Трое мужчин и три проститутки. Все три поклялись, что с восьми вечера и до четырех утра он не отлучался больше, чем на пять минут. Девки могли соврать, но то же самое подтвердила администратор и еще одна девушка, которая там работает. Никто из шестерых сауну не покидал. Но это не все. Когда Бад лишился своих денег, Забелин находился в Германии, встречался с потенциальными партнерами. Алиби безупречное. Даже если предположить, что границу можно каким-то образом тайно пересечь, все равно не сходится: кто-то из немцев постоянно сопровождал его в поездках на производство. Вернулся он накануне убийства Веры и решил отметить с друзьями подписание выгодного контракта.

— Что ж, — пожала я плечами. — Мне действительно трудно ответить, хорошая эта новость или плохая.

— И еще. Вчера Забелин побывал у следователя с признанием, что Вера была его любовницей. Сразу не сообщил, потому что не хотел неприятностей, но совесть его мучила, и он, как честный человек, решил покаяться. Следователя его честность совсем не порадовала. Они уже поставили крест на этом деле, а тут вдруг такой подарок. Пришлось проверять его алиби. Если он имеет отношение к убийству, зачем было привлекать к себе внимание?

— Пришлось. Я пригрозила, что все расскажу следователю.

— Вот как? Ты ему пригрозила и двое суток у меня не показывалась? Были причины?

— Осмысливала происходящее, — вздохнула я, избегая его взгляда.

— Тарик звонил, — помолчав, произнес Владан. — Сказал, у него есть для нас кое-что интересное.

— Поедем к нему?

— Поедем.

Но Владан не двинулся с места, продолжая смотреть на меня. Поднял руку и откинул волосы с моего лба. А потом рывком стянул рубашку с моих плеч. Я, признаться, растерялась, не понимая, что на него вдруг нашло.

— Это он? — задал вопрос, и его загадочное поведение стало понятно. Ссадина на лбу и синяки по всему телу. Я пыталась найти подходящий ответ, но, похоже, он не требовался. — Я убью его, — сказал Владан. Спокойно сказал, но, заглянув в его глаза, я сразу поверила.

— Еще чего, — фыркнула зло. — Слишком много чести для него... — И добавила с удивившей меня саму убежденностью: — Если он меня еще раз пальцем тронет, я сама его убью. — Взглянула на свою рубашку и засмеялась, желая поскорее перевести разговор на другую тему: — С рубашкой-то теперь что делать?

— Пуговицы пришивать, — ответил Владан.

Пришивать пуговицы я не стала, под рубашкой у меня топ, и так сойдет.

Минут через десять мы вышли из офиса и направились к джипу Владана, припаркованному неподалеку. Сзади подъехала машина и... Все последующее произошло мгновенно. Владан вдруг сбил меня с ног, я оказалась на асфальте, а он навалился сверху, и в ту же секунду раздались выстрелы. Невозможно передать ощущения, которые испытываешь, когда стреляют совсем рядом. В тебя стреляют. Я попыталась заорать — единственное — на что была способна в такой ситуации, но и это оказалось проблематичным. Придавленная к асфальту, я смогла лишь слабо повизгивать.

Выстрелы на мгновение стихли, Владан приподнялся, крикнув мне:

— Лежать!

Я сжалась в комок, но успела сообразить: рядом еще кто-то есть, не Владан, кто-то другой. Посмотрела и увидела в трех шагах от себя мужчину с пистолетом в руках. Владан успел подняться с коленей, я не видела, как он ударил противника, но рука мужчины взметнулась вверх, пистолет выпал из его ладони, скользнул по асфальту, словно по ледяной дорожке, и с тихим звоном отлетел к стоку для дождевой воды. Мужчина запрыгнул в стоявшую на проезжей части машину, и она мгновенно скрылась с глаз.

— Я тебя не покалечил? — спросил Владан, протягивая мне руку.

— Еще не знаю, — ответила я, поднялась на ноги и начала оглядываться. Вокруг потихоньку собирался народ.

Кто-то успел позвонить в полицию. Появились они очень быстро. Владан стоял, сунув руки в карманы брюк с таким видом, точно ничего особенного не произошло.

— Это привычка или тебе и правда по фигу? — спросила я. Он взглянул недовольно, а я головой покачала: — И часто такое случается?

— Чаще, чем хотелось бы, — буркнул он.

Вслед за одной полицейской машиной подъехала вторая, почти сразу стало ясно: вновь прибывшие с Владаном хорошо знакомы. Поздоровались за руку и вместе с нами вошли в офис, а те, что приехали первыми, остались на улице опрашивать свидетелей. Двое мужчин устроились на диване, поглядывая на нас без особого интереса.

— Давай рассказывай, — предложил один из них, совсем еще молодой, высокий, с копной рыжих волос. Веснушки рассыпаны по всей физиономии. Я некстати подумала, что с такой внешностью серьезным выглядеть трудно. Второй был старше, ниже ростом, в темном костюме и рубашке без галстука.

— Нечего особо рассказывать, — ответил Владан. — Подъехали на машине. Двое. Один за рулем, второй был на заднем сиденье. Открыл окно и пальнул несколько раз. Мы залегли на асфальт, он выскочил из машины, я выбил пистолет из его рук. Пистолет ты видел. Они смылись, а вы приехали.

— На номер машины не обратил внимания? — спросил Рыжий.

— Если б и обратил, что толку?

— А девчонка? — кивнул он в мою сторону.

— Клиентка.

— Это может быть связано с делом, над которым ты сейчас работаешь?

— Может, связано, а может, нет.

— Владан, не юли, — укоризненно произнес тот, что старше. — Врагов у тебя, как грязи, но ты наверняка знаешь, кому на сей раз приспичило.

Владан, точно нехотя, пожал плечами.

— Сам говоришь, их как грязи. За всеми не усмотришь.

— Насыщенная у тебя жизнь, — хихикнул Рыжий.

— Хочешь, поменяемся? — съязвил Владан.

— Ну уж нет... Что запишем в протоколе? Ничего не знаю, никого не видел и ни о чем не догадываюсь?

— Чего спрашивать, раз все лучше меня знаешь?

Формальности заняли очень много времени, когда полицейские наконец ушли, я задала вопрос, который мучил меня все это время:

— А если это Забелин? Нанял кого-то, испугавшись, что мы занялись им всерьез?

Владан хмуро посмотрел на меня и головой покачал:

— Я узнал того, кто в нас стрелял. Он из команды Саввы.

— Значит, Веру убили по его приказу?

— Необязательно. У нас с ним старые счеты. Парень терпел, сколько мог, да, видно, терпелка кончилась. Решил, что время самое подходящее. Хотя, может, ты и права. Откуда мне знать, если у нас до сих пор одни догадки? Разберемся. Но пару дней буду я занят. Менты так быстро не отстанут.

В общем, к Тарику мы отправились лишь в пятницу. Зато в тот же день мне пришлось встретиться с папой. О происшествии он узнал очень быстро, и наш разговор, само собой, не сулил мне ничего хорошего. Так и вышло.

— Немедленно прекращай все это! Уму непостижимо, в мою дочь средь бела дня стреляют на улице. Куда, к черту, катится этот мир?!

— Куда сказал, туда и катится, — буркнула я, а надо бы помолчать.

— Что? — рявкнул папа. — Я ведь знал, подобные знакомства до добра не доведут... — Ну и дальше в том же духе.

В самый разгар затянувшихся нравоучений в дверь позвонили. В тот вечер домработница у отца задержалась, открывать пошла она. Поначалу я даже порадовалась неизвестному гостю, вряд ли папа с особым рвением продолжит разговор при посторонних, может, удастся незаметно ускользнуть. Вскоре в гостиной появился Забелин. Я, конечно, знала, что он редкий наглец, но появиться в доме моего отца после того, что было... это даже наглостью не назовешь. К встрече с ним я была не готова. При одном взгляде на его физиономию хотелось наброситься на него с кулаками. Отец решит, что я спятила... Обошлось без кулаков, но сдержать себя было трудно, и я спросила резко:

— А этому что здесь надо?

— Полина, — сердито одернул отец, но в голосе его слышалось скорее недоумение. Бедный мой папа...

— Все нормально, — с постной миной произнес Забелин. — После того, что случилось...

— Какой случай ты имеешь в виду? — перебила я.

Брови его поползли вверх. Отец стоял за его спиной и не мог, в отличие от меня, видеть пакостной улыбки, которая появилась на лице Забелина.

— Ты плохо выглядишь, милая, — заботливо сказал он.

— Она вбила себе в голову, что должна найти убийцу подруги. — Папа сел в кресло и досадливо махнул рукой. — Сегодня в нее стреляли, а что будет завтра?

— Твой отец прав, — кивнул Забелин. — Ты не имеешь права рисковать собой. Хотя бы ради тех, кто тебя любит.

— Это ты о себе сейчас? — проявила я интерес, решив, что не худо бы ему заткнуться.

— И о себе, и о твоем отце. — Забелин подошел ближе и сграбастал мою руку. — Ты могла погибнуть. Когда я узнал... Господи, ты даже не представляешь...

— Все, хватит, — оборвала я, оттолкнув бывшего, его притворство больше не вызывало боли, только раздражение. Хотелось поскорее покончить со всем этим. — Папа, я все осознала и впредь обещаю не доставлять беспокойства, — взмолилась я.

— Обещай прекратить общение с этим человеком.

— Извини, — развела я руками, поняв, что без крайних мер тут не обойтись. — Я по уши влюблена и жить без него попросту не смогу. Лучше выпить кружку яда и избавить себя от страданий.

Папа замер, испуганно взглянув на Забелина, тот криво усмехнулся, но тут же изобразил большие душевные муки, талантливо изобразил. Лицо совершенно несчастное, в глазах тоска.

— Ты... ты это серьезно? — растерялся папа.

— Абсолютно.

— Черт знает что... — Отец отправился в кухню что-нибудь выпить, должно быть, просто не знал, как себя вести в такой ситуации. А Забелин, придвинувшись ко мне, промурлыкал:

— Твоему любовнику сегодня повезло.

Я не успела ответить, папа вернулся очень быстро, но успокоенным не выглядел.

— Я уверен, что ты... поспешила. Иногда люди принимают легкое увлечение за настоящее чувство.

— Папа, если ты о Валере беспокоишься, то напрасно. Он был любовником Веры, о чем и рассказал следователю.

Забелин и бровью не повел, но в глазах полыхнуло бешенство. Словно тлеющие угли вдруг вспыхнули с новой силой. Решив, что момент самый подходящий, я направилась к двери, прикидывая, что Забелин наплетет отцу в этот раз. История выйдет душещипательной, не сомневаюсь. Он был в отчаянии, она оказалась рядом. Он поддался соблазну, в чем сейчас горько раскаивается.

Дом я беспрепятственно покинула, а часа через два позвонила отцу. Он поинтересовался, как я добралась до квартиры, и задал еще несколько вопросов в том же духе, ни словом не обмолвившись ни о Владане, ни о Забелине. Я вздохнула с облегчением и в который раз порадовалась, что с отцом мне повезло.

К Тарику мы отправились ближе к вечеру. Владан заехал за мной и на этот раз поднялся в квартиру. Выглядел утомленным, я с печалью подумала: опять пил? Он прошелся по квартире и спросил, стоя ко мне спиной:

— От отца здорово досталось?

— Не то чтобы очень... требовал проститься с тобой навеки, но потом остыл.

— Вообще-то твой отец прав. Я — неподходящая для тебя компания.

— Слышали уже... В отместку я его озадачила, сказала, что влюблена в тебя.

— Надеюсь, это шутка.

— То, что я так ему сказала?

Он не пожелал обсуждать это, сменил тему.

— Кстати, как Забелин объяснил твоему отцу, почему вы расстались?

— Глубокая душевная травма. При мысли о сексе я впадаю в истерику.

— В самом деле?

— А ты как думаешь?

— Кто тебя знает, — усмехнулся он, а я улыбнулась.

— Ты из любопытства спрашиваешь или у тебя есть виды на меня?

— Никаких. Обычное любопытство, так что будем считать, что этого вопроса я не задавал.

— Я помню, ты не заводишь шашни с клиентами, но ведь когда-то наше расследование закончится.

Владан подошел и провел рукой по моим волосам, я подумала: вот сейчас он меня поцелует, и даже глаза прикрыла, пока не поняла: в этом его жесте есть какая-то отстраненность, точно так же он мог бы гладить кошку.

— У меня своя жизнь, и ты в нее не вписываешься, — сказал он.

— Почему? — спросила я с обидой.

— Хотя бы потому, что есть Марина.

Признаться, я успела забыть о ней, и сейчас густо покраснела.

— Ты любишь ее?

— С какой стати я должен отвечать на твой вопрос? Я ничего не собираюсь менять в своей жизни. Будь добра уяснить это и не допекай глупостями.

Я стояла и давилась слезами. Теперь было трудно объяснить, почему я решила, будто Владан испытывает ко мне те же чувства, что и я к нему. Он защищал меня, он спросил, люблю ли я своего мужа... Ну и что? Когда я рассказывала свою историю, мне показалось... обычное человеческое участие я приняла за влюбленность. «Если бы не эта Марина», — в отчаянии думала я. А потом стало стыдно. Что бы чувствовала я, окажись на ее месте? И если бы он с легкостью расстался с ней, не было бы это поводом решить: придет время, и он точно так же бросит меня. Закусив кулак, я смотрела на Владана глазами, полными слез, которые отказывались капать.

— Ты еще моя клиентка? — понаблюдав за мной, хмуро спросил он.

— Разумеется, — ответила я, голос звучал хрипло, я поспешно отвернулась, а через минуту заговорила почти спокойно: — Забелина я тоже видела. Он приходил к отцу. Не удивлюсь, если вчерашняя стрельба — его рук дело. Вдруг с Саввой их что-то связывает? Возможно такое? Он около трех лет живет в нашем городе, но здесь у него друг, к которому он часто приезжал, его зовут Олег Евдокимов, он был свидетелем на нашей свадьбе.

— Покопаемся, — кивнул Владан, а я подумала: он рад, что я сменила тему, наш разговор был ему неприятен. Ему тяжело обсуждать наши отношения... или я опять фантазирую?

Вчера я чувствовала себя счастливой, и даже присутствие Забелина перенесла стоически, потому что была уверена: для Владана я не просто очередная клиентка. У нас есть будущее. А сегодня выяснилось, что его нет. И счастье мое где-то заплуталось... И все-таки пока мы вместе. Пусть хотя бы так...

Тарик встретил нас, словно мы не виделись целую вечность: с объятьями и поцелуями. Их и мне перепало.

— Долго же вы ко мне собирались, — похлопывая меня по спине, сказал он.

— Непредвиденные обстоятельства, — пожал Владан плечами.

— О стрельбе я слышал. Кто на этот раз?

— На свете так много идиотов, что сразу и не ответишь.

— Насчет идиотов — в самую точку, — засмеялся Тарик. — Человек один хотел с тобой поговорить. Сейчас пошлю за ним. А вы пока присаживайтесь. Накормлю вас ужином.

Ужин опять вышел королевским, Тарик устроился с нами. Хитро поглядывая на Владана, он заметил:

— Говорят, вчера Савва получил подарок. Кто-то оставил машину возле его подъезда, а в машине — труп одного из его парней.

Я испуганно замерла, Владан криво усмехнулся, а Тарик поспешил отвести взгляд, однако разговор продолжил.

— Люди болтают, Савва был вне себя от бешенства. Неужто ты об этом не слышал?

— Что мне за дело до проблем Саввы?

— Да я так спросил, к разговору.

Аппетит у меня внезапно пропал. Владан говорил, что узнал стрелявшего в нас типа, и теперь выясняется, что вчера Савва получил «подарок». У меня крыша едет или... Я вспомнила, как он сломал пальцы брату мальчишки. Мог Владан убить человека, стрелявшего в нас? В назидание другим желающим? С его своеобразным чувством справедливости — скорее да, чем нет. Я ведь даже не знаю, тот ли это тип или речь о совсем другом мужчине, и к нам он не имел никакого отношения. И все-таки на душе кошки скребли. А еще я подумала: суровость, с которой Владан говорил со мной сегодня, следствие этого самого происшествия? «Я ничего не собираюсь менять в своей жизни», — сказал он. И я в нее не вписываюсь, потому что вряд ли способна мириться с некоторыми вещами. А Марина способна? Принимает его таким, какой он есть? Именно поэтому он всегда возвращается к ней... Я пялилась в пустоту, перестав обращать внимание на разговор мужчин.

— Выпей вина, — обратился ко мне Тарик, я сделала глоток и отставила бокал.

Владан выглядел слегка рассерженным, а Тарик болтал без умолку, но чувствовал себя явно не в своей тарелке. Мои подозрения это только укрепило.

Наконец к Тарику подошел официант и что-то зашептал ему на ухо. Тот вздохнул с облегчением:

— Ну, вот и человечек появился.

Мужчины поднялись и направились в подсобку, я собиралась последовать за ними, однако Владан меня остановил:

— Жди здесь.

Это показалось несправедливым и даже обидным, но ослушаться я не посмела. Тарик почти сразу вернулся и вновь устроился напротив меня.

— Что за человек хотел с ним встретиться? — спросила я.

— Владан расскажет, — пожал он плечами. — Не рассердишься, если полюбопытствую: ты в него влюблена?

— Что, так заметно? — усмехнулась я.

— Заметно, — кивнул Тарик. — О Марине ты знаешь?

— Знаю.

— Он тоже в тебя влюблен, — стоило ему это сказать, и в груди разлилось тепло, но радоваться я не спешила.

— С чего ты взял?

— Вижу. Н-да. — Он покачал головой, точно это обстоятельство сильно его расстроило.

— Н-да — это хорошо или плохо? — с вызовом спросила я.

— Не мне судить, но думаю, вам будет нелегко. Не слушай меня, — махнул он рукой. — Болтаю всякую чушь.

Вскоре вернулся Владан. Увидев его, Тарик суетливо поднялся и сказал:

— Отдыхайте, а я пойду. Дела...

— Что он тебе успел наболтать? — проворчал Владан, глядя ему вслед.

— Сказал, что ты в меня влюблен.

— Старый сплетник.

— Ты влюблен?

— Мы вроде бы закрыли эту тему. Давай поужинаем спокойно.

А я подумала: он ждет от меня вопроса, например, о том, как он провел вчерашний вечер. Мне очень хотелось его задать, но я знала, что не стану этого делать. На вопрос ему придется отвечать. Заставлять его лгать я не хочу, и не хочу услышать правду, если это та правда, о которой я догадываюсь. Чего не знаешь, того не существует. Только в тот момент я по-настоящему поняла, с чем мне придется мириться, если вдруг место в его жизни для меня все-таки найдется. Я готова? Не знаю.

Когда мы вышли из ресторана, я молча взяла его за руку. Он взглянул вроде бы с удивлением, а потом улыбнулся:

— Не терпится узнать новости?

— А они того стоят?

— Стоят, — вздохнул он. Это слегка удивило. — Давай пройдемся. — Владан обнял меня за плечи, и мы не спеша пошли по улице.

— Если бы ты позволил мне присутствовать при разговоре, не пришлось бы сейчас его пересказывать, — заметила я.

— Он хотел, чтобы разговор был без свидетелей.

— Он?

— Парень, сосед Сереги. Живет в доме напротив. Они были приятели, не то чтобы часто общались, но иногда пили пиво, сидя во дворе. Этот парень узнал, что я разыскивал Беленького. О том, что труп приятеля нашли, ему сказал Тарик.

— И он решил с тобой поговорить?

— Решил рассказать, что предшествовало исчезновению Сергея. В ту ночь сосед был у своей подружки, домой возвращался ближе к утру. Возле своего подъезда задержался покурить. И видел, как Серега вышел из дома в сопровождении мужчины. Хотел окликнуть приятеля, но что-то его остановило. Возле его подъезда лампочка не горела, он уверен, что его никто не видел. А вот он хорошо разглядел и Серегу, и того, кто был с ним. В руках они держали две большие сумки. Загрузили их в джип и уехали вместе. Он дал довольно подробное описание того, кто был с Беленьким.

— Оно подходит моему мужу? — помедлив, спросила я.

— Ты забыла, твой муж в тот момент был далеко отсюда.

— Если у нас есть подробное описание внешности этого типа... Мы сможем его найти?

— Уверен, что да. — Владан притормозил, взглянул на меня и добавил: — Описание очень подходит Флинту. Номера машины были заляпаны снегом, но это точно был «Ленд-Крузер».

— Подожди, — растерялась я. — Что же получается...

— Получается, что Сереге удалось улизнуть от ментов с этими самыми сумками. Он переждал у матери и отправился в ночной клуб выяснять отношения, заподозрив Гошу в стукачестве. А потом позвонил Флинту, отрицать это Флинт не мог, звонки на мобильный фиксируются.

— Сергей сообщил ему, что деньги у него?

— По-другому не складывается. Может, у парня и возник соблазн их прикарманить, но он не рискнул. Доложил начальству, как положено.

— И Флинт явился к нему?

— Само собой, если сосед его видел. Они отправились вместе. Серега, должно быть, считал, что едут они к Баду.

— Но вместо этого он оказался в лесу. Получается, что все прикарманил Флинт, убив Беленького по дороге?

— Очень трудно представить, что он решился на такое. Опять же, после этого ему следовало бы покинуть город. Сразу или выждав время. Но он здесь.

— Не пойму, куда ты клонишь, — нахмурилась я.

— Допускаю мысль, что за всем этим стоит Бад. Он мастер на хитрые комбинации. Серега и в том, и в другом случае был лишней фигурой, и от него избавились. Но если они хотели, чтобы люди Саввы поверили, что кинул их Серега, его труп должны были спрятать куда надежнее. Хотя, возможно, то, что его нашли, успешно встраивается в игру Бада.

— Но как все это связано с убийством Веры?

— Давай спросим об этом у Флинта.

Я-то решила, что он шутит, но Владан развернулся и направился к машине.

— Что, вот так просто явимся и спросим? — с подозрением поинтересовалась я.

— Почему бы и нет?

— Чудеса, — покачала я головой и стала ждать, что будет дальше.

Владан завел машину, и мы направились в один из спальных районов. Мне молча не сиделось, и я спросила:

— Этот парень-сосед, он рассчитывает получить деньги за информацию?

— Он хотел оказать мне услугу. А еще он считает, что убивать людей нехорошо. Я с ним, в общем-то, согласен.

— Если он так считает, почему не рассказал об этом полицейским?

Владан пожал плечами:

— Могу предложить сразу две причины: боялся, что после этого проживет недолго.

— А вторая причина? — выждав время, спросила я.

— Вторая? Слабо верит в неотвратимость наказания.

— Но если все расскажет тебе, вероятность этой неотвратимости значительно возрастет?

— Примерно так.

— Надеюсь, ты знаешь, что делаешь, — сказала я, сильно в этом сомневаясь.

«Предположим, — думала я, — мы сейчас встретимся с Флинтом. И зададим ему неприятные вопросы. С какой стати ему на них отвечать? Правдиво, я имею в виду. Он отправит нас восвояси, после чего решит, что мы слишком много знаем. Во Владана уже стреляли, ему мало этого? Забавно, но в тот момент меня заботила исключительно его безопасность, а вовсе не моя. Хотя логично предположить, мы оба окажемся в разряде людей, чье присутствие на этой земле неуместно, с точки зрения того же Бада. Или по замыслу Владана мне придется ждать в машине, пока мужчины заняты разговором? Ну уж нет. А если Флинт решит избавиться от свидетелей прямо сейчас...»

— Мы пойдем вдвоем или никто из нас вообще никуда не пойдет, — на всякий случай предупредила я.

Владан на это никак не отреагировал. Вскоре мы остановились возле обычного жилого дома. Почему-то я думала, что встреча должна состояться в клубе или кафе, в каком-то общественном месте, но поблизости не оказалось ничего подобного. Недоумение лишь увеличилось, когда мы направились к подъезду. О том, что мне надлежит оставаться в машине, не было сказано ни слова. Мы, между тем, вошли в подъезд, входная дверь была снабжена кодовым замком, но он не работал.

Владан позвонил в дверь с номером восемь, я косилась на него, но задавать вопросы не стала, чувствовала, что он в напряжении, хотя внешне это никак не проявлялось. Дверь нам открыл Флинт, одетый в спортивные штаны и гавайскую рубашку. Не знаю, на какую реакцию я рассчитывала, но Флинт, увидев нас, ни малейшего удивления не выказал.

Секунд двадцать мужчины смотрели друг на друга, как смотрят на свое отражение в зеркале. Флинт усмехнулся, распахнул дверь пошире и сделал рукой замысловатый приглашающий жест, слегка поклонившись.

Мы оказались в прихожей, двухстворчатая дверь в гостиную была открыта, и сразу стало ясно: мы находимся в жилище холостяка. Из мебели только огромный диван и телевизор, который мог поспорить с ним в величине. Повсюду разбросаны мужские вещи, порядком здесь и не пахло.

— Неплохо устроился, — сказал Владан, оглядываясь.

— Надо полагать, ты иронизируешь?

— С чего вдруг? Ты же видел мою берлогу.

— Ага. Хотел дать тебе денег в долг, чтоб купил банку краски выкрасить стены.

— Тронут твоей заботой.

— Идем в кухню, — предложил Флинт и пошел впереди, указывая нам путь.

Кухня выглядела немногим лучше, чем гостиная, Флинт кивнул на стулья, предлагая устраиваться, сам сел в кресло возле окна.

— Если ты решил меня навестить, выходит, плохи мои дела, — заметил с усмешкой, взял пистолет, который до той поры лежал на соседнем стуле, оттого поначалу я его не видела, и переложил на подоконник. Появление оружия не сулило ничего хорошего. Я испуганно посмотрела на Владана, а тот спросил:

— Ждешь гостей?

— Жду тебя, — ответил Флинт. — Выпить не хочешь? Ах, да, ты не пьешь с кем попало.

— Всегда можно сделать исключение, — со смешком сказал Владан.

— Все хуже и хуже, — криво усмехнулся Флинт. Достал из шкафа бутылку виски и задал вопрос, стоя вполоборота к нам: — Девушка выпьет?

— Спасибо, не беспокойтесь, — поспешно сказала я, и только после этого поняла, как нелепо прозвучали мои слова в данной обстановке.

Флинт засмеялся, поставил на стол бутылку и два стакана, разлил виски и поднял свой стакан.

— За встречу, Серб.

— Не зови меня так, — сказал Владан, но стакан взял.

— Раньше тебе это нравилось.

— Времена нашего счастливого детства давно миновали.

— Что ж... за встречу, мой бывший друг.

Они сделали по глотку, Флинт вернулся в кресло, пистолет лежал у него под рукой. Я понятия не имела, как относиться к происходящему, и здорово нервничала, хотя мужчины выглядели абсолютно спокойными. Владана пистолет, похоже, вовсе не волновал.

— Расскажешь, зачем пришел? — спросил Флинт.

— Ты ведь знаешь.

— Знаю. Но отчего бы не спросить.

— Кое-кто видел, как вы с Серегой в ту ночь выходили из его дома. С двумя сумками в руках. Сели в твой джип, но Серега далеко не уехал.

— Видел, говоришь? Не повезло. Всегда кто-нибудь что-нибудь видит... Как только я узнал, что ты в деле, сразу понял: рано или поздно все равно докопаешься.

— Бад знает? — задал вопрос Владан.

А я поняла, как нелегко Флинту на него ответить. Он опустил взгляд, потом перевел его за окно и медленно покачал головой:

— Нет.

— Ты решил кинуть старого друга?

— Ага. Решил, — усмехнулся он. — Остро нуждался в бабле, а тут такой соблазн.

— Я-то думал, с баблом у тебя порядок.

— Мы давно с тобой не выпивали, Владан. А деньги у меня не задерживаются. У тебя один порок, у меня другой.

— По-прежнему играешь?

— Меньше, чем раньше. Обидно, что мозгами меня господь обидел, это Бад у нас теперь бизнесмен, а я как был уличной шпаной, так ею и остался.

— И все-таки мне трудно поверить, что ты кинул дружка.

— Да я сам иногда не верю. Говорю, слишком велик соблазн. Ты будешь смеяться, но все дело в бабе. Втюрился так, что башню снесло. А у нее муж при бабках. Я готов был все здесь бросить, уехать туда, где нас никто не знает. Начать жить заново. А для этого знаешь, что нужно? Правильно: презренный металл. Желательно побольше, потому что жить моя девочка привыкла хорошо.

— Чего ж не уехал?

— Уж поверь, меня бы давно не было в этом городе, да она никак не решится. А я торчу здесь и жду, когда меня живым в землю зароют.

— Почему Баду все не рассказал? Он бы понял...

— Бад? — вскинул голову Флинт, помолчал немного и усмехнулся: — Бад давно уже не тот. Мы все уже давно не те.

— Ты прав. Но, зная Бада, я не сомневаюсь, он успел основательно покопаться в этой истории. Парень он упертый. Уверен, он уже понял, что к чему. И если ты до сих пор жив, это означает только одно...

— Что? — хмуро поинтересовался Флинт.

— Он ждет, что ты придешь и все расскажешь. Он дает тебе шанс.

Флинт опять засмеялся:

— Заключит меня в объятья и скажет: «Все нормально, брат»?

— Или даст тебе сутки, чтобы ты смылся из города, предварительно все вернув. Второе, если честно, вероятней.

— Ты бы так и поступил? Ты, но не Бад.

— Меня, собственно, не это интересует, — откидываясь на спинку стула, сказал Владан. — Девушка. Зачем ее понадобилось убивать?

Флинт взглянул с недоумением.

— Подружка Сереги, которая работала на телевидении? Я ее не убивал. Можешь верить, а можешь нет, но никто из наших не имеет отношения к ее убийству. Я бы знал. И в прошлый раз сказал тебе правду. Бад велел за ней приглядывать, на случай, если Серега вдруг появится, вот и все. Ты не там ищешь.

— Что ж, поищу в другом месте.

Я решила, что он сейчас поднимется и мы покинем квартиру Флинта. Я даже чуть приподнялась, глядя на Владана, ожидая его команды, и оттого, наверное, пропустила тот миг, когда Флинт схватил оружие и направил его в сторону бывшего друга.

— А ведь можно и так, — сказал он, губы его кривились в подобие улыбки.

— Можно, — кивнул Владан и перевел глаза на свои руки, которые держал на коленях.

Я проследила за его взглядом и увидела в руке Владана пистолет. Флинт его, конечно, теперь тоже увидел.

— Мы стреляем одинаково хорошо, два трупа, и девушка плачет, — засмеялся он.

Владан ничего не ответил, словно предлагал все решать ему. Я сидела, не шелохнувшись, сердце ухало где-то в горле. Флинт опустил руку и сказал:

— В другой раз...

— Разумеется, — согласился Владан и, поднявшись, направился к двери.

— Ты расскажешь ему? — помедлив, спросил Флинт.

— Сам расскажешь.

«А если он все-таки выстрелит?» — в панике думала я, шагнув следом за Владаном. Словно читая мои мысли, Флинт отбросил пистолет на подоконник.

— Скажи честно, ты действительно смог бы убить меня?

— А ты — нет? — повернулся к нему Владан.

— Не знаю. Возможно. Я спасаю свою шкуру, а ты? Ты-то какого хрена лезешь? Все должно быть по справедливости, так, что ли? И из-за этого ты готов...

— Пока, Флинт, — перебил его Владан. — Слышал выражение: каждому свое?

Мы вышли из квартиры. Я бегом скатилась по лестнице, хотелось поскорее оказаться на воздухе. В голове чехарда мыслей, а в душе непрошеная жалость к Флинту. Все ориентиры вдруг сбились, и я не знала, где грань между тем, что правильно, а что нет. Владан, устроившись за рулем, завел машину, не обращая на меня внимания, наверное, все еще находясь под впечатлением от разговора. Подозреваю, что с ориентирами у него было не лучше.

— Значит, когда-то вы были друзьями? Ты, Флинт и этот Бад?

Он хмурился, и я поняла, что ответ вряд ли услышу. Недавние страхи дали о себе знать, успокоиться, прийти в себя не так просто, оттого я сказала резче, чем хотела бы:

— Мне нет места в твоей жизни, и доверия я не заслуживаю?

Мы выехали со двора, и я решила, что вновь не услышу ответ, но Владан вдруг затормозил и, заглушив двигатель, положил руки на руль, глядя куда-то перед собой.

— Мы жили в соседних домах, ходили в одну школу, — заговорил он не спеша. — Бад был у нас заводилой. Тощий очкарик, упертый и абсолютно бесстрашный. Ребята на соседней улице сбились в банду, Бад организовал свою. Ничем особенно противозаконным мы не занимались. Все больше дрались стенка на стенку. Другого способа самоутвердиться мы не знали. Стремились доказать, что мы герои, что дрались постоянно, дух перевести не успевая, и даже ели второпях. Вожаком у них был парень старше нас года на четыре. Здоровенный лось по кличке Бомба. Редкий придурок, надо сказать. Когда мы ходили на речку, любил демонстрировать свое хозяйство, оно у него было как у взрослого мужика, а нам похвастаться было нечем. За это мы его люто ненавидели. Нас с Флинтом он не особо допекал, а Баду от него доставалось здорово. И как-то раз Бад решил с ним встретиться, один на один. Мы с Флинтом понимали, что у него нет никаких шансов. И пошли с ним, вооружившись велосипедными цепями. Бомба привел всю свою банду. Но Бад не испугался. А мы с Флинтом боялись показать, что трусили. Это было что-то вроде боевого крещения, и мы его выдержали. Наваляли нам здорово, но и мы в долгу не остались. Не помню, чтобы я еще когда-нибудь дрался с таким остервенением. Домой явился весь в крови. Родителям наврал, будто упал с мотоцикла. Мама плакала, а отец сделал вид, что мне поверил. На следующий день прошел слух: пацан из банды придурка-Бомбы оказался в больнице. В тяжелом состоянии. Отец все понял. Не сказал мне ни слова, но через несколько дней мы уехали к родне в Боснию, там уже было неспокойно, но, думаю, отец считал, что из двух зол выбирает меньшее. Спасает сына от тюрьмы, увозя подальше от дурной компании. Если в этот раз все и обойдется, непременно еще случится что-нибудь подобное.

— Ты... ты считаешь, что во всем, что произошло, виноват Бад? — тихо спросила я.

— Нет, конечно. Наша дружба на этом не закончилась. Прошло время, и Бад сколотил другую банду, как ты понимаешь, драками там все не ограничилось. В конце концов, наши дороги разошлись. Но Флинт так и остался его верным оруженосцем... Хотя теперь выяснилось, что их крепкая дружба дала трещину. Флинт прав, мы уже давно не те, кем были когда-то.

— Как думаешь, он уедет из города?

— Надеюсь.

Владан отвез меня домой. А вскоре в моей квартире появился Юрка.

— Тебе чего? — спросила я сердито, обнаружив его на пороге.

— Ты не звонишь, не появляешься, — с возмущением заговорил он. — Я, между прочим, беспокоюсь.

— Извини, не до тебя сейчас.

— Здрасьте... хоть скажи, как дела? Удалось что-нибудь выяснить?

Я прикидывала, как ответить покороче, и поняла: нелегко это будет. Слишком много всего произошло. Это для Юрки ничего не изменилось, а для меня... Моя жизнь стала совсем другой, я сама стала другой, а Юрка оставался в той, прежней жизни.

— Будут новости — расскажу, — вздохнула я. — А пока порадовать нечем.

— Ты выглядишь как-то странно... — нахмурился он. — На саму себя не похожа. Что-нибудь случилось?

— Да не выдумывай ты... просто устала. Иди. Я тебе позвоню.

— Ладно, — пожал он плечами.

Юрка ушел, а я проревела часа два, сама не зная причину своих слез.

Утром я опять не смогла дозвониться до Владана. Промаявшись до обеда, поехала к нему в офис. Джип стоял на месте, а вот «Мазератти» нет. Дверь в офис не заперта, что на сей раз не удивило. «Где его носит? — в досаде подумала я и вновь набрала его номер. Длинные гудки. — А если он у Марины?» — кольнула непрошеная мысль, но я поспешила прогнать ее. Марина, скорее всего, живет где-то по соседству. И чтобы к ней отправиться, машина не нужна, но стальной коготок уже корябнул по сердцу. Потоптавшись в пустой комнате, я решила зайти в кафе напротив.

Наплыва клиентов не наблюдалось, толстуха Тамара, взгромоздив на стойку мощные груди, слушала радио.

— Добрый день, — сказала я.

— Владана ищешь? — кивнув, спросила она.

— Похоже, он от меня прячется.

— От такой-то красоты? Мужики совсем сдурели.

— Вы его видели?

— А как же. Был с утра и умчался куда-то. Часа два назад к нему какой-то тип приходил. Башка лысая, морда зверская. Сидел на ступеньках, потом убрел.

— Флинт? — сообразила я.

— Может, и Флинт, откуда мне знать? Я б на месте Владана таких гнала поганой метлой.

Судя по описанию, это точно Флинт. Выходит, из города он не уехал. И Владана нет. Беспокойство крепло, уже не один коготок, а целый десяток усердно трудился над моим бедным сердцем.

— Вы знакомы с Мариной? — помолчав, спросила я.

— С подружкой Владана? Конечно. У нее салон красоты тут неподалеку.

— А живет она где?

— Тебе зачем? — усмехнулась Тамара.

Я пожала плечами:

— Так...

— Характер у нее не приведи господи. Как пойдут скандалить, только что мебель из окон не выбрасывают. Владан, он ведь тоже терпением не отличается.

— А чего скандалят?

— Кто ж знает... милые бранятся, только тешатся. — Она весело мне подмигнула. — Если ты надумала его у Маринки отбить... — Тут она махнула рукой и добавила: — Дело не мое.

— Давно они вместе?

— Похоже, что давно. А тебе, девонька, другой мужик нужен. С этим не справишься. — «Чертова баба», — мысленно выругалась я. — Студент какой-нибудь очень подойдет, а еще лучше олигарх. Ага. Таких в кино показывают.

— Олигарх у меня уже был, — порадовала я. — Значит, где Марина живет, не скажете?

— Не скажу, потому что не знаю.

Я была уверена, что знает. Допустим, сказала бы она мне адрес, и что? Я бы туда отправилась? Еще сцену ревности ему устрой, вот будет потеха! По крайней мере, знала бы, там он или нет. С чего я вообще взяла, что он у Марины?

— Кофе хочешь? — спросила толстуха.

— Нет, спасибо.

— Ну, а если нет, так и иди откуда пришла.

Некоторое время я ее разглядывала, собралась с силами и задала вопрос:

— Чем я вам не нравлюсь?

— Всем ты, девонька, хороша, и мне очень даже симпатична. Но он-то мне куда дороже, а ты запросто можешь мужику жизнь испортить. Не того поля ягода.

— Вам видней, — съязвила я и пошла прочь, злясь на Тамару, на Владана, а еще больше на себя.

В офисе я немного посидела за столом, разглядывая трещины на потолке, а потом перебралась на диван. И не заметила, как уснула.

Разбудил меня чей-то тихий свист, еще не открывая глаз, я решила, это Владан вернулся, и подумала, что он мог придумать другой способ разбудить меня, более приятный.

Полежала еще немного, ожидая, может, эта здравая мысль все-таки придет ему в голову. Но не дождалась и, в конце концов, глаза открыла. За столом сидел мужчина в голубой рубашке с короткими рукавами. Шатен с неприятным взглядом, на лбу едва заметный шрам. Я резко выпрямилась, одернула платье и с подозрением на него уставилась.

— Извините, что разбудил, — криво улыбнувшись, сказал он насмешливо.

— Если б не хотели разбудить, свистеть бы не стали, — ответила я и почему-то решила, что передо мной Бад. По возрасту вполне подходит, и физиономия соответствует.

— Вы его девушка? — спросил он.

— Владана?

— Ага. Вроде раньше другая была?

— Я его клиентка, — недовольно сказала я.

— Надо же... клиенты уже на диване спят, его поджидая. Давайте познакомимся.

— Не хочу я с вами знакомиться. — Я отвернулась, а он сказал:

— Не хотите, а придется, — поднялся из-за стола, подошел ко мне и сунул под нос удостоверение.

— Сегодня выходной. Или вы без выходных работаете? — не удержалась я от легкого ехидства.

— Иногда приходится. Меня зовут Виктор Павлович, а вас?

— Полина.

— Ну и чем вы занимаетесь, Полина?

— В основном бездельничаю.

— А Владан вам зачем понадобился?

— Не скажу.

— Не скажет она, — проворчал Виктор Павлович. — Сегодня я, может, добрый, а вот в понедельник точно буду злым. Вам бы дружить со мной, милая девушка. Так зачем вам понадобилась помощь Владана?

Я прикинула и так, и эдак и ответила, не желая врать, но и правду говорить не собираясь:

— Разыскать одного человека.

— Обещал жениться и сбежал?

— Как вы догадались? — удивилась я.

— Я пошутил. Парни от таких девушек не бегают. Я бы точно не стал, а беглец ваш, случайно, не Сергей Беленький?

— Человека с таким именем я не знаю.

— И никогда о нем не слышали?

Я предпочла не отвечать, пожала плечами, мол, понимай, как хочешь.

— На днях Владана обстреляли. И вас за компанию. Болтают, это были люди Саввы, о нем вы, конечно, тоже не слышали? У Саввы большой зуб на Марича, это всем известно. Не хотите рассказать, чем вы потом занимались?

«Вот оно, — испуганно подумала я. — Савва получил «подарок», и этот человек подозревает Владана». Сердце ухнуло вниз и признаков жизни вроде бы не подавало.

— Я жду, жду, — поторопил Виктор Павлович.

— После того, как в нас стреляли, мы долго беседовали с полицейскими.

— А потом?

— Потом поехали ко мне, — облизнув губы, сказала я. — Я все никак не могла успокоиться, и Владан не хотел оставлять меня одну. Затем мы уехали на дачу. Решили сменить обстановку. Пробыли там два дня. Вернулись утром в пятницу.

— Значит, все это время он был с вами? И никуда не отлучался?

— Если вам интересно, мы и спали вместе.

— И вы готовы подтвердить это официально?

— Конечно, а что?

Ответить он не успел, дверь распахнулась, и появился Владан.

— Привет, — кивнул он, хмуро переводя взгляд с меня на Виктора Павловича.

— Ну, вот и наш герой, — вздохнул тот. — А мы тут с девушкой беседуем. Она утверждает, что со вторника по пятницу ты был с ней.

— А мне что, алиби понадобилось? — усмехнулся Владан.

— Пока нет. Но вдруг?.. — Виктор Павлович поднялся и пошел к двери, однако, поравнявшись с Владаном, вновь заговорил: — По мне, если вся эта сволота на кладбище окажется, так только к лучшему. Но убийство — это убийство. Даже такого малопривлекательного гражданина, каким был Вова Лагунец, по кличке Молоток. Кстати, — повернулся он ко мне, — прозвище он получил потому, что очень любил крушить конечности своим жертвам этим самым инструментом. У Саввы таких отморозков еще достаточно. Подумайте об этом на досуге, молодая леди, — тут он взглянул на Владана и добавил: — Надеюсь, в ближайшее время у меня не будет повода искать с вами встреч.

Он ушел, а Владан недовольно поинтересовался:

— Что это тебе вздумалось врать?

— А разве мы не были вместе?

— Дурочка, — покачал он головой. — Если они начнут спрашивать всерьез, все твои хитрости быстро выйдут наружу. Это, во-первых, и, во-вторых, я не нуждаюсь в алиби.

— Мне так не показалось, — буркнула я.

— Не лезь в мои дела, — прикрикнул он. — Особенно, когда не просят. Спасительница...

Я насупилась и замолчала, правда, ненадолго.

— Где ты был? — спросила ворчливо.

— Укажу в письменном отчете.

— Можешь устно, я не в претензии, — пошла я на попятный и вздохнула. — Ты был у Флинта?

— Нет, — вроде бы удивился Владан.

— Кажется, он приходил утром. Тамара сказала.

— Вот придурок, — выругался Владан. — Я-то надеялся, он уже за тысячу километров отсюда.

Но Флинт оказался совсем рядом, потому что буквально через несколько минут сквозь стеклянную дверь я увидела, как он стоит на крыльце, держа в одной руке бутылку виски, а в другой мобильный. Телефон Владана зазвонил, но отвечать он не стал, подошел к двери и распахнул ее.

— Я помню, что без звонка к тебе ни-ни, — хихикнул Флинт, шагнув в комнату.

Было заметно, что он здорово пьян. Сделал еще шаг, его слегка мотнуло, и Владан схватил его за локоть, чтобы он, чего доброго, не рухнул ему под ноги.

— На твоем месте я бы поспешил свалить из города, — заметил он. — А не болтался по улице с бутылкой под мышкой.

— Бутылку я захватил, чтоб мы с тобой выпили, — Флинт благополучно добрался до стола, поставил на него бутылку, а сам плюхнулся в кресло. — И никуда сваливать не надо. Стаканы найдутся? Я вчера поехал к Баду. Поехал и все ему выложил. Решил, если мне каюк, пусть так. Это лучше, чем чувствовать себя последним дерьмом. И знаешь, что сказал Бад? Он сказал: «Рад, что в тебе не ошибся». Обнял меня и назвал братом. А еще сказал: все забыто. Зла на меня он не держит. Я все вернул, и мы опять друзья. Вот он какой, наш Бад. Друзья для него кое-что значат, — Флинт, не стесняясь, смахнул слезы с глаз, разлил виски в два стакана, которые Владан достал из шкафа, и поднял свой. — Давай выпьем за него. За нас. Знаю, знаю, что ты сейчас скажешь, — пьяно махнул он рукой и засмеялся. — Нас давно нет, так? Есть, брат, есть. Наша дружба дорогого стоит. Мы с Бадом до утра пили и тебя вспоминали. Он сказал, жаль, что с нами нет Серба. Я предложил к тебе поехать, но Бад сказал, ты вряд ли обрадуешься. Он считает тебя другом. Слышишь? Он так считает. И меня тоже считает другом, хотя я — распоследняя мразь. Иначе бы не сделал того, что сделал. Он всегда был лучшим из нас. Благородным.

— Отправляйся-ка ты спать, — глотнув из своего стакана и отставляя его в сторону, предложил Владан. — Вызову тебе такси.

— Такси — это здорово, а выпить со мной ты, стало быть, не хочешь?

— Тебе уже хватит. Потопали, отвезу тебя домой, а то так и будешь по улицам таскаться.

Он помог Флинту подняться и повел к двери. Тот обнял его, продолжая что-то болтать, и в обнимку они спустились по ступенькам крыльца, а я осталась ждать. Вернулся Владан где-то через час. Хотя я и заподозрила, что сегодня могу его больше не увидеть: продолжат пьянствовать в тесной мужской компании.

Владан устроился в кресле, недовольно косясь в мою сторону, а я, наплевав на его недовольство, устроилась на краешке стола и принялась болтать ногами.

— Я думала, их примирение тебя порадует, — сказала я.

— Мне нет до этого дела.

— Что ты злишься? Тебя беспокоит визит Виктора Павловича?

— И до него мне дела нет. Я злюсь, потому что в нашем расследовании мы до сих пор топчемся на месте.

— У нас есть подозреваемый, — пожала я плечами. — Мой муж. Вера узнала о его прошлых грехах, и он от нее поспешил избавиться.

— Хочется, чтобы убийцей был он? — усмехнулся Владан.

— Чего мне хочется на самом деле, ты знаешь, и молчу я об этом только потому, что ты опять заведешь старую песню: мне нет места в твоей жизни.

Он поднялся, уперся ладонями в стол рядом с моими коленками и на меня уставился. Сердце билось в горле, и от его близости голова шла кругом. Но ничего не происходило. Он продолжал смотреть на меня, а я заговорила дрожащим голосом:

— Давай я расплачусь с тобой за проделанную работу, и мы аннулируем наш договор. До завтра. А завтра я вновь стану твоей клиенткой.

— Ты же знаешь, денег с тебя я не возьму. Ни сейчас, ни потом.

— Почему?

— И это ты знаешь, — вновь усмехнулся он.

— Скажи, — попросила я, а он покачал головой. — Владан, — позвала я.

— Что?

— Поцелуй меня. Если ты этого не сделаешь... знаешь, кто ты?

— Идиот, — кивнул он.

— Профессиональный, любительский уровень ты уже превзошел.

Мы смотрели в глаза друг другу, я потянулась к нему, а он опять покачал головой.

— Что значит всего один поцелуй? — невесело засмеялась я.

— Много. Потому что одним поцелуем я вряд ли ограничусь.

Я обняла его за шею, но он расцепил мои руки и сказал ворчливо:

— Катись отсюда. Завтра увидимся, — направился к двери, распахнул ее и добавил: — Давай-давай.

У меня не было на него обиды, хотя мне так недвусмысленно указали на дверь. Он хотел меня, такие вещи женщина чувствует интуитивно. Что бы он ни говорил сейчас, я видела желание в его глазах. «Если бы не эта Марина», — думала я в досаде, выходя на крыльцо. Владан последовал за мной. Достал мобильный и набрал номер.

— Кому ты звонишь? — спросила я, меня все еще слегка потрясывало от возбуждения, и голос предательски дрожал.

— Вызываю тебе такси.

— Ты бы мог сам меня отвезти.

— Не мог бы.

— Боишься, что останешься до утра, — засмеялась я.

— Конечно, боюсь.

Такси подъехало через пять минут. Он помог мне сесть, уже собрался захлопнуть дверь, но вдруг наклонился и быстро поцеловал меня. А потом засмеялся:

— На свете нет девушки прекрасней.

— Свинья.

— Точно. И идиот. До завтра.

Он хлопнул дверью и махнул рукой. Машина тронулась с места. В зеркало я видела, что он не стал возвращаться в офис, а свернул во двор.

— Остановите, — чересчур громко попросила я.

Водитель взглянул с недоумением, но затормозил. Я сунула ему деньги и бросилась из машины. «Ты упрямый, сукин сын, — думала я, припустившись во двор. — Но и я не лучше». Да, у него есть женщина, но в настоящий момент это не имело никакого значения. Для меня-то уж точно. Я люблю его и отступать не намерена.

Когда я смотрела фильмы о любви, разлучницы всегда казались мне стервами и симпатии не вызывали. И сейчас, где-то в глубине души, я понимала, что поступаю скверно, неправильно — уж точно, но и на это мне было наплевать. Даже если потом мне вновь укажут на дверь и придется мириться с ролью второго плана, я все равно хочу быть с ним. В общем, я влетела в подъезд и услышала, как хлопнула дверь на втором этаже. Бегом поднялась на два пролета и замерла перед дверью с цифрой четыре, потому что услышала голос. Маринин. Либо это ее квартира, либо все-таки его, но с некоторых пор они живут вместе.

— Ты сегодня рано, — сказала она.

— Ага. Догадайся почему?

Я стояла, привалившись к дверному косяку, слыша счастливый смех Марины и прочие звуки, по которым догадаться совсем не трудно, что сейчас происходит за дверью. Шепот, тихое постанывание... Совсем не это я представляла себе еще минуту назад. Я думала, он распахнет дверь, скажет: «Я надеялся, что ты вернешься» или ничего не скажет, просто заключит меня в свои объятья, и мы займемся любовью прямо в прихожей. Этим он как раз сейчас и занимался. Только не со мной.

Я выскочила на улицу с одним вопросом, который возникал вновь и вновь: «Почему, почему?» Ответ был прост: потому что он любит Марину. Он ее любит, и появление в его жизни смазливой девчонки не имеет никакого значения. Возможно, он увлекся, как, должно быть, увлекался не раз. Но любит он Марину и не хочет причинять ей боль. Его стоило уважать за это, и уж точно не стоило злиться. Он ведь предупреждал, что не намерен менять свою жизнь. Надо бы сообразить, что такие мужчины, как Владан, слов на ветер не бросают.

Обида, растерянность, тоска — все перемешалось. Забелин сам добивался меня, почему я решила, что так будет всегда? Да и он, как выяснилось, проявлял настойчивость вовсе не из большой любви. С какой стати я возомнила, что вообще нужна кому-то? Мало ли красавиц на свете, и далеко не все счастливы в любви.

Я шла по улице, размазывая слезы, огляделась с недоумением, пытаясь понять, где я. А еще решить, что теперь делать? Идти домой, бродить потерянно в четырех стенах? Отправиться к отцу? Позвонить Юрке? Он непременно начнет болтать о Владане, а я сейчас этого попросту не вынесу. В конце концов, я остановила такси и поехала домой.

Бухнулась на диван, и тут зазвонил телефон. Я бросилась к нему сломя голову, с одной мыслью, что звонит Владан. Хотя с чего вдруг ему звонить?

— Полина? — Голос поначалу я не узнала. — Это Алексей. Помните меня?

— Еще бы, — вздохнула я. — Вы испортили мне платье, — а потом добавила задиристо: — Намерены пригласить меня поужинать?

— А вы согласитесь?

— Конечно. Как раз сегодня мне совершенно нечего делать.

— Тогда я заеду часика через два. Кстати, я безумно рад, что вам совершенно нечего делать. Большая удача для меня.

— Не спешите радоваться, вдруг я вас разочарую.

Положив трубку, я припустилась в гардеробную. Свидание с Алексеем было мне необходимо, как собаке пятая нога, и все же я оделась с особой тщательностью. Может, просто поднимала самооценку? Главное, не думать о Владане...

Алексей подъехал через два часа и позвонил мне. Я выпорхнула из подъезда с сияющей улыбкой, которую долго репетировала перед зеркалом. Девушка без проблем.

— Да вы красавица, — выходя из машины, приветствовал меня Алексей.

— Вы что, в прошлый раз меня не разглядели? — съязвила я.

— В прошлый раз вы были очень сердитой. Прошу. — Он распахнул передо мной дверцу джипа и дурашливо поклонился.

Похоже, к встрече он тоже готовился. Волосы уложены волосок к волоску. На нем были голубые джинсы и приталенная рубашка, белая, в тонкую серую полоску. Пахло от него очень приятно, при случае стоит спросить, что за туалетная вода, подарю флакон папе.

— В прошлый раз вы нахально мне тыкали, — сказала я, когда он сел рядом.

— Серьезно? Спятил, наверное.

— Это я к тому, что можно перейти на «ты».

— Здорово, — кивнул он. — Какую кухню предпочитаешь? Итальянскую?

— Сойдет и итальянская, — махнула я рукой, а он засмеялся.

Вскоре мы уже сидели в ресторане. Меня не удивило, что заведение он выбрал одно из самых дорогих в городе. Я уткнулась в меню, чувствуя, что он разглядывает меня. И улыбается. Я тоже улыбнулась.

— Я собираюсь напиться, — сказала весело.

— Отличная идея. Надеюсь, в твоих словах содержится намек...

— Ничего в них не содержится, — отрезала я. — Мне нужен собутыльник, а не любовник.

— А совместить это нельзя?

— Я подумаю, время еще есть.

Он вел себя очень мило, без конца улыбался и говорил комплименты. Но почему-то мне в его словах слышалась насмешка. Размышлять над этим не хотелось, совершенно ясно, что с мужчинами мне не везет. Он заказал себе коньяк, а мне шампанское. Я выпила бокал, но вместо приятной расслабленности почувствовала угрызения совести. Было неловко перед Алексеем, что не очень-то понятно, перед Владаном, что непонятно вообще, и перед собой. С этим более-менее ясно. Идиотская идея ужинать с мужчиной, который мне совсем не интересен. Надо отдать ему должное, он старался развлечь меня, и я мало-помалу разговорилась.

— Забыл спросить, — вдруг сказал Алексей. — А повод, чтобы напиться, у нас есть?

— У меня есть, — проворчала я.

— Нелады с мужем?

Я вскинула голову, внимательно посмотрев на него.

— Интересно...

— Что тебя удивляет? — пожал он плечами. — Ты произвела впечатление, и я попытался разузнать о тебе побольше.

— И что узнал?

— С мужем вы разъехались почти год назад. Почему не развелись?

— Жду, когда он подаст на развод. Он, наверное, ждет, когда это сделаю я.

— Кстати, мир тесен: я много слышал о твоем муже.

— Плохого?

— О его деловых качествах отзываются очень хорошо. У него есть друг, Олег Евдокимов.

— Точно, он был свидетелем на нашей свадьбе.

— А Евдокимов водит дружбу с Саввой Плотниковым.

Что-то у меня в мозгу щелкнуло. «Вот оно», — подумала я и спросила:

— Ты знаком с Плотниковым?

— К сожалению. Редкая сволочь, надо признать. Люди вроде меня подобными знакомствами не хвалятся. Но, что поделаешь, иногда приходится иметь дело с разной швалью.

— Евдокимов тоже с ним дело имеет?

— Насколько мне известно, их связывает давняя дружба. Кажется, они вместе учились в школе.

— Как трогательно... и мой муж с Плотниковым знаком?

— Уверен, так и есть.

— А обо мне тебе кто рассказал?

— К Савве я не стал бы обращаться. Среди моих знакомых много людей, которые работают с твоим отцом. В прошлом году мы даже встречались с ним на каком-то приеме. Жаль, тебя не было. Мы могли бы познакомиться еще тогда. Впрочем, ты была замужем и мне бы вряд ли что светило.

— Тебе и сейчас ничего не светит, — сказала я.

— У нас много времени впереди. Не повезет сегодня — повезет завтра. Главное, верить в свою счастливую звезду.

Меня так и подмывало немедленно позвонить Владану. Мой муж знаком с Саввой, его друг точно знаком. Вот и ниточка. Он мог позаботиться об алиби, а грязную работу за него выполнили другие. Но, вспомнив, что мне сегодня довелось пережить, я решила: надо проявить твердость. Пусть сливается в объятиях со своей Мариной, встретимся завтра, все и расскажу.

— Что-то не так? — заботливо спросил Алексей. — Ты вдруг задумалась.

— По-твоему, таким, как я, это не свойственно?

— Боже избави. Ты редкая девушка, красота в тебе уживается с большим умом.

— Не скажешь, почему мне упорно кажется, что ты надо мной издеваешься?

— Ничего подобного, я тобой восхищаюсь. Ты не забыла, мы решили напиться.

Наш разговор я запомнила очень хорошо, по крайней мере, тот, что мы вели, пока я не прикончила первую бутылку шампанского. Потом появилась вторая. Момент ее появления я тоже помнила, остальное уже не очень. Кажется, мы гуляли по набережной. Затем купались при свете звезд где-то за городом. Целовались. Один раз — точно. Я сказала, что это свинство с его стороны, пьяные женщины за себя не отвечают, и он с этим согласился. После — провал, потому что, желая согреться, мы пили коньяк из горлышка. Как мы вернулись в город — загадка. Надеюсь, все-таки воспользовались услугой «трезвый водитель». По сомнительным воспоминаниям, Алексей был не трезвее меня. Очнулась я на родном диване, заботливо укрытая пледом. На ручке от шкафа висело мое платье.

— Мамочка, — простонала я, голова раскалывалась, в горле пересохло. И едва не подпрыгнула, услышав голос Алексея.

— Хочешь кофе? — проорал он из кухни.

Пискнув «мамочка» вторично, я заглянула под плед. Нижнее белье на месте, но легче от этого не стало. Я схватила халат, валявшийся на спинке кресла, торопливо надела его и выглянула в кухню. Алексей в рубашке и джинсах стоял возле плиты, жарил яичницу.

— Что вы здесь делаете? — возмущенно спросила я.

— Мы делаем? — обалдел он.

— Какого черта ты делаешь в моей квартире?

— Тебя привел. Не бросать же на улице. Сама бы ты точно не дошла. Потом понял, что сил спуститься у меня уже нет, и прикорнул в кресле. Ужасно неудобно.

— Если уж ты проснулся, почему бы не убраться, пока я спала?

— Не нервничай. Мы по-прежнему только собутыльники. Ты трогательно просила не пользоваться ситуацией... К тому же, что мне за радость от секса, если утром я все равно ничего не вспомню.

— Не вздумай мне ничего рассказывать, — сурово предупредила я.

— Ты редкая девушка, даже после такой ночи умудряешься выглядеть красавицей, — заявил он.

— После какой ночи? — вновь забеспокоилась я.

— Так рассказывать или нет? Две бутылки шампанского, потом коньяк... еще травку курили.

— Кошмар, — пробормотала я, обнаружив в себе такую бездну пороков. — Хорошо хоть банк не ограбили.

— Была подобная идея. Только не банк, а магазин. Тебе понравились туфли, выставленные в витрине. Я искал подходящий камень, чтобы ее разбить, но не нашел. Колотил по витрине ботинком, тебе все это казалось страшно забавным, ты хохотала, точно сумасшедшая. Можешь не говорить, что у тебя такое в первый раз. Я верю. У меня, кстати, тоже. Отлично провели время, как считаешь?

— Ешь свою яичницу и выметайся отсюда, — отрезала я.

— А ты не будешь?

Я взглянула на тарелку и почувствовала непреодолимую тягу к унитазу. Когда я вернулась из туалета, Алексей сидел за столом и с аппетитом ел. Меня вновь замутило. Я закрыла глаза и глухо простонала.

— Кофе, — сказал Алексей. — Иногда это помогает.

Я сделала пару глотков, но лучше не стало.

— С утра телефоны надрывались, — сообщил он. — И домашний, и мобильный, но я не стал тебя будить.

— С утра? — нахмурилась я. — А сейчас что?

— Сейчас половина второго. Чему ты удивляешься, если мы явились только в пять.

— Поторопись на выход, — кинулась я в ванную. — У меня срочное дело.

Душ помог мне прийти в норму, вскоре я была готова покинуть квартиру. К моему негодованию, Алексей все еще пил кофе в моей кухне.

— Ты еще здесь? — возмутилась я.

— Не вздумай садиться за руль. При встрече с первым ментом простишься с правами. Я тебя отвезу.

— А за свои права ты не боишься? — съязвила я.

— С чего вдруг? Я отлично себя чувствую.

Выглядел он и в самом деле неплохо, во всяком случае, куда лучше, чем я. Алексей поднялся, налил мне еще кофе и протянул чашку:

— Куда тебя отвезти?

— В Яму, — ответила я, проверяя мобильный.

— Ты что имеешь в виду? — слегка растерялся Алексей.

— Улицу Нежданова.

Четыре звонка от Владана. Он звонил, беспокоился, а я... я бросилась в комнату, набирая номер его мобильного. Длинные гудки...

— Мы едем или нет? — возвращаясь в кухню, спросила я.

— Конечно, — Алексей наконец-то поднялся из-за стола.

А я вновь схватилась за мобильный. В адресной книге появилась новая запись: «Алексей, с которым ты напилась» и номер телефона.

— Твоя работа? — сунув ему под нос свой мобильный, гневно спросила я.

— Теперь мы легко найдем друг друга, — расплылся он в улыбке. — Звони мне почаще.

Я бегом припустилась из квартиры, ему тоже пришлось ускориться.

— Мы целовались, — сказал он, заводя мотор.

— Если ты не заткнешься, меня сейчас стошнит, — предупредила я.

— Не ерзай, я же сказал: ничего не было. Мы просто целовались.

— С этого дня никакой выпивки.

— Согласен, — кивнул он. — Завяжем на пару.

Он продолжал трепаться, но я его не слушала. У меня было лишь одно желание: поскорее увидеть Владана. Вчера я была так зла на него, что слышать о нем ничего не хотела, а сегодня чувствовала себя виноватой... Наконец мы свернули на улицу Нежданова и я, увидев машины Владана, вздохнула с облегчением.

— Вот здесь останови, — попросила Алексея.

Он затормозил и решил быть джентльменом, выскочил из машины и помог выйти мне. Весьма некстати. Как раз в это время из офиса появился Владан и замер на ступеньках, наблюдая за моим приближением. Но смотрел не на меня, как выяснилось, а на Алексея. Я обернулась и увидела, как тот, прежде чем сесть в машину, отсалютовал Владану. Вот придурок... Наконец он уехал, а я смогла перевести дух.

— Ты звонил? — спросила слегка заискивающе.

— Да. — Он продолжал стоять на месте и теперь смотрел на меня. С сомнением.

— Телефон лежал в сумке, я не слышала звонков, — соврала я и покраснела.

— Я так и подумал. Твой приятель? — задал он вопрос, имея в виду Алексея.

— Нет. Знакомый. — Я не понимала его взгляда. Он что, ревнует? Вот уж глупость. И все-таки я сочла нужным объяснить. — Мы познакомились несколько дней назад. На парковке торгового центра, впрочем, не важно. А сегодня... сегодня он просто меня подвез.

— Это Бад, — сказал Владан.

— Что? — растерялась я.

— Басаргин Алексей Дмитриевич, — терпеливо продолжил Владан. — Вижу, для тебя это неожиданность.

— Я только знала, что его зовут Алексей, — пробормотала я. И тут совсем другая мысль пришла в голову. — Он хотел тебя предупредить, — едва не заорала я. — Ну конечно. Поэтому и потащил меня вчера в ресторан.

Владан взял меня за руку, мы вошли в офис, и он поплотнее закрыл дверь. Лицо его было хмурым, а я сообразила, как он, вероятно, расценил мои слова. Вчера мы были в ресторане, а сегодня Бад меня подвозит. Логично предположить, что мы не расставались все это время.

— Это ты во всем виноват, — буркнула я.

— Само собой. Кто же еще.

— У нас ничего не было, — на всякий случай предупредила я.

Он пожал плечами:

— Даже если и было, это ваше дело.

— Прекрати...

— Так о чем, по-твоему, Бад хотел меня предупредить? — спросил Владан.

— Он сказал, что Олег Евдокимов, который был свидетелем на нашей свадьбе, старый друг Саввы.

— Зря старался, об этом я уже знаю. — Владан устроился за столом, достал монетку из кармана и с сосредоточенным видом принялся ее вертеть, вроде бы забыв про меня.

— Эй, — позвала я. — Я здесь.

Он взглянул исподлобья:

— Бад хотел, чтобы я знал, почему Савва вдруг решил свести старые счеты. Твой муж, вот в чем дело.

— Похоже, так и есть, — кивнула я.— Боялся, что мы докопаемся, кто убил Веру. Вот и надумал избавить себя от головной боли, устроив нам братскую могилу.

— В этом их с Саввой интересы совпали, — заметил Владан. — А что касается убийства Веры... Сомневаюсь.

— Сомневаешься в том, что он обратился за помощью к Савве? Но это же ясно: у него алиби, а причастность Саввы к убийству еще надо доказать. С Верой-то их ничего не связывает.

— Моя работа заключается в том, — не спеша заговорил Марич,— что я встречаюсь с разными людьми и задаю им вопросы. Кто-нибудь непременно что-то видел или слышал. Но о том, что кто-то обратился к Савве с просьбой убрать твою подружку, ничего не известно. Похоже, парни Саввы даже не подозревали о ее существовании, а вот о том, что Евдокимов встречался с Саввой и речь в разговоре зашла обо мне, слух прошел.

— И что это значит?

— У твоего мужа был повод избавиться от меня, но вовсе не из-за Веры.

Я немного поразмышляла над словами Владана, а потом кивнула:

— Он не терпит соперников. Ни в чем. Уверена, на меня ему наплевать, но тот факт, что я не рыдаю ночи напролет из-за того, что мне довелось узнать о нем... То есть я, конечно, рыдала, но до тех пор, пока не появился ты.

— Он готов смириться, что ты живешь отдельно, но не готов видеть рядом с тобой мужчину. Я правильно формулирую?

Я вздохнула:

— Но... лично у меня только один подозреваемый.

— С самого начала мы увлеклись идеей, что смерть Веры так или иначе связана с Беленьким, — продолжая вертеть монетку, вновь заговорил Владан. — Уж очень версия удобная. Но теперь мы знаем, что это не так. Деньги свистнул Флинт, и убивать твою подругу ему было ни к чему.

— Тогда кто ее убил?

— Начнем все заново, — вздохнул Владан,— не сваливая в одну кучу бандитские разборки и гибель твоей подруги. Котлеты — отдельно, мухи — отдельно. Придется поговорить со всеми ее знакомыми. Предлагаю начать с тебя.

Я подверглась часовому допросу. Поначалу меня это злило, потому что ничего нового я сообщить не могла. Но, отвечая на вопросы Владана, я понемногу успокоилась. Мы действительно слишком увлеклись первоначальной версией. Только ее и принимали во внимание. Когда в ходе расследования всплыло имя моего мужа, я почти не сомневалась: убийца — он. И причина ясна: Вере стало известно о его темном прошлом. Но даже мои подозрения, по сути, безосновательны. Я узнала голос похитителя. Через столько лет? Допустим... Но все равно всерьез мои догадки никто не воспримет. Так что узнала Вера? Как она вообще могла его заподозрить? Приличного парня, с которым познакомилась через шесть лет после того, как меня похитили. Он был неосторожен и проболтался? Почти невозможно. Но даже если так и подозрения у нее появились, что в этом случае стала бы делать она? Как минимум задала бы мне вопросы: что я помню о похитившем меня мужчине? Не было у нее никаких догадок и быть не могло. Владан прав, Забелин обратился к Савве, потому что мое поведение его задело. Какой-то наглец вертится возле его жены, не худо бы его проучить. А у Саввы с Владаном свои счеты, вот и появился стрелок...

Допрос закончился, но я сомневалась: был ли от этого толк. Однако Владан удовлетворенно кивнул и вновь принялся размышлять.

— Ты дремлешь или вправду думаешь? — съязвила я.

В этот момент дверь распахнулась и в офис вошел худющий парень с тремя коробками в руках.

— У меня посылка для девушки по имени Полина, — радостно сообщил он и бухнул коробки на стол.

Взглянув на них поближе, я начала кое-что понимать, но на всякий случай спросила:

— Что это?

— Мне назвали адрес и имя девушки. Вот здесь записка.

Между коробок торчал лист бумаги, я вытянула его и прочитала: «Ножка у тебя крохотная, но с размером мог напутать. Надеюсь, одна из трех пар все-таки подойдет». Разрезав бечевку, я открыла верхнюю коробку. Так и есть, туфли.

— Красивые, — сказал посыльный и поторопился смыться.

А я вертела туфли в руках. Открыла две другие коробки. Туфли одинаковые, размеры от тридцать пятого до тридцать седьмого. Тридцать шестой как раз мой.

— Узнаю бывшего дружка, — с усмешкой наблюдая за мной, заметил Владан. — Бад все делает с размахом.

— Я его об этом не просила, — возмутилась я.

— Хочешь вернуть подарок?

— Для этого как минимум надо встретиться с ним еще раз, а я этого делать не собираюсь. — Я рассовала туфли по коробкам и сказала сердито: — Вынесу их на помойку.

— Не глупи. Тебе ведь они понравились.

— Мне не нравятся подарки от типов вроде Бада. И перестань ухмыляться. Когда я согласилась с ним поужинать, понятия не имела, кто он такой.

— Как знаешь, — пожал Владан плечами.

— Ты собирался задать вопросы знакомым Веры, — напомнила я.

— Тебе со мной ехать необязательно. Похоже, чувствуешь ты себя неважно.

— Нормально я себя чувствую, — отмахнулась я.

Первым в нашем списке был, конечно, Юрка. Я позвонила ему, он откликнулся на просьбу встретиться с Владаном с большим энтузиазмом и через полчаса уже был в офисе. Подробно отвечал на все вопросы и так таращился на Владана, что тот не выдержал, кивнул мне, предлагая ненадолго уединиться, и, когда мы оказались на крыльце, спросил, косясь в сторону Юрки:

— Он что, голубой?

— Нет, в этом смысле с ним все в порядке. Просто наслушался рассказов о тебе.

— Каких еще рассказов?

— Героических. Ты для него помесь Че Гевары и Штирлица, вот он и пялится на тебя.

— Идиот, — буркнул Владан и вернулся за стол, к большой Юркиной радости.

Выпроводив моего друга, мы отправились на следующую встречу и носились по городу до самого вечера. Еще раньше я обратила внимание, что Владан не делает никаких записей, то ли на свою память рассчитывал, то ли не было в ответах ничего, с его точки зрения, интересного. Если честно, во всех этих беседах я не видела никакого толку. Вопросы Владан задавал приблизительно одни и те же, полгода назад их уже задавали следователи, но Владан был на редкость терпелив и даже въедлив.

Когда мы вернулись в офис, я едва держалась на ногах от усталости, а голова раскалывалась от боли, может, тому виной были ночные радости, а вовсе не долгие беседы, но мне от этого не легче. Я устроилась на диване, блаженно вытянув ноги и прикрыв глаза. Владан сел за стол, потянулся к ящику, куда в прошлый раз убрал виски, но, покосившись в мою сторону, только вздохнул. Закинул ноги на стол и уставился в потолок.

— Ты из каких соображений держишь дверь открытой? — спросила я.

— А чего здесь брать? — удивился он. — Ни секретных бумаг, ни ценных вещей. Если только ноутбук, но там лишь игры да записи футбольных матчей.

— Но дверь, в принципе, запирается?

— В принципе — да, если ключи отыскать. А что?

— Собираюсь тут заночевать. Дома мне делать все равно нечего. Будет кому завтра принести тебе кофе и яичницу.

— Обойдусь.

— Не сомневаюсь. Но лучше держаться поближе к тебе. Не то опять глупостей наделаю.

Владан поднялся из-за стола и подошел ко мне:

— Хватит валять дурака. Вставай, я тебя отвезу...

— Не хочу. — Покачала я головой. — Мне здесь спокойней, — я чуть сдвинулась в сторону, и он сел на диван, сцепив руки на коленях. — Вчера я пошла за тобой, — тихо сообщила я. — Так вы теперь живете вместе?

— Моя квартира напротив.

— Это хорошо. Хорошо, что пока не съехались. Вдруг у меня есть шанс? — Я думала, он начнет возражать по обыкновению, но он молчал, и это прибавило мне сил или нахальства. — Я не верю, что ты ее любишь. Не хочу верить.

— А я этого и не утверждал.

Я вздохнула, поворачиваясь на бок и глядя на Владана, который смотрел куда-то в пол. Слезы закипели в глазах и потекли по щекам.

— Все дело в той девушке, да? — Я очень боялась задать этот вопрос и все-таки задала. Боялась, что кроме Марины есть еще соперница, куда более серьезная. С теми, кто живет лишь в памяти, соперничать бессмысленно. Они навсегда останутся лучшими. Идеальными... А я... я не могу быть идеальной, ни один живой человек не может.

— В какой девушке? — Владан повернул голову, с недоумением взглянув на меня.

— Девушка, которая была с тобой там. И погибла.

Он криво усмехнулся:

— Уверен, всю эту чушь по пьянке Флинт выдумывает, а дураки его слушают.

— Тогда кто? — Я коснулась рукой его волос, зная, что он вряд ли ответит.

— Мать, — почти беззвучно, одними губами, сказал он.

А я растерялась, не понимая, что он имел в виду. Он отвел взгляд и заговорил, медленно, точно каждое слово давалось ему с большим трудом:

— Отец командовал отрядом ополченцев, и я был вместе с ним. Шестнадцатилетний пацан, я страшно тосковал по матери. И однажды решил навестить ее, ничего не сказав отцу. Она пряталась в деревне у родственников. По дороге нарвался на вражеский патруль. С матерью я так и не встретился. Ждал неподалеку темноты, чтобы незаметно пробраться в деревню. Видел, как там появилась машина. Их было человек двадцать. Потом услышал крики. Жителей согнали на площадь... Я думаю, они так озверели тогда, потому что наткнулись на свой расстрелянный патруль. Чьих-то братьев или сыновей. У меня была винтовка с оптикой и один патрон. Единственное, что я мог, — избавить мать от мученической смерти. — Я лежала, не шелохнувшись, почти не дыша, а чувство было такое, точно грудь мне придавило тяжелым камнем.— Отец нашел меня на следующий день.

— Он знал? — с трудом произнесла я.

Владан пожал плечами:

— Думаю, он все понял. Только ее убили выстрелом в сердце, остальных невозможно было опознать.

Я стиснула его руку и отчаянно покачала головой:

— У тебя не было выбора.

— Выбор всегда есть, — вновь пожал он плечами. — Я мог умереть рядом с ней.

— Нет. — Горло сдавило, я не была уверена, что он расслышал это мое «нет». — Ничего не может быть для матери страшнее, чем гибель ее ребенка. Ничего. Пусть самая жуткая смерть, лишь бы знать, что он в безопасности.

«Лучше бы мне не слышать этого, — трусливо подумала я, а еще подумала: — Каково это, жить с таким грузом? Невыносимым для меня, а каково ему?» Я попыталась найти нужные слова, но все они казались бессмысленными, и Владан вряд ли нуждается в них. В тот момент он был так далеко от меня, точно нас разделяли тысячи километров. Шестнадцатилетний мальчишка с винтовкой в руках...

— А отец? — все-таки спросила я.

— Погиб через восемь месяцев.

— И ты вернулся в Россию?

— Не сразу. Я считал, мне здорово задолжали, — усмехнулся он.

В этот момент зазвонил мобильный Владана. Он торопливо достал его из кармана, наверное, решив, что звонок очень кстати, он избавлял от необходимости продолжать этот разговор.

— Да, — бросил отрывисто, а потом вдруг замер. Лицо словно окаменело, взгляд застыл.

— Что? — испуганно спросила я.

Владан повертел в руках телефон, убрал его и сказал:
зал:

— Флинт погиб. Разбился на машине. — Голос звучал абсолютно спокойно, но это спокойствие не обмануло.

— Ты думаешь... — начала я.

— Помолчи, — оборвал он.

А потом лег рядом, закинул руки за голову и уставился в потолок. А я уткнулась носом в его грудь и беззвучно плакала.

— Вы бы хоть дверь закрыли, — сквозь сон услышала я. Открыла глаза и в трех шагах от дивана обнаружила Марину. Она стояла подбоченившись, глаза метали молнии.

Владан заворочался рядом, нехотя поднял голову, потом сел, потер лицо ладонями и направился к столу. Открывал один ящик за другим и зло чертыхался.

— Чего ты ищешь? — спросила Марина, сообразив, что на ее присутствие никто реагировать не собирается.

— Подзарядник, — ответил Владан.

— Может, он дома? — предположила она.

— Может... Идем, — кивнул он мне и направился к двери. Я бросилась за ним.

— Сукин сын, — сказала вдогонку Марина, адресуясь к его спине.

Я-то думала, Владан идет к машине, но он свернул во двор. Мы вместе вошли в подъезд и поднялись на второй этаж. Владан остановился перед квартирой под номером три, достал ключи. Оказавшись в его квартире, я едва не присвистнула и вспомнила слова Флинта. Нет, одной банкой краски здесь точно не обойдешься. По сравнению с этой халупой жилище Флинта выглядело едва ли не дворцом. Ремонт тут надо было сделать еще лет двадцать назад, а мебель вынести на помойку. Впрочем, не так много ее и было, лишь самое необходимое.

— Я в душ, — сказал Владан. — А ты пока кофе приготовь. Найдешь в шкафу, в кухне. — Он нахмурился, разглядывая мою очумелую физиономию, и добавил: — Не бойся. Ни мышей, ни тараканов не встретишь, им здесь жрать нечего.

Он удалился в ванную, а я пристроилась в кресле, предварительно переложив на диван ворох рубашек, чистых и грязных вперемежку. Потом вспомнила про кофе и припустилась в кухню. Входная дверь хлопнула, и появилась Марина с полотенцем в руках.

— Где он?

— В ванной, — пожала я плечами.

Она постучала в дверь ванной, из-за которой доносился шум воды, и позвала громко:

— Владан, возьми полотенце, — и добавила ворчливо: — В этом свинарнике ни черта не найдешь. Он ничего здесь не позволяет трогать, — сказала она мне, точно оправдываясь.

Дверь приоткрылась, Владан взял полотенце и вновь захлопнул дверь. А Марина вернулась в кухню.

— Что случилось? — спросила она, привалившись к стене и сложив на груди руки.

— Флинт погиб. Я думаю, Владан считает, это сделал Бад.

— Дружки, мать их, — фыркнула она. — А ты, значит, поспешила его утешить?

Я отставила в сторону банку с кофе, которую только что обнаружила в шкафу, и повернулась к Марине:

— Вы его любите, — сказала как можно спокойнее. — И я его люблю. Вы ведь от него не откажетесь? И я не сумею. И тут ничего не поделаешь.

Она медленно покачала головой:

— Дурочка. Ты что, не видишь... у него душа давно выжжена. Куда ты лезешь, малолетка безмозглая... Ему сейчас лучше одному остаться, — совсем другим тоном сказала она. — Дай человеку успокоиться...

Пошла к входной двери, но вдруг остановилась.

— Эй, — окликнула она меня. — Тебя как звать-то?

— Полина.

— Вот что, Полина. Беги от него, пока не поздно, не то будешь как я — не жить, а мучиться.

Ее слова произвели впечатление, я вспомнила пророчества Руфины, и тоска навалилась с новой силой.

Появился Владан, устроился за столом, выпил кофе, не глядя в мою сторону. Если и испытывал душевные муки, по нему этого не скажешь. Скорее легкое недовольство. «Наша возня его попросту утомляет, — подумала я с обидой. — Наверное, он все это считает бабьей глупостью».

— Не возражаешь, если я тоже приму душ. — Он равнодушно пожал плечами.


Весь день мы опять колесили по городу, и следующий тоже. Задавали вопросы и выслушивали ответы.

В среду Владан сказал:

— Завтра хоронят Флинта.

— Ты пойдешь?

Он помедлил с ответом:

— Съезжу на кладбище.

— Можно я поеду с тобой? — спросила я.

— Можно. Правда, не знаю, зачем тебе это.

Утром мы были на кладбище. Немного опоздали, прощание уже подходило к концу. Возле могилы стояло несколько человек, в основном мужчины. Женщина в черном платке тихо плакала, сжимая в руке смятую салфетку. Увидев Владана, она как-то нерешительно улыбнулась и сказала:

— Я боялась, что ты не придешь.

Владан молча обнял ее, и они немного постояли так. Судя по возрасту, женщина была сестрой Флинта, выглядела лет на сорок с небольшим, рядом с ней стояли две женщины постарше, на Владана посмотрели с интересом. Он наклонился к гробу, положил руку на ладонь Флинта и тут же отошел. Я держалась в стороне, испытывая неловкость. Теперь я жалела, что пришла сюда. На деревянной табличке я прочитала: «Назаров Евгений Николаевич». Тридцать пять лет, он не дожил до тридцати шести всего двенадцать дней. Вот так я узнала настоящее имя Флинта и принялась выискивать взглядом девушку, о которой он говорил на своей кухне. Никого похожего. Должно быть, девушка решила, что приходить не стоит. «Она замужняя, — вспомнила я.— Зачем портить отношения с мужем, когда любовник уже мертв?» И все же почувствовала что-то вроде обиды.

Мужчины по очереди подходили к гробу, физиономии суровые, все как будто торопились поскорее закончить прощание. Бад тоже был здесь. Стоял с постной миной, в его сторону Владан даже не посмотрел, а он, наоборот, словно искал его взгляд. Гроб опустили в могилу и начали забрасывать землей.

— Идем, — позвал меня Владан.

Я немного замешкалась, а когда направилась к заасфальтированной тропинке, едва не столкнулась с Бадом. Владан шел впереди, остановился, поджидая меня.

— Ты мог хотя бы поздороваться, — проворчал Бад и ко мне повернулся: — Как туфли? Подошли? — спросил с улыбкой.

— Сволочь, — ответила я. Не знаю, что на меня нашло. И повторила: — Сволочь.

Лицо Бада потемнело, он дернул щекой и сказал:

— Тебе часом темечко не напекло?

Мне бы помолчать, но остановиться я уже не могла:

— Он тебе поверил... ты назвал его братом, а потом убил.

Владан оказался рядом, подхватил меня за руку, а Бад, едва сдерживаясь, пробормотал:

— Уйми свою девку, Серб... — И, получив кулаком в челюсть, свалился как подкошенный.

— Будь добр говорить о ней уважительно, — сказал Владан.

Трое мужчин бросились к нам, и я подумала: очень может быть, что мы так и останемся на кладбище. По крайней мере, выражение их лиц делало это предположение более чем вероятным. Но Бад, тряся головой, предупреждающе поднял руку, мужчины отступили, а Владан, оглядев всех с таким видом, точно хотел спросить, не желает ли еще кто высказаться, обнял меня за плечи и повел прочь.

Бад поднялся и крикнул вдогонку:

— Владан, подожди. Давай поговорим. — Не оборачиваясь, Владан показал ему средний палец. — Идиот, — рявкнул в досаде Алексей.

— Извини, — пробормотала я, понемногу приходя в себя и радуясь, что нас, похоже, отпустили с миром. — Наверное, лучше бы мне помолчать.

— Наверное. Но ты уже все сказала, так что глупо жалеть об этом...

— Ни одной зацепки, — констатировал Владан, сидя за столом и играя монеткой. — Никто, ничего...

Я в ответ лишь вздохнула. Признаться, я уже сомневалась, удастся ли нам когда-нибудь найти убийцу Веры. Зацепок и вправду никаких. Злилась на бездействие следователей, а оказавшись в их шкуре, поняла: при всем желании раскрыть преступление не так просто, то есть совсем непросто. Ко всему прочему, после скандала на кладбище меня очень беспокоило, что предпримет Бад.

— Вид у тебя совершенно несчастный, — заметил Владан.

— Еще бы. Ты публично съездил дружку по физиономии, вряд ли он это легко забудет.

— Мы уже давно не друзья, если теперь враги — не вижу повода печалиться.

— У тебя и без того полно врагов.

— Тем более не вижу. Одним больше или меньше — разница небольшая.

— Мы в тупике, — согласно кивнула я, возвращаясь к началу нашего разговора.

Владан подбросил монетку, ловко поймал ее и прихлопнул на ладонь. Выпала решка.

— Давай еще раз навестим мать Веры, — предложил он. — Помнится, тогда у меня мелькнула одна мыслишка... надо бы ее проверить.

Нину Витальевну мы встретили возле подъезда ее дома, с двумя большими пакетами она возвращалась из супермаркета. Владан взял из ее рук покупки, и мы вместе вошли в квартиру.

— Жаль, что ты не предупредила, Полиночка, что придешь, — сказала Нина Витальевна. — Я бы что-нибудь испекла.

— Мы со своим, — улыбнулась я, ставя на стол торт, купленный по дороге.

— Давайте устроимся на балконе, — засуетилась она. — Погода прекрасная, чего в квартире сидеть.

На балконе стоял складной столик, покрытый нарядной клеенкой, и два стула, Владан принес из кухни еще один стул, и мы расположились с удобствами. Внизу шумел проспект, а мы пили чай из парадных чашек.

— Нина Витальевна, мы к вам опять будем с вопросами приставать, — покаянно сообщила я.

— Все еще надеешься? — Она невесело улыбнулась. И вдруг сказала: — А знаете, вы замечательная пара. Красивая.

Владан при этих словах едва не поперхнулся чаем, а я подумала: «Да уж... Знала бы она, каких мы дел наворотили, и ладно бы от этого был толк». А вслух сказала:

— Спасибо. Хотя в этом вопросе наши с ним мнения не совпадают. Он считает, что я ему совсем не подхожу.

Нина Витальевна перевела взгляд с меня на Владана и засмеялась:

— Не верь ему, деточка. Мужчины часто морочат нам голову.

Владану, должно быть, направление нашей беседы по вкусу не пришлось, потому что он деловито заговорил:

— В прошлый раз вы рассказывали нам про свою подругу, у нее погиб сын.

— Вы, наверное, Лидию Ивановну имеете в виду?

— Ее сын и Вера не были знакомы?

— Даже не встречались ни разу. Лида всегда одна приходила, и я к ней с Верочкой не ездила. Мы же виделись, в основном, днем, когда молодежь на работе. Как-то Слава, сын ее покойный, мне от нее варенье привозил, но Веры у меня в тот день не было. Познакомились мы с ней лет семь назад. Такая вышла история... Я свой день рождения отмечала, собрала подружек с работы, тогда я еще работала. Пошли в кафе, надоело все дома да дома... и у плиты стоять не хотелось, а тут как раз премию дали. Вот я и решила: гулять так гулять. А Лиду знакомая на юбилей пригласила. Сидели мы в разных концах зала и вряд ли бы друг на друга внимание обратили, если бы молодежь, что там в компаниях отдыхала, драку не затеяла. К концу вечера пьяные уже были, молодежь, я имею в виду. Мы как раз на улицу вышли, сначала я, а за мной Лида — собирались уезжать. А они возле кафе побоище устроили. Один из парней пырнул другого ножом. И оказались мы с Лидой в свидетелях. Долго нас к следователю таскали, потом еще и суд. Так и познакомились, ну и подружились. Парень-то на месте скончался. Девятнадцать лет всего и было. А убийца его, должно быть, уже на свободу вышел, ему пять лет дали.

Теперь и я начала припоминать: действительно, Вера рассказывала мне, что ее мать стала свидетельницей убийства и очень сожалела, что не уехала в тот вечер на такси, а осталась ждать полицию. Владан молча кивнул, но во взгляде, обращенном ко мне, появилось нечто похожее на удовлетворение.

— Как фамилия вашей подруги?

— Сухорукова Лидия Ивановна.

— А фамилию осужденного не припомните?

— Нет. Простая фамилия... Гаврилов, что ли... Ему лет двадцать было. Натворил дел... а все водка проклятая.

Нину Витальевну я покидала в больших сомнениях, Владан, напротив, выглядел довольным.

— Ну вот, ниточка появилась, — сказал он.

— Не пойму, чему ты радуешься. Две подруги выступали на суде свидетелями обвинения. Но при чем здесь Вера?

— Не только Вера, но и сын этой Лидии, который погиб несколько месяцев назад.

— То есть ты хочешь сказать, это месть осужденного Гаврилова? Но тогда расправиться следовало со свидетелями, а не с их детьми.

— В любом случае в этом старом деле стоит покопаться. Поезжай домой, а я встречусь с приятелем. Попрошу его запросить бумаги из архива.

— Почему я не могу с тобой поехать? — обиделась я.

— Марш домой, — прикрикнул Владан и, взмахнув рукой, остановил проезжавшее мимо такси.

Два дня мы с ним опять не виделись. На звонки он, по обыкновению, не отвечал, в офисе я его не застала, хоть и прождала в первый день часов пять, а во второй и того больше. Дома его тоже не оказалось. Я подумала было зайти к Марине, но не рискнула. В общем, я изнывала от нетерпения и беспокойства, а его носило неизвестно где.

На третий день он явился сам. Чуть раньше мне позвонила Руфина. Я копалась в Интернете, чтобы скрасить вынужденный досуг, и тут раздался звонок.

— Как дела? — спросила подруга, а я едва не подпрыгнула от радости, услышав ее голос. Тут возникло ее лицо на экране, выглядела она слегка утомленной.

— Столько всего успело произойти, что даже не знаю, с чего начать, — ответила я.

— Ты не позвонила ни разу, а у меня на душе кошки скребли. Рассказывай.

Рассказ вышел долгим. О Владане я старалась особо не распространяться, что было лишено всякой логики: как раз о нем с Руфиной и хотелось поговорить.

— У меня опять было видение, — выслушав меня, сообщила подруга. — Мужчина рядом с тобой. Высокий, сильный... Я на два дня раньше приехала, чтоб тебя предупредить. От него смертью несет за версту. Но он не убийца, хотя убивать ему приходилось. Много убивать. По этой причине он пьет. Есть рядом кто-то похожий?

— Есть, — вздохнула я. — Он был на войне, так что убивать действительно приходилось. И пьет... тут ты, к сожалению, тоже права. Борюсь с этим пороком, но кто победит, пока не ясно.

— И ты в него, конечно, влюбилась.

— Конечно.

— Рядом с ним еще женщина. Душа его тянется к тебе, но...

— Дальше можешь не продолжать, — перебила я. — Почему, скажи на милость, у тебя вечно нет денег? С такими-то талантами.

— Дурочка, я же не фокусы показываю...

— Было бы здорово, скажи ты, где он сейчас.

— Рядом.

— В одном со мной городе, на соседней улице или в подъезд вошел?

— Может, и в подъезд. Меня его присутствие беспокоит.

— Почему?

— Потому что не вижу в этом ничего хорошего.

— Посмотри как следует. Я намерена жить с ним долго и счастливо и умереть в один день.

— Слава богу, до смерти тебе еще очень далеко, — осчастливила она.

Мы простились, а часа через два пришел Владан.

— Где тебя носило? — напустилась я на него, как только открыла дверь. — Я места себе не нахожу.

— Не занудствуй, — ответил он, поморщившись, а я подумала: вести себя подобным образом — лучший способ его потерять. Но, с подозрением оглядев его с ног до головы, все-таки спросила:

— Пил?

— С пороком я уже завязал, — усмехнулся Владан. — Продолжишь ворчать или выслушаешь новости?

— Одна хорошая уже есть — ты наконец-то появился.

Мы прошли в комнату, Владан устроился на диване, закинул ногу на ногу и широко улыбнулся:

— Я соскучился.

— Так я тебе и поверю, — фыркнула я. — Мог бы позвонить, в конце концов. Выкладывай свои новости.

— Приятель запросил из архива то старое дело. История, надо сказать, банальная. По соседству оказались две пьяные компании. Кто-то на кого-то не так посмотрел, вышли на улицу выяснять отношения, началась драка. С обеих сторон дружки поспешили на помощь. В этот момент из кафе показался Илья Владимирович Горелов вместе со своей девушкой, с фамилией мать Веры напутала. Кто-то из драчунов начал к ним цепляться. Парень не был особенно пьян и в драку полез, по его словам, потому что девушку весьма невежливо толкнули. В какой момент и у кого в руках появился нож, до конца не ясно. Народу при этом присутствовало много, но это скорее мешало при расследовании. Драка закончилась убийством. Горелов свою вину так и не признал. Заявил, что самого убийства даже не видел, нож с земли подобрал и в карман сунул, чтоб кто-то им сдуру не воспользовался. Но на ноже обнаружили его отпечатки пальцев, а два свидетеля показали, что точно видели нож в его руке.

— Не очень понятно, — нахмурилась я.

— Ты когда-нибудь видела пьяную драку?

— Бог миловал.

— Восемь человек на узком пятачке колошматят друг друга, вокруг орут бабы, кто-то пытается драчунов разнять... Кто чем занят в каждый конкретный момент, понять практически невозможно.

— Ты хочешь сказать, Горелов мог говорить правду?

— Вполне. Кто угодно мог ударить парня ножом, а потом, испугавшись содеянного, нож вытер и бросил. А Горелов подобрал. Из лучших побуждений. И схлопотал пять лет. Суд решил, что доказательств достаточно.

— А кто судья? — задала я вопрос, никакой догадки у меня в тот момент не возникло, хотя как знать... вдруг интуиция сработала.

— Шестакова.

— Римма Аркадьевна? — ахнула я и поспешила опуститься в кресло.

Владан взглянул удивленно, а я сказала:

— Это хорошая знакомая моего отца. Дружили семьями много лет. У нее недавно сын погиб. Разбился на машине.

— Собственно, к этому я и веду, — кивнул Владан. — У нас три человека, которых Горелов мог считать виновными в том, что угодил в тюрьму, и их дети погибают в течение полугода. С примерным интервалом в три месяца. Веру задушили в ее квартире, во втором случае инсценируют самоубийство, а в третьем — аварию. У сына судьи машина оказалась неисправна — тормоза подвели. Заметь, у новой машины, недавно после техосмотра.

— Согласна, все это выглядит подозрительно. Но... почему их дети, почему не они сами?

— А вот с этим предстоит разобраться.

— Выходит, причина всех этих убийств — месть?

— Хорошо продуманная. Вряд ли у кого-то возникла бы мысль, что убийства связаны. Убитые не знали друг друга, никогда не встречались и интервал во времени более трех месяцев. Разные следователи, разный способ убийства... Он практически ничем не рисковал. У судьи сотни дел, а про двух теток-свидетельниц вообще никто не вспомнит.

— Вот так все просто? — не поверила я.

— Все это надо еще доказать, — махнул рукой Владан. — Пока у нас одни догадки.

— Что будем делать?

— Встретимся с Гореловым.

— С ума сошел? Мы ж его спугнем.

— Вот и хорошо. Он уверен, что его хитроумную комбинацию никто не разгадает, и вдруг мы.

Куда разумнее было бы рассказать о наших подозрениях следователю, но в тот момент подобная мысль даже не пришла в голову.

— Адрес есть? — спросила я.

— Есть. Освободился два года назад, здесь у него отец и мать. Чем сейчас занят Горелов, неизвестно.

— Поехали, — кивнула я.

Дверь нам открыла женщина лет пятидесяти, в домашнем застиранном платье. Волосы, выкрашенные в рыжеватый цвет, успели отрасти, на макушке про-

бивалась седина, это придавало ей какой-то неряш-
ливый вид. На лице выражение крайней усталости и
покорности судьбе. В общем, чувствовалось: жизнь
обошлась с ней не очень ласково.

— Илья Горелов здесь живет? — спросил Владан.
Женщина молча кивнула. — Он дома?

Она посмотрела на него так, точно нелепее вопроса он и задать не мог, и ответила:

— Конечно.

— Можно мы пройдем? — вмешалась я.

— Зачем?

— Хотим с ним поговорить.

— Поговорить с Ильей? А вы кто?

— Не беспокойтесь, мы надеемся узнать у него о
нашем общем знакомом, — сказала я.

— Что ж, заходите. — Мы вошли в прихожую, женщина кивком указала на дверь. — Он в своей комнате, — сделала несколько шагов и распахнула дверь в
небольшую спальню.

В кресле возле окна сидел молодой мужчина. Голова свесилась на грудь, он вроде бы дремал, но глаза
были открыты. Одного взгляда на него было достаточно, чтобы понять: он не только никого убить не в состоянии, ложку ко рту самостоятельно и то не сможет
поднести.

— Вы не знали? — наблюдая за нашей реакцией,
спросила женщина.

— Что с ним? — задал вопрос Владан.

— Вы же видите, — вздохнула женщина. — Вряд ли
он понимает, что происходит. Хотя иногда мне кажется: меня он узнает.

— И давно он так?

— Год.

— А причина?

Женщина опустилась на диван, сложила руки на коленях, потом расправила подол платья, тщательно, словно сейчас это было очень важно.

— Причина? — повторила она. — Причин много. Да вы садитесь, если уж пришли. О чем хотели поговорить с Ильей? Может, я помогу?

— Вряд ли, — ответил Владан. Наша версия гроша ломаного не стоила, мне хотелось побыстрее уйти отсюда, чтобы не видеть бессмысленного лица парня в кресле и эту женщину с ее горем. Но Владан уходить не спешил. — Расскажите, что произошло...

— Мы учились в одной школе, — зачем-то соврала я. — Готовимся к встрече выпускников, разыскиваем одноклассника, надеялись, Илья знает, где он сейчас. И вдруг такое... Простите, если б мы знали...

— То не пришли бы? — усмехнулась женщина. — Да я вас не виню. Кому он нужен? Он ведь в тюрьме сидел. Тоже не знаете? — вопрос повис в воздухе. — Вступился за свою девушку. Шпана какая-то к ним пристала. Кто кого ударил, не разобрались, а Илюше срок. Он до последнего не верил. Не могут, говорил, мама, невинного человека засудить. Да вот засудили. Пять лет. Он и в тюрьме все надеялся. Разберутся, мол. Да кому надо-то? Сидишь и сиди. Вернулся, я думала, жизнь как-нибудь наладится. Девушка, конечно, его не дождалась. Замуж вышла еще четыре года назад, у нее уж дочка. На нормальную работу после тюрьмы не устроишься. Но больше всего, я думаю, его несправедливость мучила. Он все спрашивал: «За что?» Жизнь парню покалечили, и никому до этого дела нет. Пришла однажды с работы, а он вроде спит. Если б сразу «Скорую» вызвала, может, и помогли бы... хотя врач сказал, вряд ли. Снотворное он выпил, что мне выписывали. Три упаковки. Жить не хотел. Неделю в коме, ну а потом... сами видите. Надежды никакой. Вот горе и мыкает. Погулять бы его вывезти, да одна я не справлюсь, сидим в четырех стенах. Одного его не оставишь, с работы уйти пришлось. Бог с ней, с работой... смотреть на него — мука смертная. Извините, что я жалуюсь, — вытирая слезы ладонью, сказала женщина. — Когда муж в рейсе, я, бывает, неделю ни с кем не говорю. Если только соседка заглянет, но летом она на даче.

Она замолчала, часы на стене отсчитывали секунды, а я подумала: «В этой комнате присутствие беды ощущаешь физически», хотелось бежать прочь отсюда, а мои собственные проблемы вдруг показались незначительными, даже глупыми. Настоящая беда — это вот так: когда человек, которого ты любишь, абсолютно беспомощен, ты не можешь его оставить, а жизнь рядом становится невыносимой. Должно быть, иногда к матери приходит мысль: лучше бы все закончилось сразу, а потом она казнит себя за это, гонит эти мысли прочь, и ее существование превращается в бесконечную пытку. И точно в ответ на мои тоскливые размышления женщина произнесла:

— Разбилась жизнь, покалечилась. Иду в церковь помолиться, а в голове только одно: «За что, Господи?» И там покоя не нахожу. С батюшкой говорила, он мне: «За грехи». За какие грехи? Чем мой сын Бога-то прогневил? Другие побольше грешат, и ничего. А он знай свое: «Убийство — страшный грех». Кто спорит? Только не убивал он, чужую вину на него повесили. А то, что руки на себя наложить хотел, так ведь из-за несправедливости людской. Выходит, он во всем виноват, а другие — нет? Чего-то я не то говорю, — вздохнула она. — Не слушайте глупую бабу, как-нибудь справимся. У меня муж хороший, другой бы бросил нас, мужики-то — они слабые, это для женщины сын до старости ребенок. За маленьким ходила и сейчас хожу. Такого даже жальче. А у мужиков по-другому. Мой-то старается, помогает, деньги зарабатывает. Не пьет. Раньше выпить любил, а как случилось, если только пиво, после рейса. С товарищами посидит немного и домой. А дома что? Дома тоска лютая. Дача у нас раньше была, домик плохонький, но нам и такой в радость. Вова его своими руками отремонтировал, говорил, будет где внукам летом отдыхать. Продали, считай, за бесценок. Да и то сказать, на что нам теперь дача? И внукам взяться неоткуда. Опять я жалуюсь... — невесело усмехнулась она.

— А где ваш муж работает? — спросил Владан.

— Да здесь рядышком автоколонна. Дальнобойщик он.

— Вы извините нас, — пробормотала я, пятясь к двери. Владан молча кивнул на прощанье, и мы наконец-то покинули квартиру. — Зачем мы только сюда пришли? — покачала я головой, когда садилась в машину. — Илью ужасно жаль, и родителей... А главное, толку от нашего визита никакого.

— Ты так думаешь? — удивился Владан.

— А что тут думать? По-твоему, Илья притворяется? Днем сидит в инвалидной коляске, а ночами мстит обидчикам? В одном кино я такое видела, но это кино... Куда ты едешь? — спросила я, увидев, что Владан сворачивает в переулок.

— В автоколонну, конечно. Куда еще?

Тут нечто похожее на догадку зашевелилось в глубине сознания.

— Отец? — ахнула я.

— Тебя интересовало, почему убийца остановил свой выбор на детях тех, кого считал виновными. Вот и ответ. Что может быть хуже, чем лишиться своего ребенка?

— Особенно если это — единственный ребенок. И другого уже не будет. То есть у папаши Горелова, может, и будет, а у несчастных женщин — точно нет. Да он просто спятил...

— Неудивительно, когда твой сын вроде растения.

— Допустим, ты прав, у мужика крыша поехала, и он решил отомстить. Но как физически он мог это проделать? Он ведь дальнобойщик, а не киллер. Он проник в квартиру Веры, как-то открыл дверь, зная, что в тот вечер она будет одна. То есть тщательно подготовился. То же самое с сыном Лидии. Я уж молчу про сына Шестаковой.

— Я тебе больше скажу, — перебил Владан. — Уверен, что в тот момент, когда произошли все эти убийства, Горелов-старший был в рейсе.

— То есть убивал кто-то другой? Тот, кто мог следить за жертвами, выбрать подходящий момент, тщательно подготовившись? Тогда это профессиональный убийца, а они, как мне кажется, не работают бесплатно. В связи с этим вопрос: откуда у Горелова деньги, чтобы киллера нанять? Может, он неплохо зарабатывает, но у него сын инвалид, жена постоянно при нем... сомневаюсь, что у него миллионы на личном счете.

— Я тоже сомневаюсь.

— А чего тогда мне голову морочишь? И где, скажи на милость, он мог найти этого самого киллера? По объявлению в Интернете? «Выполню любой заказ за ваши деньги». Может, он и тешил себя планами мести, но от мечты до ее осуществления...

— Когда у человека появляется цель, возникают и способы ее добиться, — хмыкнул Владан.

— Да ну? Я вот тебя соблазнить хочу, а способы все не возникают.

— Значит, плохо хочешь.

— Это намек? — насторожилась я.

— О чем мы сейчас говорим? — разозлился Владан.

— О том, что дядя в летах, работающий водителем в автоколонне, просто не имеет возможности провернуть все это.

— Давай проверим, имеет или нет.

Мы как раз подъехали к автоколонне, найти ее труда не составило. В районе, примыкающем к дому, где жил Горелов, она одна-единственная. «Автоколонна № 2» — значилось на вывеске. Забор из кирпича, металлические ворота, узкая калитка и будка охранника рядом.

— Нас туда не пустят, — сказала я.

Но Владан, само собой, не впечатлился. Направился к посту охраны, а я поплелась за ним. При нашем приближении дверь будки открылась и появился мужчина лет сорока в униформе черного цвета. На нас взглянул без всякой приязни, но с вопросами не лез, ждал, когда мы сами заговорим.

— Дружка ищу, — сказал Владан, поравнявшись с ним. — У вас работает.

— Фамилия как? — спросил охранник.

— Горелов.

— Горелов? — переспросил он. Взгляд стал внимательнее или мне только показалось? — По-моему, он в рейсе.

— А уточнить нельзя?

— Вообще-то мы справок не даем.

— Это я понял. Но из каждого правила есть исключения.

Владан ему не нравился. Он сам или то, что он интересуется Гореловым? Мужчина пожал плечами и скрылся в будке. На крыльце вновь появился минут через пять.

— В рейсе. Ушел четыре дня назад.

— А когда вернется?

— Кто знает. Должен на днях... на дорогах черт знает что творится, думаешь, обернешься за три дня, потратишь неделю.

— Он со сменщиком ездит?

— Как положено, со сменщиком. У нас строго.

— Что ж, спасибо. — Владан направился к машине, а охранник крикнул:

— Если что срочное, позвоните ему. Номер-то должны знать.

— Обязательно позвоню.

Мы проехали дальше по переулку и опять остановились.

— Что ты задумал? — спросила я, поняв, что Владан собирается покинуть машину.

— Хочу попасть на территорию автоколонны.

— Да? По-моему, охраннику мы не понравились. Он нас не пропустит.

— И без него обойдусь.

— Через забор полезешь? — начала я вредничать.

— А ты догадливая.

Владан направился вдоль забора, а я, сообразив, что он вовсе не шутит, поспешила к нему присоединиться. Лезть через забор не пришлось, очень скоро мы увидели еще одни ворота, поменьше. Они были открыты. Тут же стояла «Газель», из которой несколько мужчин в рабочей одежде выгружали какие-то ящики.

— Где у вас ремзона? — спросил Владан, подходя к ним.

— Свернешь налево, увидишь ангар. Это там, — ответил один из мужчин.

И мы спокойно прошли через ворота.

— Чудеса, — сказала я. — Зачем держать охрану, если кто угодно может попасть на территорию?

— Ты в какой стране живешь? — усмехнулся Владан. — Я бы удивился, будь по-другому.

В ангаре стоял здоровенный грузовик с поднятой кабиной, возле него копошились двое рабочих, надо полагать, ремонтники. Заметив нас, один из них спрыгнул на земляной пол, вытирая руки промасленной тряпкой. Выглядел лет на пятьдесят, невысокий, плотный, с плутоватым выражением на физиономии. Владан поздоровался и спросил:

— Не скажете, где Горелова найти?

— Володю? Так он вроде в рейсе. — Мужчина вопросительно взглянул на своего напарника. — Горелова спрашивают.

— В рейсе он, в рейсе, — ответил тот. — Он у нас стахановец, все деньги заработать хочет.

— Брось, чего ты, в самом деле... кто ж от денег откажется, тем более когда такое дело...

— Говорят, у него в семье проблемы? — спросил Владан, сообразив, что нарвался на любителя поговорить. Может, дядьке просто работать лень и он искал повод от трудов отлынить?

— Проблемы? Проблема — это когда муж загулял, а жена поймала. А у него, парень, горе. Тебе-то Горелов зачем?

— Деньги задолжал одному человеку. Вот пришел узнать, что к чему.

— Задолжал? — нахмурился мужчина. — Не похоже на него. Ну, если задолжал — отдаст. Можешь не сомневаться. Мужик он честный. А ты, значит, деньги выколачиваешь?

— Выколачивают по-другому. А я разобраться пришел. Узнал про сына, теперь понятно, почему тянет с долгом. Что он за человек вообще?

— Нормальный мужик... работящий. Здесь его все уважают. Молчун, из тех, кто лишнего не скажет.

— Зато ты у нас, Михалыч, любитель побазарить... — хмыкнул напарник.

— Да я что... спрашивают люди...

— Мы про его дела ничего не знаем, он с нами проблемами не делится, — вновь вступил в разговор напарник. Был он значительно моложе и разговаривал с нами, работу не прекращая. — Когда сын в тюрьме оказался, волком смотрел, точно все виноваты. Я подошел к нему как-то, спросить, как дела и все такое... а он чуть ли не с кулаками на меня. Горе горем, но мы-то здесь при чем? А деньги отдаст, тут Михалыч прав, слово свое он держит.

— Он вроде дачу продал? — как бы между прочим спросил Владан.

— Давно уже, — ответил Михалыч. — Зимой, да, Коля?

— Да я что, помню? Интересно, так спроси Зосимова. Он у него дачу купил. Да не дача, домишко крохотный, был я там как-то, доски помогал перевозить.

— Зосимов у него дачу купил? — удивился Михалыч. — Кирюха, охранник? Почто она ему?

— Вот уж не знаю.

— Лучше б квартиру купил, живет в общаге, жаловался, что в сортир по очереди ходят.

— На квартиру деньги нужны, а даче красная цена сто тысяч рублей. Да и столько-то никто не даст.

Мужчины продолжали развивать эту тему, вроде бы забыв о нас, Михалыч нехотя вернулся к работе, а Владан опять спросил:

— Это не тот охранник, что на воротах дежурит?

— Точно. Его смена. И как он вас пропустил? Вот уж сволочной характер у человека.

— Потому что на тебя начальству настучал? — засмеялся Коля.

— Потому что дерьмо мужик. Командир хренов.

Владан кивнул мне, и мы направились к выходу. Уже садясь в машину, увидели, как к воротам автоколонны подъехал тягач. Учитывая, что они здесь не редкость, обращать на него особое внимание не стоило, но Владан расценил иначе.

— Что ты там высматриваешь? — спросила я.

— Охранник вышел поговорить с водилой.

— Что в этом особенного?

— Разговаривают слишком долго.

Сообразив, что он, скорее всего, имеет в виду, я выпорхнула из машины и уставилась в том же направлении. Видеть нас охранник не мог, джип надежно скрывали деревья, а вот мы за всем происходящим могли наблюдать в свое удовольствие. Впрочем, ничего особенного не происходило. Водитель тягача высунулся в открытое окно и внимательно выслушал охранника. Кивнул, охранник вернулся в свою будку, створки ворот медленно расползлись в стороны, и тягач въехал на территорию автоколонны.

— Думаешь, это наш Горелов? — спросила я.

— Надеюсь, скоро узнаем.

Мы сели в машину, Владан включил приемник, а я приготовилась к ожиданию. Прослушала программу «По заявкам наших радиослушателей» и вскоре после этого увидела, как через калитку вышли двое мужчин. Один высокий, худой, второй меньше ростом, с пивным брюшком, именно он сидел за рулем тягача и разговаривал с охранником. Мужчины кивнули друг другу на прощание и разошлись в разные стороны. Владан завел мотор, и мы тихим ходом отправились за Гореловым, я уже не сомневалась, что это был он. По крайней мере, двигался в направлении дома, где жил Илья. Мужчина собирался свернуть во двор, когда Владан, прибавив скорость, обогнал его и притормозил возле тротуара. Не спеша вышел из машины. Я последовала его примеру. Горелов, конечно, обратил на нас внимание, пошел медленнее, а потом и вовсе остановился.

— Вы — Горелов? — с улыбкой обратился к нему Владан, а я подумала, зря он так улыбается. По неведомой причине его физиономия приобрела зловещее выражение. Впрочем, может, именно такого эффекта он и добивался.

Горелов хмуро кивнул, сунул руки в карманы сильно поношенных брюк и молча ждал, когда мы подойдем ближе. Он разглядывал нас, а я его.

Лицо у мужика круглое, с курносым носом, я бы сказала, добродушное лицо, если б не взгляд. В нем не было ни беспокойства, ни растерянности, в нем было упорство. Твердая уверенность человека, который выбрал путь и намерен ему следовать. Он чем-то напоминал бегемота: внешне забавный зверь, но сердить его не стоило.

Горелов перевел взгляд на меня и спросил:

— Вы кто такие?

Надо полагать, мое присутствие ставило его в тупик. Мы и впрямь, наверное, выглядели странной парочкой, от которой непонятно чего ожидать.

— Слышал, вы дачу продаете? — добродушно произнес Марич.

Теперь Горелов смотрел на Владана, мне показалось, вопрос его немного успокоил, может, он и впрямь решил, что нас интересуют его хоромы. Если и так, то длилось облегчение недолго, он усмехнулся и спросил:

— От кого слышали?

— От соседей по даче.

— От кого конкретно? — И вновь подозрительность боролась в нем с надеждой, что в нашем появлении в его жизни нет ничего особенного.

— От Шестаковой, — ответил Владан, добавив в улыбку сахара. — Еще от Сухоруковой и Нины Собиновой.

Владан называл фамилии, и взгляд Горелова изменился, теперь в нем была ненависть, явная, ничем не прикрытая, да и не смог бы он ее скрыть, даже если б очень захотел. Оставалось лишь гадать, на кого она направлена, на женщин, чьи фамилии он слышал, или все-таки на Владана.

— Никого из них я не знаю, — отрезал Горелов. — Нет у меня таких соседей, и не было.

— Странно, а они вас прекрасно помнят.

— Чепуха. Либо перепутали с кем-нибудь, либо ты мне просто голову морочишь. Про дачу Михалыч сболтнул? Это вы сегодня обо мне выспрашивали?

— Мы, — кивнул Владан.

— Соврали про какой-то долг. Нет у меня долгов, ясно? Может, скажешь, что тебе от меня на самом деле нужно?

— На самом деле? Покаяние в грехах. Или чистосердечное признание. Как тебе удобней. Могу стать исповедником, а могу...

— Ты больше на громилу похож, — ответил Горелов. — Уж точно не на мента. И в церкви такого держать не станут.

— Верно. Похож, — кивнул Владан. — Я не полицейский, и в церкви бываю редко. Но менты могут объявиться в любой момент. Подумай об этом.

— Мне-то что с того? Объявятся, и пусть...

— Приятно встретить человека с чистой совестью. Что ж, всего доброго. Уверен, скоро увидимся.

Владан развернулся и пошел к машине, и я, само собой, за ним. Горелов постоял еще немного и свернул во двор.

— Как впечатление? — спросил меня Владан.

— Двойственное. А ничего, что ты вот так, с ходу назвал ему фамилии? — нахмурилась я. — Они ему, безусловно, хорошо известны. Реакция была недвусмысленной. Но это еще ничего не значит. Он считает женщин виновницами того, что случилось с его сыном. А вот имеет ли он отношение к убийствам...

— Понаблюдаем за дядей. И за охранником тоже.

— А за этим с какой стати? — удивилась я.

— Рожа мне его не понравилась.

Я хотела ответить в том смысле, что на свете немало людей, чьи физиономии лично у меня не вызывают симпатии, но тут зазвонил мой мобильный, и я полезла в сумку. Достала телефон и с сомнением взглянула на номер. В моей адресной книге он не значился. Я все-таки ответила, хоть и ожидала услышать приятный женский голос с вопросом: «Как вам понравилось наше обслуживание?» Почему-то в последние полгода меня подобными вопросами здорово донимали. Если разобраться, мобильная связь — не такое уж великое достижение, если люди упорно тратят свое время на ерунду...

— Не бросай трубку, — услышала я, мгновенно узнав Бада, хотя теперь голос его звучал иначе, резко, требовательно. Первым моим побуждением было сделать как раз это — отключиться, но, покосившись на Владана, я решила не спешить и молча ждала, что последует дальше. — Он считает, это я виноват в смерти Флинта? — спросил Алексей. — Скажи ему, я не имею к этому никакого отношения.

— Сам скажи, — ответила я, вновь косясь на Владана. — Он тут, рядом.

— Он не станет меня слушать. Передай Сербу...

— Не зови его так, ему это не нравится. И мне тоже, — перебила я.

— Черт, — выругался Бад. — Передай ему: я всегда помню о нашей дружбе. Никогда не забывал. Он спятил, если решил, что я мог подстроить эту аварию. Нам надо встретиться и все обсудить.

— Это Бад, — сказала я Владану. — Хочет встретиться с тобой. — Владан молча отвернулся, а я вздохнула: — Ответ отрицательный.

— Ты должна...

— Ничего я тебе не должна, — разозлилась я и добавила мягче: — Он меня не послушает, этот сукин сын вообще никого не слушает, о чем тебе, должно быть, хорошо известно. И не звони мне больше.

Я убрала мобильный в сумку, а Владан сказал:

— Ты назвала меня сукиным сыном.

— На самом деле мне хотелось употребить выражение покрепче. Почему бы, в самом деле, не выслушать старого друга? А если он действительно не виноват...

— Не лезь в мои дела, — рявкнул он, а я втянула голову в плечи от неожиданности. Когда Владан хотел, мог быть очень убедительным.

Весь следующий день он опять не появлялся и, конечно, не отвечал на звонки. Но теперь я вела себя куда благоразумнее, позвонила только дважды с солидным перерывом и не побежала в его офис сломя голову. Вместо этого приготовила обед и немного поболтала с Руфиной. Новостей для меня у нее не нашлось, и я, по здравому размышлению, решила, что это скорее хорошо. К вечеру заехал Юрка и скрасил мое одиночество своей болтовней.

Утром я принимала душ, когда зазвонил телефон, и я бросилась к нему, оставляя мокрые следы на паркете и досадуя, что не взяла его с собой в ванную. Могла бы пропустить звонок. Оказалось, звонит папа. Совестно сказать, но я почувствовала глубокое разочарование. Это вызвало раскаяние, оттого с папой я разговаривала с большой нежностью, между делом размышляя, чему мы зачастую обязаны приветливостью родственников и знакомых. Если следовать моей логике, к тем, кто всегда рад твоему звонку, стоило бы присмотреться получше.

Владан объявился ближе к пяти. Сидя в кухне на подоконнике, я увидела его машину и поспешила к входной двери, жалея, что не могу заключить его в объятия. То есть могу, конечно, но вряд ли его это порадует.

— Как здорово, что ты обо мне вспомнил, — всетаки не удержавшись, сказала я, распахнув дверь.

— Красивое платье, — кивнул он. Если это комплимент, то сомнительный. Платье самое обыкновенное, домашнее.

— А ты меня хорошо видишь?

— Не очень. Твоя красота ослепляет. Мне скоро понадобится собака-поводырь.

— Я согласна ее заменить. Мы так и будем стоять в дверях?

— Вообще-то я собирался прокатиться в одно место. Заехал по дороге, чтобы сообщить новости.

— Хорошие?

— Сама решишь. Могу взять тебя с собой, хотя ничего особенного от поездки не ожидается.

— Буду готова через пять минут. — Я отправилась в спальню, чтобы переодеться. Владан устроился в кресле в гостиной. — Хочешь, накормлю тебя обедом? — спросила я, вернувшись. — Заодно расскажешь о новостях.

Предложение было принято благосклонно, и мы переместились в кухню. Я накрыла на стол, придвинула тарелку с борщом поближе к Владану, а сама устроилась напротив, подперев щеку ладонью и испытывая ни с чем не сравнимое удовольствие, наблюдая за его жующей физиономией.

— Завязывай, — буркнул он. — У меня от твоих взглядов кусок встает поперек горла.

— Должна я как-то компенсировать долгое ожидание.

— Оно тебе на пользу, вот, борщ сварила.

— Есть еще котлеты, макароны и компот. Любишь компот?

— Такого счастья я, пожалуй, не выдержу, — усмехнулся он. — Вчера я полдня потратил на охранника.

— Зосимова? — заинтересовалась я.

— Он — бывший мент. Коллеги о нем отзываются двояко. С одной стороны, вроде неплохой опер, с другой — дрянь-человек. Уволили его полтора года назад с формулировкой: превышение должностных полномочий. В реальности это выглядело примерно так: во время допроса угрожал подозреваемому оружием и сломал ему челюсть. Большим грехом такое мало кто считает, я имею в виду бывших коллег, но у подозреваемого оказался проныра-адвокат и нашелся влиятельный родственник. В результате — конец карьеры. Его примерно наказали, в назидание другим, и он очутился на улице, с перспективой начинать жизнь заново. Жена ушла через три месяца, квартиру разменяли, оттого он теперь живет в общаге. С зарплатой охранника он оттуда вряд ли выберется. Машину тоже пришлось продать.

— Ты считаешь, он вполне подходит на роль киллера? — задумалась я. — С одной стороны, такому человеку организовать наблюдение за жертвами не проблема... и все остальное тоже. Но... он ведь все-таки полицейский. Допустим, с моралью у него не густо, но ведь он должен понимать, чем это кончится.

— Уверен, он хорошо взвесил свои шансы. Если бы мы случайно не встретили в доме Нины ее подругу, до сих пор плутали бы в потемках. Нам просто повезло. Тот самый случай, когда гениальный план летит к чертям. Я вовсе не утверждаю, что киллер — Зосимов, но он вполне может им быть.

Я согласно кивнула.

— Двое мужчин, с которыми жизнь обошлась, с их точки зрения, сурово. Один из них остро нуждается в деньгах, чтобы как-то эту жизнь наладить, а другой... другой мечтает отомстить. Вполне возможно, эту мысль Горелову охранник и подсказал. Или просто выпивали вдвоем, и она возникла сама собой. В общем, их стремления совпали. Но откуда деньги у Горелова? Дачу он продал за гроши. Предположим, жене он мог соврать, что дача ничего не стоит, но парень из автоколонны подтвердил: домик плохонький.

— Этим вопросом я был занят вторую половину дня, — кивнул Владан. — Очень хотелось взглянуть на купчую, оттого вспомнил про знакомого нотариуса. Хотя на удачу, если честно, особо не рассчитывал. Они ведь и без нотариуса могли обойтись.

— Нотариус, конечно, женщина. И ты пустил в ход свое мужское обаяние?

— Она женщина, чуть старше пятидесяти, и я обаял ее года три назад. Она решила купить квартиру сыну, но выбрала неподходящую строительную компанию. Собрав деньги, дом сдавать они не спешили, так что она могла оказаться в ситуации, когда ни денег, ни квартиры еще долго не увидишь. Она обратилась ко мне за помощью, я встретился с хозяином строительной компании и объяснил ему, что обманывать граждан нехорошо.

— И он вернул деньги? — усмехнулась я.

— Конечно. С тех пор она считает, что мне обязана. Я так не считал, но вчера решил воспользоваться ее хорошим ко мне расположением и обратился с просьбой узнать у коллег, не заключал ли кто из них интересующую меня сделку. Обзванивать никого не пришлось, нам повезло: сделку заключала она.

— Действительно, повезло, — кивнула я, наверное, Господь решил вознаградить нас за долгие мытарства. — И что сделка?

— Абсолютно ничего подозрительного. По-другому и быть не могло, она не из тех людей, кто станет рисковать своим добрым именем. Дом вместе с землей оценили в восемьдесят семь тысяч рублей. Домишко всего восемнадцать квадратных метров. Обычный садовый домик, и земли десять соток. Но кое-что настораживает: дом находится в деревне Завидово, всего в пяти километрах от города, с прошлого года это уже городской микрорайон.

— То есть земля там должна стоить немало? — начала я понимать, куда он клонит.

— Неизвестно, что там за участок и где расположен. Предлагаю взглянуть.

И мы отправились в Завидово. О том, что теперь это городской микрорайон, сообщал указатель при въезде в деревню. День выдался душным, солнце скрылось за облаками, ветровое стекло заляпано десятками насекомых, роившихся над придорожными канавами.

Деревушка была совсем крохотной, домов пятнадцать, не больше. На пригорке церковь. Неподалеку от нее мы оставили машину и отправились искать бывший дом Горелова. Это оказалось не так просто. В купчей значилась улица Новая, а та, по которой в настоящий момент блуждали мы, — Центральная, и других улиц по соседству не наблюдалось.

— Чепуха какая-то, — ворчала я. Владан не ответил, не обращая внимания на мое нытье. А я вдруг подумала, как давно не была за городом. Вздохнула полной грудью и беспричинно улыбнулась. Где-то совсем рядом залаяла собака, затянула свою монотонную трель цикада, заглушая остальные звуки. — Интересно, речка здесь есть? — полезла я к Владану с разговорами. — Неплохо бы искупаться до дождя.

Он посмотрел на меня с сожалением, точно намеревался спросить: «Чем у тебя голова занята?» А я упрямо думала о том, как было бы здорово лежать с ним рядом на берегу реки, ловить в траве кузнечиков, ни разу не вспомнив про убийства.

Мы прошли улицу до самого конца, так никого и не встретив. На крыльце крайнего дома лежала собака, Владан подошел к калитке, собака чуть приподняла голову, лениво тявкнула. В распахнутом настежь окне возникла женщина, отодвинув в сторону тюлевую занавеску, взглянула на нас, а Владан спросил:

— Простите, где здесь улица Новая?

Женщина ничего не ответила, занавеска вернулась на свое место, а мы с Владаном переглянулись, гадая, с чего вдруг такая немилость, но тут женщина появилась на крыльце.

— Вы на машине? — спросила она, оглядывая улицу.

— Машина возле церкви осталась, — ответила я.

— Тогда вам лучше напрямую пройти, через лес. — Она ткнула пальцем в узкий проход между домами напротив. — Новая там. Минут пять, и вы у первого дома.

Поблагодарив, мы отправились в указанном направлении. Между заборами вилась натоптанная тропинка, заборы закончились, дальше — картофельные поля, а прямо за ними начинался лес. Мы продолжили идти по тропе, и примерно через полкилометра вышли к особняку из красного кирпича за высоченным забором. На заборе табличка — «Ул. Новая, д. 1». Асфальтовая дорога обрывалась как раз возле ворот и вела направо, туда, где друг за другом высились новенькие коттеджи. Большинство уже жилые. Пройдя по дороге еще немного, мы смогли убедиться: строительство здесь идет полным ходом.

Тридцать седьмой дом мы нашли не сразу, пришлось немного поплутать. Рядом два деревянных дома с растяжками на фасаде — «Продается». Домишко Горелова даже на их фоне выглядел неприглядно. Владан прав: просто садовый домик, сложенный из белого кирпича, шиферная крыша, два окошка на фасаде и крылечко. Чуть дальше баня, старенькая, из потемневших бревен. На калитке висел замок. Цветы в палисаднике и десяток яблонь. Все прочее пространство участка заросло высокой травой. Судя по всему, хозяева здесь давно не показывались.

— По-моему, восемьдесят семь тысяч рублей — цена подходящая, — сказала я, приглядываясь к чужой собственности. — Не понимаю только, зачем она Зосимову. Душой на природе отдыхать, вдали от соседей по общаге? Но как-то не спешит он на свидание с прекрасным. Допустим, Горелов продал участок, чтобы расплатиться с киллером. В договоре указали стоимость ниже рыночной, но вряд ли намного занизили. У Зосимова с деньгами не густо, а если что-то и было припрятано на черный день, он бы квартиру купил, а не эту развалюху. Восемьдесят семь тысяч Горелов отдал жене, ведь договор она, безусловно, видела. Сколько у него осталось? И за эти деньги киллер убил трех человек? Извини, но как-то не вяжется, — покачала я головой. — Конечно, есть психи, которые и за тысячу убить готовы, но это точно не наш случай. Речь шла не о том, чтобы шваркнуть кого-то по башке в темном переулке, а о тщательно подготовленных убийствах...

Владан кивнул, вроде бы соглашаясь.

— Кстати, договор купли-продажи составлен двенадцатого января.

— Вскоре после убийства Веры? — нахмурилась я. Владан вновь кивнул и достал мобильный, а я торопливо продолжила: — Может, мы опять спешим с выводами? Горелов продал дачу, потому что она ему без надобности, а деньги не лишние. А Зосимов... купил ее, потому что хозяин просил недорого. И никакого отношения к убийствам все это не имеет.

Владан, между тем, набрал номер, поглядывая на растяжку с телефоном риелтора на доме по соседству.

— Я по поводу объявления о продаже дома в Завидово... — Он слушал, время от времени повторяя «понятно», а я вертелась рядом, надеясь тоже что-нибудь услышать. — За соседний дом просят полтора миллиона, — ошарашил он.

— Серьезно? Ну, он все-таки побольше... и покрепче.

— Дом этих денег, конечно, не стоит, — убирая мобильный, сказал Владан. — Зато земля — безусловно. Это уже городская черта. Рядом лес и озеро. Риелтор сказала, до него метров восемьсот отсюда. А еще сказала, что цены на здешнюю землю растут не по дням, а по часам. И может статься, что через пару лет дешевле, чем за четыреста тысяч за сотку, вообще ничего не купишь.

— Они все приврать не дураки, — усмехнулась я. — О Зосимове отзываются не очень хорошо, вдруг он просто воспользовался ситуацией, зная, что земля здесь в цене...

— А Горелов не знал? Достаточно было просто позвонить по телефону, как это сделал я.

— Хорошо, он продал свой домишко дороже, а жене соврал, потому что ему нужны были деньги расплатиться с киллером.

— Я, как и ты, сомневаюсь, что у Зосимова были эти деньги.

— Тогда я вообще ничего не понимаю, — разозлилась я.

— Чего ж непонятного, — засмеялся Владан. — У Горелова большое желание наказать виновных в его несчастье, и даже есть человек, готовый в этом помочь. Но нет наличных, зато есть участок земли, который стоит немало, и он отдает его Зосимову за символическую цену. Годика через три Зосимов его продаст. Хватит на приличную квартиру с ремонтом и даже на машину.

— Хитро, — кивнула я, прикинув и так, и эдак.

— А, главное, никого не удивит появление у него больших денег, — продолжил Владан. — Повезло мужику, купил землицу за бесценок, а она вдруг выросла в цене.

— Оттого они и оформили сделку у нотариуса, чтоб впредь вопросов не возникло, — добавила я. — Нам-то что делать? Идти в полицию? Для нас вроде бы все понятно, но как к этому следователь отнесется?

— К следователю, пожалуй, рано, — согласился Владан. — Надо встретиться с Гореловым еще раз.

Кстати, охранник дорабатывает в автоколонне последнюю неделю, подал заявление об уходе.

— Нашел место получше? Они все продумали, — вздохнула я.

— Еще бы. Ментам пришлось бы здорово попотеть, чтобы свести концы с концами в этой истории.

— Зато нам это удалось.

— Не забывай: нам повезло.

Мы возвращались к машине, и тут хляби небесные разверзлись. Первые крупные капли дождя упали, когда мы вошли в лес, небо заволокло тучами, где-то слева оглушительно загрохотало, сверкнула молния, и начался ливень. Я кинулась под ближайшее дерево, в надежде найти укрытие, но Владан напомнил, что прятаться в грозу под деревьями не стоит, и потащил меня за руку по тропинке.

— Вымокнем до нитки, — смеясь, сказала я.

Мы бежали, взявшись за руки, хохоча во все горло, а я подумала, что в последний раз вот так бегала под дождем лет пятнадцать назад, и почувствовала себя бесконечно счастливой. Одежда липла к телу, волосы прядями падали на лоб, ноги разъезжались на тропе, но мою руку сжимала теплая ладонь Владана, и я готова была схватить воспаление легких, лишь бы мое счастье длилось как можно дольше.

В машине Владан включил печку, достал салфетки из бардачка и протянул мне. Взглянув на себя в зеркало, пригладил волосы. Я в зеркало предпочла не смотреть, вытерла лицо салфеткой и сунула руки подмышки, стараясь согреться.

— Сейчас будет тепло, — сказал Владан, я кивнула, думая о том, что если бы он обнял меня, печка бы вряд ли понадобилась.

Машина развернулась, и мы направились в город. Когда впереди показался мой дом, я предложила:

— Зайдешь ко мне? У меня есть бутылка хорошего вина.

— Я же в завязках, — усмехнулся Владан.

— Горячий душ тебе не повредит. Я пока высушу рубашку.

— Приставать будешь? — с наигранной серьезностью осведомился он, а я головой покачала.

— Подобные вопросы обычно задают девушки.

— Теперь я их понимаю.

— После твоих слов я вряд ли стану к тебе приставать. Моя девичья гордость серьезно задета. Так ты идешь или нет?

Он не ответил, но, пристроив джип на парковке, вышел из машины вместе со мной. Дождь кончился, и мы вприпрыжку добрались до подъезда, стараясь не угодить в лужи. Я отправила Владана в ванную, снабдив чистым полотенцем, а его одежду в сушку. Включила чайник и бросилась в спальню с феном в руках, спеша привести себя в порядок. Сменила брюки и футболку на домашнее платье и чуть-чуть подкрасилась. Он появился из ванной в джинсах, босой, высушенную рубашку держал в руках, собираясь надеть ее, но я не позволила.

— Ее надо погладить. Пей чай, а я пока займусь этим.

— И так сойдет.

— Не сойдет. Мятые рубашки мужчину не украшают. А мне приятно что-то сделать для тебя.

Он устроился в кресле с чашкой чая в руках, а я стала гладить его рубашку. Он молчал, и я не лезла с разговорами. Но наше молчание не казалось неловким, пустым, когда людям просто нечего сказать. Каждую секунду я ожидала, что Владан подойдет и обнимет меня. Он думает о том же, что и я, и мое желание совпадает с его желанием, в этом я уже не сомневалась и знала: сейчас или чуть позже, но это произойдет. Я даже была готова отсрочить этот миг, потому что само ожидание стало невыносимо сладостным. Я услышала, как звякнула чашка о блюдце, и, не поворачиваясь, поняла, вот сейчас... И в этот момент хлопнула входная дверь, и я услышала папин голос:

— Полина, ты дома?

«Менее подходящего момента для своего визита папа выбрать не мог», — в досаде подумала я, но бодро ответила:

— Да, папа.

— Ехал мимо... — пояснил он, вошел в гостиную и замер на полушаге и полуслове. Сурово нахмурился, глядя на Владана, пытаясь привести его в смущение. Тот спокойно выдержал этот взгляд, поднялся навстречу отцу, но в его движениях не было ни суеты, ни беспокойства, просто вежливость.

— Знакомьтесь, — с улыбкой сказала я. — Это Владан, а это мой папа, Леонид Сергеевич.

Отец, смешавшись, первым протянул руку, Владан ее пожал, а папа произнес ворчливо:

— Много слышал о вас.

— Надеюсь, ничего скверного? — без улыбки спросил Марич, отец ответил так же серьезно:

— Многим нашим надеждам не суждено осуществиться.

На лице Владана появилась привычная ухмылка, а я в досаде покачала головой, адресуясь к папе. Отец сделал вид, что этого не заметил. Задержался взглядом на голом торсе Владана, потом на татуировке, украшавшей его руку. Папа терпеть не мог татуировки и не позволил мне выколоть на плече маленькую бабочку, тату ассоциировались у него исключительно с уголовным миром, и мои объяснения, что подобные воззрения — пережиток прошлого, его совсем не убедили. В общем, я попыталась представить, какое впечатление Владан произвел на отца, и заранее затосковала. Но взглядов папе показалось мало, и он сказал со всей суровостью:

— Надеюсь, молодой человек, вы понимаете, что мало подходите моей дочери.

— Папа, — зашипела я, а Владан кивнул:

— Я ей совсем не подхожу. Пользоваться ее ванной большое нахальство, но дальше этого моя наглость не распространяется.

Владан подошел ко мне, взял рубашку, не спеша надел ее и направился к двери, на ходу застегивая пуговицы. Я вышла в прихожую проводить его, чувствуя, что готова разреветься.

— Не сердись на отца, — шепнула я. Он посмотрел с удивлением.

— Ерунда. На его месте я вел бы себя так же. Пока, — кивнул он. — Встретимся завтра. — И закрыл за собой дверь.

Я вернулась в гостиную, сложила руки на груди и спросила отца, к тому моменту расположившегося в кресле, где совсем недавно сидел Владан:

— Ты, конечно, решил, что оказал мне неоценимую услугу?

— Разумеется. А что, своей ванной у него нет?

— Мы просто попали под дождь...

— И ты испугалась, что такой здоровяк непременно простудится? Знаешь, он мне понравился, — вдруг заявил отец и даже улыбнулся. — Нет, серьезно. В нем присутствует редкое в наше время качество — достоинство. Такие мужчины не охотятся за наследством, они выбирают тех, кого по-настоящему любят.

— Скажи ему это в следующий раз. Идем, накормлю тебя ужином, — махнула я рукой.

— Горелов в ближайшие дни в рейс вроде не собирается, — сообщил мне Владан, когда на следующее утро я приехала к нему в офис. — Встал на ремонт.

— Откуда тебе это известно?

— Обзавелся информатором в автоколонне. Свой человек нигде не помешает.

— И кто же он? Михалыч?

— Михалыч чересчур болтлив. Встретим Горелова после работы.

— Вряд ли он впечатлится нашими умозаключениями, — скривилась я. — По здравому размышлению они и мне кажутся не особо серьезными.

— Поиграем у дяди на нервах. Иногда это дает результат.

— Хорошо, — согласилась я. — Между прочим, отцу ты понравился. Он сам мне сказал.

— Польщен.

— А еще сказал, такие, как ты, выбирают только тех женщин, кого любят по-настоящему.

— Это замечание очень порадует Маринку, — кивнул он, а я мысленно выругалась.

В будке в этот раз обретался молодой мужчина, читал журнал, мало интересуясь тем, что происходит вокруг. Часы показывали 17.20, но Горелов не появлялся.

— А он точно здесь? — спросила я Владана. Он молча кивнул.

Я то и дело поглядывала в сторону ворот, подозревая, что мое ерзанье Владана раздражает. Сам он расслабленно сидел в кресле, то ли о чем-то размышляя, то ли просто дремал, не выказывая ни малейших признаков нетерпения.

— Нервы у тебя железные, — проворчала я. Он взглянул с удивлением.

— Нервы у меня так себе... а все остальное — привычка. Я ведь предупреждал, расследование — дело нудное и часто неблагодарное. А тебе вовсе не обязательно везде со мной болтаться.

— Дома еще хуже. Сиди и жди, когда ты появишься.

В 18.45 мы наконец увидели Горелова. Он быстрым шагом направился к дому. Не заметить нашу машину не мог, раз уж мы стояли прямо напротив калитки. Шел, не оборачиваясь, но в нем чувствовалась нервозность, он то замедлял шаг, то ускорял, размахивая руками. До его дома оставалось с сотню метров, когда он резко свернул направо. Вскоре я увидела, как он спускается в полуподвальное помещение с вывеской над дверью «Кафе-бар «Тайга». Владан подъехал ближе, оглядываясь в поисках места, где можно оставить машину.

— Ты ведь не собираешься туда идти? — спросила я с сомнением.

— Собираюсь.

— А если там его дружки? И он нарочно заманил нас в этот вертеп?

— Вертеп? А с виду обычный бар. Хотя для девушки вроде тебя вряд ли подходит.

— Я переживу, — ответила я с усмешкой. — Но вдруг он действительно... — В этом месте я махнула рукой, сообразив, что Владан меня попросту не слушает. — Сыщик без лицензии и его верная спутница — да нам сам черт не страшен.

Владан засмеялся:

— Кстати, лицензия у меня есть.

— Серьезно? И ты мне ее покажешь?

— Конечно, милая. Вспомнить бы еще, где я видел ее в последний раз. Может, все-таки подождешь меня здесь?

— Даже не думай.

— Предпочитаешь, чтобы мне били морду у тебя на глазах?

— В самом деле, хотелось бы посмотреть, но сомневаюсь, что это в принципе возможно.

— Ты меня переоцениваешь, — вновь засмеялся он, и мы отправились в бар.

Народу в небольшом зальчике оказалось немало. Почти все столы были заняты, в основном, мужчинами. Судя по одежде, публика небогатая, впрочем, встретить здесь Дональда Трампа я и не ожидала. Заметив двух женщин в компании за большим столом, я почувствовала некоторое облегчение. На нас внимания никто не обращал, и это тоже успокаивало. Горелов в одиночестве сидел за столом в самом углу, спиной к прочей публике. Чувствовалось, что в собеседниках он нуждается меньше всего. Мы подошли, Владан спросил:

— Можно? — И, не дожидаясь ответа, придвинул стул и сел напротив Горелова, я устроилась сбоку, продолжая с подозрением оглядывать зал. Не похоже, что кому-то из присутствующих есть до нас дело. Горелов взглянул исподлобья и спросил:

— Опять вы?

— В ближайшее время мы будем видеться часто, — ответил Владан, а Горелов нахмурился:

— Чего вам от меня надо?

— Имя киллера, — невозмутимо произнес Владан. Горелов, все еще глядя исподлобья, с недоверием поинтересовался:

— Какого киллера? Вы что, спятили?

— Нет. С нами все в порядке. А вот твое душевное здоровье вызывает сомнение.

— Я даже не понимаю, о чем вы говорите. — Он пытался произнести это насмешливо, но в голосе звучало беспокойство, Горелов, должно быть, это тоже почувствовал и досадливо хмыкнул.

— Я объясню, — сказал Владан. — Фамилии, которые я назвал в прошлый раз... они ведь тебе хорошо известны? Полгода назад погибает Вера Собинова, через три месяца Вячеслав Сухоруков, а еще через три месяца Вадим Шестаков. Мать последнего — судья, именно она вынесла твоему сыну приговор, а родительницы Собиновой и Сухорукова были на суде свидетелями.

— Ну и что? — Горелов отвел взгляд, выждал немного и спросил, вздохнув: — Ты ведь видел моего сына? — Владан молча кивнул. — Если б не эти старые суки, мой сын... — Он сцепил зубы, пытаясь справиться с яростью, и заговорил куда спокойнее: — Если они лишились своих детей, что ж, я не собираюсь делать вид, что очень им сочувствую. Не сочувствую. И считаю, они получили по заслугам. Бог шельму метит. Знаешь, откуда эти слова: «По плодам их узнаем о грехах их?»

— Смутно припоминаю Господа нашего, — вновь кивнул Владан. — Там еще сказано «око за око» и «зуб за зуб». Сдается мне, что ты помог провидению.

— Помог? Это как же? — Теперь он попытался засмеяться, но артистических способностей на это не хватило: вышло совсем неубедительно.

— Тебе лучше знать, — бесстрастно ответил Владан.

— Ты что ж думаешь, это я их убил?

— Уверен.

— Ну, ты даешь... Я за всю жизнь пальцем никого не тронул.

— Поэтому я и спрашиваю: кто киллер?

— Да пошел ты... — буркнул Горелов и потянулся к кружке с пивом. Рука его дрожала, он видел это, полоснул нас взглядом, сделал два глотка, жадно, точно его давно мучила жажда, кружка едва не выскользнула, ему пришлось придержать ее второй рукой.

— Я уйду, но недалеко и ненадолго,— сказал Марич.

— Ты ведь не мент, так чего тебе надо? — привалившись грудью к столу и с гневом глядя на Владана, спросил Горелов.

— Я уже сказал: мне нужен киллер. Я не мент, у меня нет других дел, и начальство со сроками не цепляется. Потрачу столько времени, сколько понадобится. Но своего добьюсь.

— Почему? — рявкнул Горелов, но тут же испуганно огляделся, не желая привлекать внимания других посетителей.

— Почему я это делаю? — задал вопрос Владан и ткнул в меня пальцем. — У нее была подруга. Вера Собинова. Они дружили с самого детства. Моя девушка не может понять, за что убили Веру, что плохого та сделала? Она тоже хочет, чтобы все было по справедливости. Око за око. У тебя только один выход — отправиться к следователю и написать чистосердечное признание. Скажешь, совесть замучила, вдруг да и поверят. В этом случае, учитывая сына-инвалида, может быть, отделаешься относительно небольшим сроком. Ну, а если с совестью проблемы... я его все равно найду. Проверю твоих дружков и знакомых, всех, с кем ты хоть раз имел дело. И найду. Через месяц, через два, через полгода, неважно. Так что подумай. — Владан поднялся и кивнул мне.

Уже возле двери я обернулась. Горелов сидел, обхватив кружку двумя руками, и невидящим взглядом смотрел прямо перед собой.

Владан намеревался отвезти меня домой, но я вспомнила, что оставила в его офисе мобильный, и мы поехали туда. Мобильный лежал на столе, я сунула его в сумку, но покидать офис не спешила. Владан устроился в своем кресле, а я по привычке на краешке стола. Так мы и сидели в молчании, пока я не сказала тихо:

— Мне его жаль.

— Мне тоже, — ответил Владан. — Кстати, какой-то тип уже минут пять стоит напротив и пялится на дверь.

Я повернулась с некоторым беспокойством, не зная, чего следует ожидать от жизни. К тротуару была припаркована машина, привалясь к ней, стоял Забелин, сложив руки на груди. Я подошла вплотную к двери, он, конечно, меня заметил и с преувеличенной приветливостью помахал мне рукой.

— Какого черта... — пробормотала я, теряясь в догадках, что ему здесь понадобилось.

— Знакомый? — спросил Владан.

— К сожалению.

— Твой муж?

— Бывший муж, — поправила я.

— Что ж, пойду узнаю, зачем пожаловал.

Поравнявшись со мной, Владан распахнул дверь и легко сбежал с крыльца. Я, чуть замешкавшись, тоже вышла.

— Заблудился? — спросил Владан, стоя в нескольких шагах от Забелина.

— Решил взглянуть на ублюдка, который трахает мою жену, — усмехнулся тот.

— Взглянул, ну и двигай дальше.

— Достойный выбор, милая, — засмеялся Забелин, обращаясь ко мне, и вновь повернулся к Владану: — Держись от нее подальше. Иначе очень скоро станешь трупом. И никакой Савва мне для этого не понадобится. А с тобой, маленькая дрянь, мы еще поговорим.

Забелин сел в машину, полоснув меня взглядом, и хлопнул дверью. Машина сорвалась с места и вскоре исчезла за поворотом. А я невольно поежилась: его слова меньше всего напоминали пустые угрозы. Владан стоял, раскачиваясь с пятки на носок, сунув руки в карманы брюк, и хмурился.

— Что это было? — услышала я голос за своей спиной, и в трех шагах от крыльца увидела Марину. Владан пожал плечами, а Марина вновь спросила: — Что это ему вздумалось тебе грозить?

— Не обращай внимания. Не реже трех раз в месяц я слышу что-нибудь подобное, и ничего, все еще жив.

— Его нельзя недооценивать, — покачала я головой. — Этот мерзавец на многое способен.

— Да кто он такой? — возмутилась Марина.

— Мой муж, — вздохнула я.

— Ничего себе... у нее муж есть, а она к чужим мужикам цепляется. Бывают же на свете такие сучки...

— Уймись, — оборвал ее Владан.

— Нечего ее защищать, — ворчливо заметила она. — Ваша нежная дружба до добра тебя не доведет. Помяни мое слово...

На этот раз Владан ничего говорить не стал, взглянул исподлобья, Марина махнула рукой и отвернулась.

— А ты уверена, что ему нужны твои деньги? — помолчав, спросил меня Владан.

— А что еще? — растерялась я.

— Ты. И он не похож на парня, который легко отступится. На твоем месте я бы все рассказал отцу.

— Ты не на моем месте, — отрезала я.

Появление Забелина здорово напугало. Но боялась я вовсе не за себя, а за Владана. Забелин упомянул Савву, давая понять, что стрельба возле офиса — его рук дело? Проболтался в большом раздражении? Ничего подобного. Он сделал это нарочно, провоцируя Владана.

Вернувшись домой, я продолжила размышлять над этим. Почти невероятно, но страх быстро сменило негодование, а потом пришла злость. Говорят, она плохой советчик, но в тот момент мне было плевать на это. Я взяла телефон и решительно набрала номер.

— Здравствуй, милая, — издевательски произнес Забелин, а я сказала:

— Предлагаю сделку, — спокойно сказала, без противной дрожи в голосе. — Ты оставишь нас в покое. Взамен я отказываюсь от своей доли имущества. Официально отказываюсь.

— Боишься за своего любовничка? — засмеялся Забелин.

— Боюсь, что он свернет тебе шею и у него возникнут неприятности. Только по этой причине я ничего не рассказывала отцу, и другой причины не было.

— Ах, вот как... И ты, конечно, считаешь, что твой папаша откажется от бабла ради твоих капризов?

— Не беспокойся об этом.

— Да пошла ты со своими деньгами, — вдруг рявкнул он. — Я никогда не дам тебе развод.

— Для того, чтобы его получить, достаточно желания одной стороны. Готовь документы, придурок, — с трудом сдерживаясь, тихо сказала я. — Все подпишу, хоть завтра.

— И не мечтай, — вновь засмеялся он, а я до боли сжала кулак, так что пальцы впились в ладонь.

— Ответишь отказом на мое предложение, и я все расскажу отцу. С его деньгами и способностями Владана мы раскопаем всю твою подноготную. Не сомневаюсь, того, что мы узнаем, хватит, чтобы упечь тебя в тюрьму. Ты бизнесмен, риски просчитывать умеешь.

— Знаешь, милая, ты смогла меня удивить, — помедлив, произнес он. — У милой болонки вдруг появился характер?

— Уверена, ты согласишься. Засунешь в задницу свой гонор и согласишься. — Я отбросила мобильный в сторону и тяжело опустилась на диван.

Владана я застала в офисе, отправившись туда ближе к обеду. Взглянув на меня, он буркнул недовольно:

— Отцу ты, конечно, ничего не сказала? — Я демонстративно отвернулась, а Владан продолжил: — Что ты ему предложила?

Можно было повалять дурака, спросив, что он имеет в виду, вместо этого я вздохнула и ответила:

— Надо бы познакомить тебя с Руфиной.

— Кто это?

— Моя подруга, тоже ясновидящая. — Мне хотелось перевести разговор в шутку, но Владан был не намерен шутить.

— Так что ты ему предложила? — повторил он настойчиво. — Свою долю имущества? Он не оставит тебя в покое, — и в большой досаде покачал головой.

— Я сделала ему предложение, от которого он не откажется, — усмехнулась я и добавила, торопясь сменить тему: — Какие у нас планы на сегодня?

— Встретим Горелова после работы. Завтра он уходит в рейс.

В тот день Горелова мы едва не проворонили, свернули к автоколонне и увидели, как он торопливо шагает по переулку, успев удалиться на значительное расстояние. То есть я-то на него внимания точно бы не обратила, а вот Владан его заметил и попытался догнать. Однако с этим вышла незадача: в переулке ремонтировали дорогу, проезд оказался закрыт, пришлось выбираться на параллельную улицу. Минут десять мы потеряли.

— Перехватим его во дворе дома, — сказал Владан, видя, как я нетерпеливо ерзаю, высматривая в окно знакомую фигуру.

— Вдруг именно сегодня он решит встретиться с киллером? — сказала я.

— Все, что считали нужным, они могли обсудить на работе. Или по телефону.

— Сегодня смена Зосимова? — спросила я.

— Нет. Я просто хочу, чтобы Горелов нас видел.

— Игра на нервах?

— Он должен быть уверен, что мы глаз с него не спускаем.

— И в рейс отправимся вслед за ним?

— Почему бы и нет?

Подобная перспектива скорее порадовала. Несколько дней совместного путешествия... и Марины не будет рядом... Однако удача упорно воротила от нас свой капризный носик. Мы свернули во двор, когда Горелов уже входил в подъезд. Его клетчатая рубашка мелькнула на мгновение, и железная дверь захлопнулась. Я разочарованно вздохнула, а Владан сказал:

— Займем позицию под его окнами.

Дом был старый, трехэтажный. Подняв голову, я увидела жену Горелова, она развешивала белье на балконе третьего этажа. Владан заглушил мотор, откинулся в кресле и сложил руки на груди, должно быть, приготовившись играть на нервах Горелова весь вечер.

Но через несколько минут, взглянув в окно, нахмурился.

— Его жена все еще стоит на балконе, — сказал с сомнением.

— Ну и что? Решила подышать свежим воздухом.

— А жена не обязана встретить мужа?

— Я бы непременно встретила. Но какие у них заведены порядки — неизвестно. Вдруг она не видела, как он вошел во двор?

— Видела или нет, но если он уже в квартире, должна как-то отреагировать, а она продолжает стоять и даже головы не повернула. Слишком долго он поднимается в квартиру, — хмуро бросил Владан и распахнул дверь с намерением выйти из машины.

Мы уже подходили к подъезду, когда услышали женский крик. Горелова его тоже услышала, перегнулась через перила, пытаясь понять, что происходит. Но кричали не на улице, а в доме. Дверь вдруг распахнулась перед нами, едва не задев меня по плечу, и я увидела женщину лет тридцати в шортах и длинной майке. Одна нога ее была в тапке, а вторая босая. Такое впечатление, что она бежала от кого-то сломя голову. Именно эта тапка почему-то врезалась в память.

— Помогите! — закричала женщина, увидев нас.

«Очередная семейная драма», — подумала я. Владан соображал куда лучше. Шагнул в подъезд и выругался сквозь зубы. Я протиснулась вперед мимо женщины, которая, схватив меня за рукав, начала причитать:

— Пошла мусор вынести, а он лежит. Господи, это что же делается...

Пакет с мусором валялся на верхней ступеньке лестницы, ведущей на первый этаж, а чуть ниже лицом вниз лежал Горелов. Я видела кровь, которая натекла из-под его тела и ручейком сбегала к двери подъезда. Темная, густая, от ее запаха закружилась голова, вызывая тошноту. Пока я таращилась на все это, не в силах пошевелиться, Владан схватил женщину за плечи, встряхнул и спросил отрывисто:

— Вы кого-нибудь встретили? — Она в замешательстве покачала головой. — Вызывай полицию, — сказал он мне и бросился наверх, перепрыгивая через ступеньки. Я принялась бестолково шарить по карманам в поисках мобильного.

— Надо «Скорую», — повиснув на моем локте, вопила женщина.

Тут захлопали двери, чей-то голос сверху спросил: «Что случилось?»

— Кто-нибудь, вызовите «Скорую»! — отчаянно закричала женщина, ее так трясло, что я не могла достать телефон, а она все не выпускала моего локтя.

Через минуту я вновь увидела Владана, вслед за ним торопливо спускались две женщины и мужчина.

— На чердачной двери навесной замок, — сказал Владан и кивнул в сторону двери рядом с лестницей, на которую до той поры я не обращала внимания. Впрочем, чему удивляться, учитывая, в каком была состоянии. — Дверь в подвал? — спросил он, обращаясь ко всем сразу.

Женщина кивнула, но я не была уверена, что она поняла вопрос. Соседи, спустившиеся вниз, при виде Горелова подняли крик, а Владан дернул дверь подвала на себя. Она оказалась заперта.

— Что в подвале? — рявкнул он, пытаясь перекричать голоса соседей. Мужчина поспешил ответить:

— Каморки для хранения того, что выкинуть жалко, ключи у всех жильцов. Принести?

— Есть еще выход оттуда? Окно?

— Окно есть... выходит на улицу...

Владан выбежал из подъезда, а я наконец-то смогла набрать номер, но изъяснялась так невразумительно, что мужчина, выхватив у меня из рук мобильный, заговорил сам:

— Соседа в подъезде обнаружили, везде кровь... — Он назвал адрес и вернул телефон мне, потом склонился над Гореловым и, хмурясь, покачал головой. — «Скорая» уже не понадобится.

Женщины разом вскрикнули, одна из них тяжело опустилась на верхнюю ступеньку, держась за перила, и в этот момент я увидела Горелову.

— Вы чего расшумелись? — сердито спросила она, а потом лицо ее странно задергалось, точно она готовилась рассмеяться и не могла. Губы беззвучно шевельнулись, раз, второй, пока из ее горла не вырвался отчаянный крик: — Нет!.. — Женщины бросились к ней, но она вырывалась из их рук, повторяя снова и снова: — Нет, нет!..

Видеть все это было выше моих сил, я пулей вылетела из подъезда, вслед за мной вышел сосед Горелова.

— Надо машину встретить... — сказал, словно оправдываясь. А я огляделась в поисках Владана. — Окно с другой стороны, — напомнил мужчина, и мы вместе побежали к углу дома.

Оттуда навстречу нам вывернула полицейская машина. Сосед замахал руками, призывая их остановиться, а я побежала дальше, подгоняемая страхом. Вдоль дома со стороны улицы заросли кустов, пробираясь сквозь них, я тихонько поскуливала сквозь зубы, понятия не имея, где находится то самое окно из подвала, хотела позвать Владана, но тут увидела его. Он стоял согнувшись, спиной ко мне.

— Владан! — закричала я отчаянно.

Он оглянулся и сказал спокойно:

— Все нормально. Полицию вызвала?

— Уже приехали.

Я подошла ближе и только тогда заметила, что рядом с ним на коленях стоит мужчина. Он тряс головой, опираясь рукой о стену дома. Подвальное окно открыто, в трех шагах от него лежал рюкзак. Мужчина, повернув голову, бессмысленно смотрел на меня, а я узнала Зосимова, что совсем не удивило. Тут он перевел взгляд на Владана и вдруг засмеялся. Я решила, что он спятил, но Зосимов, так же внезапно оборвав смех, сказал со злой усмешкой:

— Я тебя помню... Еще с тех пор, как ты с Бадом дружбу водил. Смотри, как все обернулось, не я тебя, а ты меня на нары определил. Дерьмовая штука жизнь.

— Постарайся увидеть в ней что-нибудь хорошее, — ответил Владан. — По крайней мере, в ближайшее время о квартире тебе думать не придется.

Вот так закончилось наше расследование. В рюкзаке Зосимова нашли окровавленную спецовку и нож, отпечатки пальцев с ножа стерты, но это мало что меняло. Поначалу Зосимов отрицал свою причастность к тройному убийству. Заявил, что купил дом у Горелова, который не знал его истинной стоимости. А когда узнал, начал угрожать расправой. Зосимов пришел к нему поговорить, но разговор быстро перешел в ссору, и Зосимов, потеряв над собой контроль, ударил его ножом.

История никуда не годилась, неизвестно, на что он рассчитывал. Учитывая, что с момента, когда Горелов вошел в подъезд, и до крика соседки прошло не больше пяти минут, ни о какой ссоре и убийстве в состоянии аффекта и речи быть не могло. Уже на втором допросе Зосимов признал, что убийство спланировал заранее, еще накануне обследовав дом и подобрав ключи к двери в подвал. Наблюдая за Гореловым, спрятавшись неподалеку от ворот автоколонны и убедившись, что тот идет домой, он через окно спустился в подвал и встретил его уже в подъезде. Убив Горелова, вновь спустился в подвал. Запер за собой дверь, в уверенности, что успеет переодеться и спокойно выберется на улицу, прежде чем труп обнаружат. Но соседка появилась слишком быстро, а в окровавленной одежде покинуть подвал он не мог. В результате возле окна столкнулся с Владаном.

О своих подозрениях в отношении Зосимова мы распространяться не стали, справедливо полагая, что следователь от нашей деятельности не придет в восторг, но подробно объяснили, почему нас заинтересовал Горелов: случай заставил взглянуть на убийство моей подруги с другой точки зрения, что и позволило сделать заключение: оно связано с двумя другими. Хоть здесь врать не пришлось. Все рассказанное нами проверили и взялись за Зосимова всерьез. В конце концов, он подписал признание, подробно рассказав обо всех трех убийствах, то есть уже о четырех.

История эта попала в прессу, наделав много шума, и не было никаких признаков, что шум в ближайшие дни утихнет. Поговаривали даже, что дело Ильи Горелова пересмотрят, собранные против него семь лет назад улики теперь вызывали сомнения, так же как справедливость приговора. Истина должна восторжествовать, кто спорит? Вот только в данном случае вряд ли это поможет Илье и его матери. К невеселым мыслям по этому поводу прибавлялись и вовсе неутешительные: если б мы отправились к следователю днем раньше, Горелов сейчас был бы жив.

Для матери Веры наше расследование тоже едва не закончилось трагически. Она вновь оказалась в больнице с сердечным приступом. Винила себя в гибели дочери, убедить ее в обратном я так и не смогла. К одной вине примешивалась другая: вдруг семь лет назад ее показания привели к тому, что в тюрьму отправили невиновного?

А я поняла простую истину: пытаясь помочь одним людям, ты зачастую приносишь несчастье другим. Наверное, это и имел в виду Владан, когда предлагал хорошо подумать, прежде чем затевать расследование. И теперь мне трудно однозначно ответить на вопрос: стоило ли с такой настойчивостью докапываться до истины или разумнее было бы предоставить это другим?

Примерно через неделю после этих событий в доме отца вновь появился Забелин, предварительно сообщив о своем визите по телефону и настояв, чтобы я присутствовала при встрече. Устроившись на диване в нашей гостиной, он грустно улыбнулся краешком губ и сказал:

— Если Полина настаивает на разводе, я не буду возражать. Хотя, признаюсь честно, кое-какие надежды я еще питаю и не хотел бы торопиться. Но решать, конечно, ей. Надеюсь, по всем имущественным вопросам мы придем к соглашению без судов и адвокатов.

Эти слова и сам факт, что он намерен все решать с отцом, вызвали недоумение. Я-то была уверена, он предпочтет, чтобы я подписала бумаги, а потом объяснялась с папой, придумывая причину, почему это сделала. Забелин привез ключи от дома, подаренного нам отцом, и документы на него, сообщив, что уже переехал на съемную квартиру. Подозреваю, папа чувствовал себя виноватым перед зятем. Тот — отличный парень, а дочь, между делом, искалечила ему жизнь. Они принялись соревноваться в благородстве, и Забелин, как ни странно, победил. Итогом долгого разговора стали подписанные на следующий день бумаги, честь по чести заверенные нотариусом. Фирма Забелина теперь принадлежала ему одному, а мне причиталась внушительная компенсация.

— Я вам очень благодарен, Леонид Сергеевич, — выйдя из кабинета нотариуса, сказал Забелин, голос дрожал от волнения. — Надеюсь, мы и впредь останемся не только партнерами по бизнесу, но и друзьями. — Он произнес это с такой подкупающей искренностью, что реакция отца меня ничуть не удивила. Папа обнял его, похлопал по спине и заявил:

— Ты всегда можешь на меня рассчитывать!

Когда отец уже садился в машину, Забелин подошел ко мне и шепнул едва слышно:

— Мне не нужны твои деньги, милая, — он выдал свою лучшую улыбку, но она не смогла скрыть ярости, что читалась в его глазах.

А я поспешила присоединиться к папе. На душе кошки скребли. В благородство Забелина я, при всем желании, поверить не могла, оставалось лишь гадать, с чего это ему вдруг пришла охота разыгрывать бессребреника. Поразмышляв над этим, я решила: мои угрозы покопаться в его прошлом подействовали, и он счел за благо довольствоваться тем, что теперь имеет, сохранив при этом дружбу моего отца. К слову сказать, имеет немало. Учитывая его положение в обществе, процветающий бизнес и внешние данные, он без труда найдет себе очередную богатую наследницу.

Единственной проблемой оставался Владан. Пока шло следствие, виделись мы с ним редко, на мои звонки он, по большей части, не отвечал и сам не звонил. Застать его в офисе тоже не удавалось, зато я смогла подружиться с Тамарой. И теперь, сидя в кафе, я иногда видела Владана. Чаще с Мариной, но даже если он был один, подойти не решалась. Наверное, закончилось бы это очередной депрессией, однако я уже не была той закомплексованной девицей, что вечно молчит, стиснув зубы, орошая по ночам слезами свою подушку. Быстро простилась с идеей, что мужчина должен первым предпринять шаги к сближению, и заменила ее новой: моя судьба в моих руках. Если я буду ждать звонка Владана, то, скорее всего, никогда не дождусь.

Я поехала с утра пораньше в офис, не удивилась, не застав там Марича, но решила проявить настойчивость. Посидела на ступеньках, наблюдая за бродячими собаками, потом выпила с Тамарой кофе и даже поиграла в футбол с соседскими мальчишками. А когда им это надоело и они убрели по своим делам, вновь устроилась на ступеньках. Я знала, что окна его квартиры выходят на улицу и Владан, в конце концов, появится. Он и появился, ближе к вечеру, хмурый и недовольный.

— Ну и чего ты здесь сидишь? — спросил, устраиваясь рядом.

— Тебя жду, естественно.

— Дождалась. Что дальше?

— Предлагаю отметить окончание нашего расследования, — улыбнулась я.

— Испытываешь моральное удовлетворение? — усмехнулся он.

— Честно? Не испытываю. Но убийца четырех человек сейчас в тюрьме. И это правильно.

Владан поднялся и сказал со вздохом:

— Ладно, пошли.

Мы отправились в «Дубровник», где очень весело провели время с Тариком и его женой. Я выучила несколько фраз на сербском, некоторые повторяла особенно часто: «за здоровье» и «давайте еще выпьем». Но на ногах к концу вечера стояла довольно крепко, чем очень удивила Владана, а еще больше — себя. По-

том мы гуляли по набережной. Владан выразительно
поглядывал на часы, ну а я делала вид, что этого не
замечаю. Мы устроились на скамейке, Владан вытянул
ноги и принялся играть монеткой, а я подумала, что
момент подходящий и спросила:

— Деньги не возьмешь?

— Не возьму, — равнодушно ответил он.

— А как же мечта о «Кадиллаке»? — напомнила я.

— Помечтаю еще немного.

Я помолчала, собираясь с силами, и задала свой
главный вопрос:

— И что теперь будет?

— В каком смысле? — удивился он.

— Не прикидывайся. Что теперь будет с нами?
С тобой и со мной.

— Будем жить долго и счастливо.

— Понимать это надо так: мы прощаемся навсегда?

— Глупостей не говори, — хмыкнул он. — Мы жи-
вем в одном городе, что мешает нам встречаться? Поужинать у Тарика, поболтать о том о сем?

— Ага. Сначала раз в месяц, потом раз в полгода...
А потом ты и вовсе исчезнешь.

— Может, и так, — согласился он.

Очень хотелось разрыдаться и наговорить глупостей. Я, конечно, хозяйка своей судьбы, но он хозяин
своей. И с этим ничего не поделаешь.

— Не сиди с таким похоронным видом, меня совесть
мучает. — Он засмеялся и крепко прижал меня к груди.

— Плевать мне на твою совесть, — невесело улыбнулась я. — Ты разбиваешь мне сердце.

— Сердечные раны быстро затягиваются.

— Посмотрела бы я на тебя, умник, будь ты на
моем месте. Теплилась в моей душе надежда, что ты
меня немного любишь. Совсем чуть-чуть.

Он убрал руки и недовольно покачал головой:

— Дура ты, дорогая. Если б не любил, трахался бы с тобой в свое удовольствие.

Я вытянулась в струнку и замерла.

— А где логика? — спросила где-то через минуту.

— Логика очевидная. Если твоя любовь чего-то стоит, думаешь о том, кого любишь, а уж потом о себе. Я не хочу испоганить твою жизнь.

— Это ты сейчас придумал? Подсластил пилюлю?

— Для сопливой девчонки тебе и так здорово досталось. Хватит одного мерзавца в твоей жизни.

— С ума сошел, сравнивать себя с Забелиным, — разозлилась я.

— С чего ты взяла, что я лучше?

— С того, что знаю...

— Ты ничего обо мне не знаешь, — сурово перебил он, наклонился вперед, уходя от моего взгляда. Посидел в молчании, а потом заговорил: — Когда я в первый раз вернулся из Боснии, у Бада возникли проблемы. Серьезные. И я решил, что должен помочь другу. И помог. Проблемы возникали вновь и вновь, а я их решал. Пока однажды не понял, в кого превратился. И то, что я не брал за это деньги, вовсе ничего не меняет.

— Тогда и разошлись ваши дороги? — осторожно спросила я.

— Точно, — ответил Владан.

Я положила голову на его плечо и сказала:

— Я знала, то есть догадывалась. Мы ведь встречались раньше.

Он повернул голову, едва заметно улыбнулся:

— Девочка с косичками?

— Неужели ты меня узнал? — ахнула я.

— Вспомнил, когда ты показала мне дом отца.

— Та машина в переулке...

— Брат Саввы и двое охранников, — кивнул Владан.

— Вот в чем причина вашей давней вражды...

— Потопали домой, сейчас дождь начнется, — поднимаясь со скамьи, сказал он.

А я взяла его за руку, мысленно перекрестилась и сказала:

— Ты считаешь, что способен испоганить мою жизнь, а я считаю тебя ее бесспорным украшением. — Он усмехнулся, собираясь возразить, а я торопливо продолжила: — Предлагаю компромисс. Не хочешь брать меня в любовницы, бери на работу. А что? Тебя не будет мучать совесть за мою загубленную молодость, а я стану утешаться тем, что ты рядом. В конце концов, либо ты поймешь, что жить без меня не можешь, либо я, что ты мне на фиг не нужен.

— Что ты будешь делать в офисе? — спросил он с сомнением.

— Кофе по утрам приносить. И яичницу.

— На это есть Тамара, — проворчал он.

— Буду вести твою бухгалтерию, — не отставала я.

— Я сам прекрасно справляюсь.

Я махнула рукой и сказала сердито:

— Завтра в десять утра я выхожу на работу, у тебя полно времени, чтобы придумать мне занятие.

— Начнешь мозолить мне глаза с утра до вечера за мои-то деньги?

— Если ты такой жмот, могу работать на общественных началах. — Он засмеялся и обнял меня, а я добавила, вздохнув: — Одна проблема — Марине вряд ли это понравится.

— Придется ей это пережить, — пожал Владан плечами.

Литературно-художественное издание

АВАНТЮРНЫЙ ДЕТЕКТИВ Т. ПОЛЯКОВОЙ

**Полякова Татьяна Викторовна**

**НАЙТИ, ВЛЮБИТЬСЯ И ОТОМСТИТЬ**

Ответственный редактор *О. Рубис*
Художественный редактор *С. Груздев*
Технический редактор *О. Куликова*
Компьютерная верстка *М. Лазуткина*
Корректор *Э. Казанцева*

ООО «Издательство «Эксмо»
123308, Москва, ул. Зорге, д. 1. Тел. 8 (495) 411-68-86, 8 (495) 956-39-21.
Home page: **www.eksmo.ru** E-mail: **info@eksmo.ru**

Өндіруші: «ЭКСМО» АҚБ Баспасы, 123308, Мәскеу, Ресей, Зорге көшесі, 1 үй.
Тел. 8 (495) 411-68-86, 8 (495) 956-39-21
Home page: www.eksmo.ru E-mail: info@eksmo.ru.
Тауар белгісі: «Эксмо»
Қазақстан Республикасында дистрибьютор және өнім бойынша
арыз-талаптарды қабылдаушының
өкілі «РДЦ-Алматы» ЖШС, Алматы қ., Домбровский көш., 3«а», литер Б, офис 1.
Тел.: 8 (727) 2 51 59 89,90,91,92, факс: 8 (727) 251 58 12 вн. 107; E-mail: RDC-Almaty@eksmo.kz
Өнімнің жарамдылық мерзімі шектелмеген.
Сертификация туралы ақпарат сайтта: www.eksmo.ru/certification

Сведения о подтверждении соответствия издания согласно
законодательству РФ о техническом регулировании можно получить
по адресу: http://eksmo.ru/certification/

Өндірген мемлекет: Ресей
Сертификация қарастырылмаған

Подписано в печать 17.12.2013. Формат 84×108 $^1/_{32}$.
Гарнитура «Таймс». Печать офсетная. Усл. печ. л. 16,8.
Доп. тираж 4000 экз. Заказ № 9807.

Отпечатано с готовых файлов заказчика
в ОАО «Первая Образцовая типография»,
филиал «УЛЬЯНОВСКИЙ ДОМ ПЕЧАТИ»
432980, г. Ульяновск, ул. Гончарова, 14

ISBN 978-5-699-68060-3

**Оптовая торговля книгами «Эксмо»:**
ООО «ТД «Эксмо». 142700, Московская обл., Ленинский р-н, г. Видное,
Белокаменное ш., д. 1, многоканальный тел. 411-50-74.
E-mail: **reception@eksmo-sale.ru**

*По вопросам приобретения книг «Эксмо» зарубежными оптовыми*
*покупателями обращаться в отдел зарубежных продаж ТД «Эксмо»*
E-mail: **international@eksmo-sale.ru**
*International Sales: International wholesale customers should contact*
*Foreign Sales Department of Trading House «Eksmo» for their orders.*
**international@eksmo-sale.ru**

**По вопросам заказа книг корпоративным клиентам, в том числе в специальном**
**оформлении,** обращаться по тел. +7 (495) 411-68-59, доб. 2261, 1257.
E-mail: **vipzakaz@eksmo.ru**

**Оптовая торговля бумажно-беловыми и канцелярскими товарами для школы и офиса**
**«Канц-Эксмо»:** Компания «Канц-Эксмо»: 142702, Московская обл., Ленинский р-н, г. Видное-2,
Белокаменное ш., д. 1, а/я 5. Тел./факс +7 (495) 745-28-87 (многоканальный).
e-mail: **kanc@eksmo-sale.ru**, сайт: www.**kanc-eksmo.ru**

**Полный ассортимент книг издательства «Эксмо» для оптовых покупателей:**
**В Санкт-Петербурге:** ООО СЗКО, пр-т Обуховской Обороны, д. 84Е. Тел. (812) 365-46-03/04.
**В Нижнем Новгороде:** ООО ТД «Эксмо НН», 603094, г. Нижний Новгород, ул. Карпинского, д.
29, бизнес-парк «Грин Плаза». Тел. (831) 216-15-91 (92, 93, 94).
**В Ростове-на-Дону:** ООО «РДЦ-Ростов», пр. Стачки, 243А. Тел. (863) 220-19-34.
**В Самаре:** ООО «РДЦ-Самара», пр-т Кирова, д. 75/1, литера «Е». Тел. (846) 269-66-70.
**В Екатеринбурге:** ООО «РДЦ-Екатеринбург», ул. Прибалтийская, д. 24а.
Тел. +7 (343) 272-72-01/02/03/04/05/06/07/08.
**В Новосибирске:** ООО «РДЦ-Новосибирск», Комбинатский пер., д. 3.
Тел. +7 (383) 289-91-42.
E-mail: eksmo-nsk@yandex.ru
**В Киеве:** ООО «РДЦ Эксмо-Украина», Московский пр-т, д. 9. Тел./факс: (044) 495-79-80/81.
**В Донецке:** ул. Артема, д. 160. Тел. +38 (032) 381-81-05.
**В Харькове:** ул. Гвардейцев Железнодорожников, д. 8. Тел. +38 (057) 724-11-56.
**Во Львове:** ТП ООО «Эксмо-Запад», ул. Бузкова, д. 2. Тел./факс (032) 245-00-19.
**В Симферополе:** ООО «Эксмо-Крым», ул. Киевская, д. 153.
Тел./факс (0652) 22-90-03, 54-32-99.
**В Казахстане:** ТОО «РДЦ-Алматы», ул. Домбровского, д. 3а.
Тел./факс (727) 251-59-90/91. **rdc-almaty@mail.ru**
**Интернет-магазин ООО «Издательство «Эксмо»**
**www.fiction.eksmo.ru**
**Розничная продажа книг с доставкой по всему миру.**
Тел.: +7 (495) 745-89-14. E-mail: **imarket@eksmo-sale.ru**

# ОЛЬГА ВОЛОДАРСКАЯ

## СЕРИЯ «НЕТ ЗАПРЕТНЫХ ТЕМ»

Детективы Ольги Володарской сочетают остроту современной прозы и напряженность психологического триллера. В них вы найдете все, что хотели, но боялись узнать. Для Ольги Володарской нет запретных тем!

«Девять кругов рая»
«Призрак большого города»
«Ножницы судьбы»

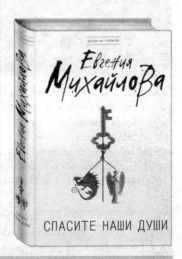